일진에게 찍혔을때2

일진에게 찍혔을때 ²

⚡ 일러두기 | 용어 정리

- **S 씬(Scene)**은 장면이라는 의미다. 동일한 시간과 장소에서 이루어지는 행동과 대사가 하나의 씬이다.
- **NA 내레이션(Narration)**은 장면 밖에서 들려오는 목소리다. 주로 장면이나 줄거리 등을 설명한다.
- **E 효과음(Effect)**은 대사와 음악을 제외한 소리다. 인물의 소리만 들리는 장면에서 사용한다.
- **F 필터(Filter)**는 수화기를 통해 들려오는 상대방의 목소리다.
- **인서트(Insert)**는 삽입된 다른 장면을 말하며, 행동이나 장면을 강조할 때 사용한다.
- **Cut to 컷 투**는 다음 장면으로 넘어가는 것을 말한다.
- **V.O 보이스 오버(Voice Over)**는 인물의 말하는 영상은 잡지 않고 인물의 대사가 들리는 것을 말한다.

⚡ 배우 인사말

★ 이은재

〈일진에게 찍혔을 때〉 라는 작품을 만나 연두라는 캐릭터를 연기할 수 있어서 행복했어요. 여러분의 사랑 덕분에 〈일진에게 찍혔을 때〉가 잘 될 수 있었고 시즌 2까지 무사히 끝낼 수 있었습니다! '일찍' 연두로서 행복했습니다. 감사합니다.

★ 강율

안녕하세요. 〈일진에게 찍혔을 때〉 지현호 역의 강율입니다! 많은 사랑을 받는 만큼 좋은 연기로 보답하고 있는지는 잘 모르겠어요. ㅎ 부족한 저의 연기를 꾸준히 시청해 주시는 여러분께 너무 감사드리고 앞으로도 많은 기대 부탁드려요. ㅎ 더불어 혼자가 아닌 좋은 스태프 & 배우들과 함께라서 더 좋은 작품이 만들어진 것 같아요. ㅎ 감사합니다.

★ 최찬이

꼬부기들 안녕~~~! 하세요! 정지성입니다! 시즌 1부터 시즌 2까지 많은 사랑과 응원 주셔서 너무 감사드립니다. '정지성'으로서 연기하고, 좋은 스태프 분들과 멋진 배우 분들 사이에서 교감할 수 있었던 잊지 못할 추억이 된 것 같습니다. 〈일진에게 찍혔을 때〉를 사랑해 주신 모든 꼬부기들!! 앞으로 행복하시고, 건강하길 기도할게요! 또 만나자구요~! 감사하고, 사랑합니다.

★ 윤준원

꼬부기들!! 우리 팬 분들이 준 사랑이 너무 커서 시즌 2도 잘 마무리할 수 있었어요....! 너무 고마워요. 좋은 작품과 함께 할 수 있어서 너무 즐거웠고 영광이었어요! 이제는 끝나는 게 아쉽지만 웃으면서 마무리할 수 있어 정말 다행이라고 생각해요. 앞으로도 건강하고! 밥도 잘 묵고! 행복했으면 좋겠습니다. 다시 만나는 그날까지 안녕~!

⭐ 양유진

안녕하세요. 윤아라 역을 맡은 양유진입니다. 〈일진에게 찍혔을 때〉 시청해 주시고 많은 관심 가져 주셔서 감사드립니다. 얄미운 캐릭터 지만 꼬부기 분들이 예뻐해 주셔서 행복했어요! 앞으로도 많은 사랑 부탁드려요. 감사합니다!

⭐ 주현영

안녕하세요. 저 유나에요! 우리 정말 더웠을 때 만난 것 같은데 벌써 또 시간이 이렇게 흘렀네요. 돌이켜보면, 정말 좋은 작품이었고 그 만큼 여러분들의 관심과 사랑을 먹고 요로케 시즌 2까지 할 수 있게 되었고 그래서 너무너무 고마운 마음 투성이에요. '일찍'을 좋아해 주시는 분들 모두 건강하고 행복했으면 좋겠어요. 저희도 함께 할게 요. 앞으로도 만나주실 거죠? :)

⭐ 박이현

안녕하세요! 〈일진에게 찍혔을 때〉 류설 역할을 맡은 박이현입니다. 촬영 때가 엊그제 같은데 벌써 종영을 앞두고 있다고 하니 아쉬운 마음이 앞서네요... 여러분도 저희와 같은 마음이죠? 여러분의 사랑 덕분에 저희는 너무 행복한 시간일 수 있었어요. 〈일진에게 찍혔을 때〉를 사랑해 주셔서 정말 감사합니다! 저 박이현도 여러분께 자주 인사드릴 수 있도록 노력하고 있으니까요, 꼭 지켜봐 주세요!

⭐ 이정준

안녕하세요. 꼬부기 여러분!! 이번 〈일진에게 찍혔을 때〉 최승현역 을 연기한 이정준입니다. 이번 '일찍2'를 만나게 되면서 너무 행복한 날들을 보낸 거 같아요. 좋은 스태프 분들과 좋은 배우 분들과 촬영 을 할 수 있어서 너무 즐거웠고, 꼬부기 여러분의 사랑 덕분에 정말 행복한 날들을 보낸 거 같아요! 정말 감사합니다! 꼬부기 여러분에게 항상 좋은 일만 있기를 기도할게요~~ 사랑해 주셔서 감사합니다!

⭐ 금동현

〈일진에게 찍혔을 때〉를 만나게 되어서 정말 재밌고 값진 순간들이 많았습니다. 많은 사랑을 주시는 꼬부기 여러분들 덕분에 매일 행복 하고 즐거운 하루가 되는 것 같습니다! '일찍2'의 아훈으로 지낼 수 있어서 정말 행복했습니다. 감사합니다!!

일진에게 찍혔을 때2

⭐ 스토리

일진에게 찍혔을때

한 장의 사진, 한 순간의 실수.

지긋지긋한 스토커를 떼어내려 프사로 설정한 남친 짤이 우리 학교 일진 사진이었다.
절대로 엮일 일 없을 거라 생각한 아이들과 엮여버렸다.
그것도 아주 단단히.

모든 것의 시작은 사진 한 장에서부터였다.
커다란 초록색 가방 외에는 눈에 띄는 것 하나 없는, 평범 그 자체의 고등학생 연두.
중학교 동창인 허진수의 지긋지긋한 연락을 피하기 위해 인터넷에 떠도는 '남친 짤'을 메신
저 프로필 사진으로 설정한다.

바람대로 진수의 연락은 뚝 끊겼고 한시름 놓은 연두는 가벼운 마음으로 등교를 하는데...
무언가 잘못 되었다. 발칵 뒤집어진 학교.
내가 올린 남친 짤이 우리 학교, 그것도 우리 반 일진 지현호의 사진이었다.

자신의 여자친구를 사칭했다는 사실에 심기가 불편한 현호는 연두를 괴롭히기 시작하고,
연두는 상황을 무마하기 위해 현호의 빵 셔틀을 자처한다.

과연, 연두와 일진들의 학교생활은 무사할 수 있을까?

⚡ 일진을 소개합니다

김연두 (18)

*"여자친구인 척 해서 미안.
내 사과의 빵을 받아줘!"*

모든 반에 한 명씩은 있는, 너무 평범해서 존재감 없는 아이.
성격이 모나지 않고 사람들과 두루두루 잘 지낸다.

착하고 여리지만 당당하게 자기주장을 뚜렷하게 말하는 타입.
아이들이 두려워하는 일진에게 아주 잘 맞선다.

지현호 (18)

*"밥 좀 꼬박꼬박 챙겨먹고, 집에 가서 바로 전화해.
신경 쓰이게 하지 말고, 짜증나니까."*

차가워 보이는 얼굴에 틱틱 뱉은 따가운 말들로 사람들이 오해하지만
알고 보면 약자에 서는, 솔직한 아이. 강약약강이 아닌 강강약약.

일진 무리 중 가장 튀고 인지도가 높으며
학교에선 선생님과 학생들이 색안경을 끼고 본다.
사람들의 잣대에 상처받아 왔지만 겉으로 티를 내지 않는다.
하지만 다른 사람들과 달리 편견 없이 봐주는 연두에게 점점 마음이 열린다.

의리 있고 묵직한 성격.

류설 (18)

"뭐가 그렇게 특별하다고 다들 재 하나 때문에 난리야?
뭔데 나한테 올 관심이 다 재한테 가냐고!"

현호 무리의 홍일점. 튀는 외모로 이미 동네에선 유명하다.
자기가 관심의 중심이 되지 않으면
불안함을 느끼는 일종의 애정결핍이 있다는 것.

자존심 때문에 내색하지는 않지만 다른 애들과는 뭔가 다른,
현호와 주호 그리고 같이 다니는 무리들의 관심이
연두에게 쏠리자 질투하고 괴롭힌다.

서주호 (18)

"잘됐다, 답답했는데.
너한테 들켜서 다행이야."

단정하게 갖추어 입은 교복에 명석해 보이는
반테 안경을 고쳐 쓰는 모습이 누가 봐도 반장이다.
그래서 껄렁한 일진들 사이에서 눈에 확 띄는 아이.
학교에선 완벽한 바른 생활의 아이콘이지만 밖에선 이중생활을 하고 있다.

부모님은 주호가 대기업에 입사하길 바라지만 주호의 꿈은 다름 아닌 타투이스트.
그런 모습을 연두에게 들키게 되고, 자신의 비밀을 알게 된 연두에게 마음이 끌린다.

정지성 (18)

*"지성이는 공부 싫어!
학교 가기 싫어!"*

분위기 메이커.

눈치 없이 튀어나오고,
험악한 분위기에도 알 수 없는 말들을 툭툭 뱉어내지만
워낙 밝고 귀여운 성격에 미워할 수 없는 매력의 소유자.

안유나 (18)

*"남은 학교생활 울면서 할 일 있어?
당장 사진 내려!"*

중학교 때부터 붙어 다니던 연두의 단짝친구.
공부는 잘하지만 가끔 답답하고 눈치가 없는 연두와 달리
시원시원하고 화통한 성격으로,
입도 거칠어서 자기도 모르는 사이 욕을 툭툭 내뱉고
연두에게 지적을 당하기도 한다.

연두가 허진수 때문에 힘들어할 때도, 설이의 모진 말에 상처 받을 때도 변함없이
연두의 곁을 묵묵히 지켜주는 든든하고 고마운 친구.

허진수 (18)

"너도 나 좋아하잖아.
내가 모를 줄 알았니?"

눈치 없이 밀어붙이는 스토커.

중학교 시절 연두를 좋아했지만
소심한 성격 탓에 단 한 번도 말을 걸어본 적이 없다.

고등학교에 진학해 노는 형들 좀 쫓아다니고 기세등등해지더니 없던 용기가 생겨
연두에게 지속적으로 연락해 연두를 괴롭게 만들며 아무리 연락을 해도 만나주지
않는 연두의 주변을 맴돈다.

백세찬 (19)

"시×, 약점 하나 잘못 잡혀서
찌질이 새끼 따까리나 하게 생겼네. 쪽팔리게."

진수의 고등학교인 백문고에서
제일 잘 나가는 양아치.

말보다는 행동이 앞서는 행동대장으로
동네 토박이인 만큼 발도 넓고 인맥이 많다.
진수의 도움으로 경찰서에서 풀려난 뒤
빚 갚는 셈 치고 진수를 자신의 무리에 데리고 들어온다.

일진에게 찍혔을 때 정주행 ★

⚡ **Episode 01**

너냐,
내 여자친구가?

누군가의 잣대로 인해
멋대로 일진이라 불리었던.

공부는 좀 못하고 목소리는 좀 컸던 애들.
이건, 얘네들에 대한 이야기다.

너냐, 내 여자친구가?

반장을
술집에서 만났다?!

앞으로 니 빵은, 내가 항상 사올게.
할게 내가. 셔틀.

빵 셔틀을 하겠다고?

아무 때나, 매일?

너와 나 그리고?
삼각관계가 시작된다

현호야..
너랑 같이 지각해서 너무 다행이야!
내 손바닥 한 번 쳐줄래?

진짜 비밀 지켜줘야 돼?
약속해.

⚡ Episode 04
두 남자가
나 때문에 싸운다면?

어? 내 가방! 어디서 찾았어?
몰라.

남자친구 먼저.
어, 미안. 다 마셨다.

진짜 사귀는 것도
아니잖아.

진짜 사귀면?
그럼 어쩔 건데.

⚡ Episode 05.
나를 괴롭히던
일진의 과거는?

그니까, 다 저 새끼 때문이었네.
남자친구 있다는데도
안 믿잖아..

미안하다는 말 말고는
할 말 없냐?

왜 갑자기 모든 게
김연두 중심으로 돌아가는 건데!

모르는 애들이
내 얼평을 한다

난 여름 싫어하거든. 뜨거워서.
근데 지나고 보면, 제일 기억에 남는 건
항상 여름이다?

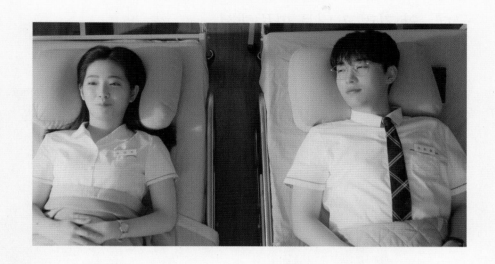

다 그렇지 뭐.
원래 뜨거운 기억일수록
더 오래 가잖아.

쌤이 너 약 챙겨주라고 하서서 온 건데.
근데.. 안 가려고 너무 따뜻해서.

이거는 태양을 표현한 거야.
이것들은 그 주변에 있는 행성들이야
꽃고비. 설이 탄생화래. 1학년 때 그린 거야.

⚡ Episode 07
교문 앞에서
일진이 날 찾는다

몸은 좀 괜찮냐?
응, 고마워 걱정해줘서.

⭐ 044

진짜 서투네.
어색하지 제대로 입으려니까.

뭐.. 좀 먹을래?

나랑 너랑?

알았어!
교문 앞에서 기다릴게.

두 남자가
나를 구해주러 왔다

엄청 큰 멍멍이 씻겨주는 것 같다.
너 지금 그거 나 개 같다는 거지?

개는 아니고,
엄청 큰 멍멍이.

아, 나 젓가락 못 잡잖아.
먹여줘. 아—

포크는 왼손으로도
잡을 수 있지?

매일 놀던
친구들이 날 떠났다

우산을 왜 하나만 들고 왔어?

사람은 두 명인데.

다 망했어.

일진과의
첫 번째 데이트

미안해.
오핸데 확신이라고 생각했던 거. 미안.

니 얘기 들어보지도 않고
혼자서 결론내린 것도..

나 믿어주는 거야?

⚡ Episode 11

데이트하면
이제 행복할 줄 알았는데..

이긴 사람 소원 들어주기. 어때?

들어주기로 했잖아 소원.

진짜 소원이 그거야? 다른 건.. 없어?

근데,
생길지도 모르겠어.

⚡ Episode 12
모두가 날 안 믿고
의심할 때..

..어른들은 왜 그래요?

왜 안 바뀔 거라 믿으면서 바뀌라는데요.
기대하는 척하지 마시라구요.
어차피 제가 뭘 해도 달라지는 건 없잖아요.

나는 아직..
내가 어떤 사람인지 모르겠는데.

나 빼고 다른 사람들은
이미 결론을 내린 것 같아.

편견을 가지고 있는
사람들 중에 대부분이,
널 모르는 사람들이잖아.

니가 제대로 알려주면 돼.
그럴 필요가 없는 사람이라면, 그냥 무시하면 되고.

그래서
신경 쓰인다고.
너 때문에

⚡ Episode 13

날 좋아하는 남자가
집으로 초대했다

맞아, 좋아해.

몰라,
그냥 인사하고 돌아서면
내가 웃고 있잖아.

무슨 사람 이름이 왕잉링이야..

쉿!
지성이가 집중하고 있어요.

⚡ Episode 14
좋아하는 사람이
위험에 빠졌다면

이미 정해진 마음을 자꾸 외면하네요.
하지만 도망갈 길은 없어요.

⚡ Episode 15
좋아하는 사람에게
고백하러 간다

도망갈 길은 없다. 어차피 갇혔으니까.

야 김연두...
나는.. 미적분보다..
니가 어려워..

좋아하고 있다고.

자꾸 눈이 마주치고,
통화 시간이 점점 길어질 때.
그때 이상하다고 느꼈다면 니가 맞아.

이 말 하는 순간 오면,
니가 좋아진 이유도 꼭 같이 말해주고 싶었는데.

아직 모르겠어.
모르겠어, 니가 왜 좋은지.

자신 있어?
..어?
자신, 있냐구.

야, 김연두.
너냐, 내 여자친구가?

그렇게 달라지고, 닮아가면서.
우리는, 더 나은 어른이 될 준비를 한다.

가둬놓지 않아도 곁에 머무는,
소중한 내 사람들 속에서.

★ 스토리

한 명의 전학생, 그리고 한 명의 방해꾼.

새 학년 새 학기, 그리고 새로운 얼굴들.
그들이 간신히 잠잠해진 연두의 일상에 돌을 던진다.
풀어보려 할수록 더 복잡하게 꼬여버리는 오해와 갈등.
열아홉, 고3. 머리만 쓰면 될 줄 알았는데 어째 마음 쓸 일이 더 많은지.
정해진 답도 없는 사랑과 우정 사이, 연두의 선택은 무엇일까?

솔직하고 적극적인 강아훈, 최승현, 윤아라.
이들이 일진 무리의 사이에 갑작스럽게 들어온다.
자연스레 섞이면서 자연스레 감정까지 생겨버렸다.
순탄할 줄만 알았던 이들의 관계는 어느덧 무너져 내리기 시작한다.

연두를 좋아하는 연하남 아훈이와 야구부 승현. 그런 승현을 좋아하는 유나.
연두와 승현의 관계를 불안해하는 현호. 그런 현호를 좋아하는 뉴페이스 악녀 윤아라.
거기에 윤아라를 좋아하는 지성. 그런 지성을 이용하는 윤아라.
설이와 주호만은 평화로울 줄 알았지만 주호마저 설이를 이유 없이 밀어낸다.

10대라서 과감하고, 10대라서 가능한 복잡하게 얽히고 설킨
일진들의 학교생활의 막은 어떻게 내릴까?

⚡ 일진을 소개합니다

김연두 (19)

"나는 지금이 편한데.."

고3, 현호와의 연애가 순탄하게만 흘러가는 줄 알았다.
어느 날 갑자기 찾아온 전학생 '최승현'.
같은 도서부이라는 이유로 전학생 최승현의 도서봉사를 도와주라는
담임선생님의 지시를 받는다.
도서부 일을 같이 하면서 승현과 가까워진다.
그리고 현호와의 다른 매력으로 다가오는 승현이에게
조금씩 흔들리기 시작하는데..

지현호 (19)

"최승현 저 새끼랑
너무 붙어 다니는 거 아니야?"

연두와 다른 반이 돼서 서운한 마음이 컸는데
새로 온 전학생이 연두를 보는 눈빛이 심상치 않다.
알고 싶지 않은데 연두와 같은 반인 '윤아라'는
현호에게 연두와 승현이의 관계를 매일 알려준다.
현호의 질투심은 하늘 높이 치솟고, 윤아라의 적극적인 대시에 혼란스럽다.
고3, 과연 평화로울 수 있을까?

최승현 (19)

> "지현호.
> 애도 아니고 뭐하는 거야."

야구부에서 제일 실력 좋은 유망주.
말 수는 적지만 다정하고 어른스러운 성격으로 여자 아이들에게 인기가 많다.

화양고의 야구부에 스카우트가 돼서 연두의 반으로 전학 온다.
그리고 연두의 보살핌(?)을 받으며 연두 무리와 가까워진다.
연두와 보내는 시간이 많아지면서 남자친구가 있는 연두에게 마음이 생기는데
숨기려 해도 숨길 수 없고 점점 승부욕까지 생겨서
연두와 현호 사이를 어떻게든 비집고 들어가려 한다.

류설 (19)

> "이 구역의
> 미친년은 나야."

좋아하는 주호와 같은 반이 됐다!
근데 이상하게 친구 이상으로 진전이 안 된다?
다급한 설이는 주호가 아직도 연두를 좋아하나 의심도 하고,
자신의 마음을 받아주지도, 고백도 하지 않는 서주호에게 상처 받는다.
서주호와의 관계가 무너져 내리는 것 같아 힘들어 죽겠는데
'윤아라'까지 끼어들어 친구들의 관계까지 무너트린다고?
의리와 걸크러쉬 끝판왕 류설이 나선다.

서주호 (19)

"좋아해. 근데 지금은 사귈 때가 아닌 것 같아."

모두가 주호와 설이는 사귈 거라 말하지만 주호는 부정한다.
설이와 붙어 다니지만 고백도 하지 않고, 엮으려 하면 피하는 서주호.
설이뿐만이 아니라 친구들과도 거리를 두기 시작한다.
모두가 왜 그러냐 묻고, 설이는 울고 불며 몰아세우지만 특유의 침착함과 미소로
아무 것도 아니라 하지만 뭔가 쓸쓸하고 슬퍼 보인다.

정지성 (19)

*"지성이 운명의 상대..
왕잉링이야!"*

꿈속의 이름 '왕잉링'만을 기다리던
지성이 눈앞에 '윤아라'가 나타났다.
심지어 윤아라와 이름 궁합도 99%다.

윤아라의 마음을 잡기 위해 윤아라의 말은 뭐든 다 믿고 듣는다.
그녀와 가까워지는 것에 성공한 지성이는 하루하루가 행복하다.
윤아라의 계획을 위해 자신이 이용당하는 줄도 모르고.

안유나 (19)

"내가 좋아하는 사람이 너를 좋아해."

단짝친구 연두와 같은 반이 돼서 너무 좋다.
거기다 전학생 '최승현'은 완전 내 이상형이다!
'최승현'이라는 새로운 덕질을 시작했다.
평생 남의 연애 고민만 들어주던 유나는
드디어 기회가 생겼다는 생각에 매일 아침, 등교 시간이 설렌다.
시원시원한 성격이니 숨기지 않고 최승현에게 마음을 표현하는데
어째 최승현은 연두한테 푹 빠진 것 같다.
연두 잘못도 아닌데 자꾸만 연두가 미워 보이고 서운한 감정이 커진다.

윤아라 (19)

*"저딴 ×보단
나랑 지현호가 더 잘 어울리지."*

연두와 같은 반 윤아라.
방학동안 독하게 관리해서 류설보다 예쁘다는 소리를 듣는다.
자기가 원하는 건 어떻게든 가져야 하는 무서운 성격.

연두를 찾아오는 현호를 보고 반한다.
하지만 그런 검은 속내를 아무도 모르게 아주 똑똑하고 조용히 숨기며
연두와 현호 사이를 갈라내고 현호를 빼앗을 계획을 세우고 있다.

강아훈 (18)

"누나! 누나 집에 놀러가도 돼여?"

연두의 아파트 윗집에 사는 강아훈.
상의 탈의 상태로 엘리베이터에서 연두와의 첫 만남.

당황하는 연두의 모습이 귀엽고,
또 자신을 남동생처럼 귀여워하는 연두의 모습에 끌려
강아지 마냥 졸졸 따라 다니며 적극적으로 대시한다.
그런 아훈이를 연두와 연두 친구들도 귀여워한다.

일진에게
찍혔을때

Episode. 01

너구나,
김연두가?

S#1. 쇼핑몰 실내 (밤)

쇼핑몰 한구석, 고등학생으로 보이는 남자 서너 명이 지들끼리 웃으며 쑥덕대고 있다.
그들의 시선 따라가 보면, 뒤돌아선 채 핸드폰 들여다보고 있는 여자.
얼굴은 보이지 않는데, 연두고.

남학생1	진짜 하라고?
남학생2	아 하라고 등신아. 쫄리냐?
남학생3	(낄낄 웃고)
남학생1	뭘 쫄려 미친놈아.
남학생3	아 그럼 하라고!

S#2. 쇼핑몰 실내 (밤)

뒤돌아서 있는 연두에게 다가간 남학생1.

남학생1	(목소리 깔고) 저기요.

그 소리에 연두, 천천히 돌아보는데. 예쁘다.

연두	(보더니) 저요?
남학생1	(표정 관리하며 주절주절) 네. 아, 제가 친구들이랑 지나가다가 봤는데. 그쪽이 너무 마음에 들어서 그러는데, 번호 좀 알 수 있어요?
연두	(멀뚱멀뚱) 사귀는 사람 있는지 물어보지두 않구요?
남학생1	아..실례를 범했군요. 남자친구 있으신가요?
연두	(미소 지으며) 네 있어요. (울리는 핸드폰 들며) 어, 마침 전화 온다. (받아서) 여보세요?

연두, 전화 받으며 돌아서자 남학생1, 연두 눈치 보다가 머쓱하게 무리로 돌아가고. 전혀 개의치 않고 돌아서 통화하는 연두.

현호(F.)	미안 도착했어?
연두	있잖아요. 그냥 오지 마세요.
현호(F.)	뭐? 왜.
연두	저 그냥 가려구요.
현호(F.)	아 거의 다 왔어.
연두	그러니까요. 10분 전에 만나기로 해놓고 왜 아직도 거의 다 오신 거죠?
현호(F.)	야, 넌 화낼 때만 존댓말 쓰더라. 금방 갈게.
연두	아니야. 천천히 와.
현호(F.)	그래? 그래도 돼?
연두	응. 나 방금 번호 따였어.
현호(F.)	뭐?! 이씨 어떤... (뚝 끊기는)

〈Cut to〉

전속력으로 달리는 누군가의 발.

현호(E.)	(헉헉대며) 김연두...

연두, 돌아보면 숨 몰아쉬고 있는 현호가 있다. 어두웠던 머리가 밝아져 있는.

연두	어? 머리.
현호	(두리번대며) 어떤 놈이야.
연두	(현호에게 다가가며) 이거 때매 늦게 온 거야? 염색하느라?
현호	(두리번대며) 저 새끼야? 비니?
연두	(현호 앞머리 살짝 쓸어 넘기며) 내일 개학인데 어쩌려고? 하긴 원랜 더 노렸는데 이 정도는 괜찮으려나.

현호, 자신의 머리 넘겨주고 있는 연두의 손 홱 붙잡는다.

현호	(손 붙들고, 진지하게) 연두야.
연두	(보면)
현호	누구냐고. 지워야 될 거 아냐, 번호.
연두	갔어.
현호	(잡았던 연두 손 천천히 내려놓으며) 아..아아! 드라이 받지 말걸! 늦었는데 뭔 드라이야. 에센스는 또 왜 발라. 아아! (괴로워하는데)
연두	(나지막이) 안 줬는데 번호.
현호	(멈추고) 뭐? 번호 따였다매.
연두	물어보긴 했는데. 알려주진 않았는데.
현호	(보다가 울컥) ..야! 너느은!

S#3. 쇼핑몰 (밤)

손잡고 걷는 연두와 현호. 익숙한 듯, 자연스럽게. 현호는 잔뜩 심통난 얼굴이고.

연두	그게 그렇게 싫어? 답장 안하면 되잖아.
현호	아 싫어! 번호 알면 언제든지 연락할 수 있고 막 프사도 볼 수 있고. 아 암튼 싫어.
연두	그럼 늦질 말든가.
현호	그거는! (깨갱) 내가 미안하고..
연두	(웃으며) 치..그래서. 머리는 왜 염색한 건데?
현호	(눈치 보며, 웅얼대는) 아이..원래 이런 게 필요하대..
연두	(응? 하고 보면)
현호	아니이, 연애할 때..어떤 이런 자극이나..새로움이 있어야 된다더라고. 계속 똑같으면 질린다잖아..

연두	누가 그래?
현호	(시선 피하며) 아 몰라!
연두	(웃으며) 뭘 맨날 모른대. 아는 게 뭐냐?
현호	아 그래서 어떤데? 우리 처음 얘기했던 날 떠오르고 막 그러냐?
연두	처음 얘기한 날?

연두, 잠깐 생각하더니 불쑥 멈춰 현호를 마주보고 선다.

현호	(놀라) 왜, 왜..
연두	(비장하게) 너냐? 내 여자친구가? (표정 풀며) 했던 그 날?
현호	아 내가 언제 그랬어. 그런 기억 없어.
연두	너 빼고 온 세상이 다 기억할걸.
현호	아 말 돌리지 말고! 어떠냐니까?

그때, 연두가 현호를 몸을 확! 돌려 코너 벽 쪽으로 밀어붙인다. 놀라는 현호.

현호	그, 그 정도냐? 아니 뭐 머리색 하나 바꿨다고 이렇게 막..어? 공공장소 에서.
연두	(어딘가를 응시하며, 자기입술에 손가락 댄다) 쉿.
현호	쉿?
연두	(여전히 응시하며) 쟤네, 안 사귄다고 하지 않았어?
현호	어?

⟨Cut to⟩

벽 뒤에서 스윽 나오는 연두와 현호의 얼굴.

⟨Cut to⟩

나란히 걷고 있는 주호와 설.

〈Cut to〉

벽 뒤에 숨어 주호와 설을 바라보고 있는 연두와 현호. 의심이 가득한 얼굴이고.

현호   안 사귄댔는데.
연두   근데 그렇다고 하기엔 너무...

〈Cut to〉

웃으며 장난치는 주호와 설.
웃긴 얘기라도 했는지 설이 주호 팡팡 치면 주호도 다정하게 웃는다. 꽁냥꽁냥한.

〈Cut to〉

연두   (현호 보며) 주호가 별말 안 했어? 너한텐 다 말할 거 아냐.
현호   아니라 했다니까. 안 사귄다고. 서주호가 거짓말할 애..구나.
           저 새끼 2년도 넘게 나 속였지 참. 어, 야! 쟤네 간다. (따라가려는데)
연두   (현호 옷 붙잡는다)
현호   (억, 하고 멈춰서는) 아 왜!
연두   나 배고파.
현호   (다정하게 돌변해서) 아 배고파?

S#4. 쇼핑몰 (밤)

조금 떨어진 채, 나란히 걷고 있는 주호와 설. 설은 주호의 가방끈 잡고 있다.
설이 주호를 흘끔 보고, 주호가 설 흘끔 보고. 결국 두 사람 눈 마주치자 웃음 터진다.

설	(괜히) 뭘 봐!
주호	니가 봤잖아! 아닌가. (웃고)

그때 두 사람 옆으로 빨간 목도리를 두른 여자가 지나간다.

주호	(여자 눈으로 쫓으며) 어...
설	(주호 보고, 여자 보더니) 왜, 좀 니 스타일인가보지? 가서 번호라도 물어봐.
주호	(넋 나간 듯) 어? 어..잠깐만? (서둘러 여자 쫓아가는)
설	(어이없어) 야 진짜 간다고? 야 서주호! 하!

주호, 여자를 따라 옷가게로 들어간다. 설, 어이없어서 돌아가시겠고.
믿기지 않는다는 얼굴로 성큼성큼 걸어가는 설.

설	가란다고 진짜 가냐? 어이없어 진짜.

설, 빠르게 멀어지는데 주호가 밝은 얼굴로 인사하며 옷가게에서 나온다.

주호	(두리번대다 설 발견하고) 설아! 어디 가!

〈Cut to〉
성큼성큼 걷는 설을 단번에 따라잡은 주호.

주호	(설 팔 붙잡으며) 설아.
설	(홱 돌아) 왜 왔어? 밥도 그 여자랑 먹지? 아주 홀린 듯이 쫓아가던데.
주호	그게 아니라
설	그래도 그렇지 어떻게 사람을 그렇게 어? 막 길바닥에 내팽개치고 가버리냐?
주호	(설명하려는 듯) 설아
설	너는 내 기분은 생각도 안 해? 어떻게 그렇게..
주호	(말 끊고) 류설!
설	뭐!

주호, 쇼핑백에서 목도리 꺼내 내민다. 아까 그 여자가 하고 있던 그 목도리.

주호	아직 추워. 너 감기 잘 걸리잖아. (설에게 목도리 둘러주고)
설	(벙 쪄서) ...뺏어온 거야? 그 여자한테?
주호	(피식 웃으며 목도리 매주는) 아니..미쳤냐.
	어디서 샀는지 물어보려고 했는데 마침 그 가게에 있더라. 잘 됐지.
	(다 매고 설 보며 다정하게 웃는다)
설	(머쓱해서 괜히) 그럼 그렇다고 얘기를 하지..
주호	니가 얘기할 틈을 줘야 말이지. (설 머리에 손 올리는)
설	(눈치 보다) 미안.
주호	나한테 감기 옮길까봐 미리 예방하는 거야. 우리 이번에 같은 반이잖아.
설	(주호 손 치우며) 조용히 해. 나 지금 감동받으려고 하는 거 안 보여?
주호	알겠어. 감동받아. 근데 어디 들어가서 감동받아라, 춥다.
설	(끄덕이며) 응.
주호	자. (몸 돌려 가방끈 내주는)
설	어?
주호	잡고 갈 거 아니야?
설	(보다가, 미소 지으며) 맞아.

다시 다정하게 걸어가는 두 사람 뒷모습 위로.

주호	근데 너 쇼미더머니 나갈 생각 없어?
설	조용히 해.
주호	화내는데 아주 비트가..
설	조용히 하랬다.

S#5. 카페 (밤)

심각한 얼굴로 멍 때리며 카페에 마주보고 앉아 있는 연두와 현호.

현호	이상한데..
연두	이상해..
현호	걔네 눈깔이..
연두	멜로였어.. (현호 보고) 모른 척 하는 게 낫겠지?
현호	뭐..말하고 싶으면 지들이 먼저 말하겠지.
연두	(끄덕이며) 응. (진동벨 만지작대며 별 생각 없이) 근데 주호는
	안경 벗은 게 더 낫네. 훨씬 멋있다.
현호	(정신 번쩍 들어서) 멋있긴? 니가 추워서 정신이 나갔나 보다.
	(두 손으로 연두 손 덥히듯 꼬옥 잡는)
연두	(피식 웃으며) 이제 손은 그냥 막 잡네.
현호	당연하지, 남자친군데.
연두	그놈의 남자친구 소리 참 좋아해.
현호	그럼 남자친구를 남자친구라고 하지 뭐라고 하냐. 남편? 아님 허스번드?
연두	둘이 똑같은 말이거든? 아 놔아, 더워. (손 빼려는데)
현호	(다시 꼭 붙잡으며) 야 지금 많이 잡아놔. 내일부턴 자주 못 보는데.
연두	(못 살아) 계단 하나 올라가면 너네 반이거든요? 누가 보면 전학 가는 줄
	알겠어.

현호	(시무룩해서) 그래도..같은 반일 때보단 훨씬 못 볼 거 아니야.
	잠깐 이러고 있어..영화 시간 찾아볼 테니까..

현호, 한 손으론 연두 손잡은 채 다른 한 손으로 핸드폰 꺼내들고.
그런 현호가 귀여운 듯 미소 지으며 바라보는 연두.

S#6. 카페 (밤)

흘깃흘깃 설을 보며 드로잉 노트에 설 스케치하고 있는 주호.
설은 맞은편에 앉아 손등에 새로 산 립스틱 발색해보고 있다.

주호	(스케치하다 흘깃 보고) 너 그런 색 있지 않냐?
설	(보지도 않고, 발색에 열중하며) 아니. 하늘 아래 같은 색조는 없거든?
	넌 타투 하겠다는 애가 그 정도 감도 없냐.
주호	(빤히 설 보는)
설	내가 보기에 넌, 글렀다 글렀..
주호	(손 뻗어 엄지로 설의 입술 쓱 닦는)
설	(그대로 얼고)

주호, 설이 립스틱 그어놓은 손등 옆에 엄지를 닦는데.
구분할 수 없을 정도로 똑같은 색감.

주호	봐봐. 똑같잖아. 아니야?
설	(굳어 있다가 시선 들어 주호 보는)
주호	(왜? 하는 얼굴로) 봐보라니까.
설	..바보.
주호	(헛웃으며) 아니, 봐보라고.

설	(괜히 버럭) 그래 너 바보라고!
	(주호 드로잉 노트 확 낚아채며) 내가 이렇게 생겼냐? 하나도 안 닮았어.
	공부를 하는 거야 마는 거야..아무도 너한테 타투 안 받아. (꿍얼대면)
주호	(귀엽다는 듯 웃으며 설 보다가) 알았어 다시 그려줄게. 아 줘봐!

S#7. 카페 (밤)

여전히 한 손은 연두 손을, 다른 한손으론 핸드폰 하고 있던 현호.
그때, 테이블 위 진동벨이 울린다.

연두	(손 빼며) 잠깐만 기다려. (일어나며) 받아올게.
현호	(자기 핸드폰 건네며) 내가 받아올게 넌 영화시간 좀 검색해봐. (가는)

연두, 핸드폰 받고 자리에 앉으며, 걸어가는 현호의 뒷모습 본다.

연두NA	나다, 쟤 여자친구가.

미소 지은 채 현호 보던 연두. 현호의 핸드폰 검색창 클릭하자 검색 기록
이 뜬다.
'연애 잘 하는 법', '오래 사귀는 법', '여자들이 좋아하는 데이트 코스' 등등.
연두, 검색기록 보고 미소 짓더니 고개 들어 카운터의 현호 보면.

현호	(커피 트레이에서 커피잔 잡았다가) 아! 뜨거!
	(종업원에게) 이렇게 뜨거워도 돼요? 화상 입은 거 같은데요?
연두	(그 모습에 풋, 웃는)

연두NA	쟤가, 내 남자친구고.

⟨Cut to⟩

트레이에 커피 두 잔 받쳐 테이블로 돌아오는 현호.

연두NA   내일이면 방학이 끝나는 우리는.

현호   (테이블에 트레이 내려놓는)

연두   (현호 가만히 보다가) 우리 사귀네.

현호   (연두 한번 보더니 피식 웃는) 이제 알았냐?

            (자리에 앉으며 연두 앞에 커피잔 놔준다) 조심해. 겁나 뜨거워.

연두   (미소 짓는다) 응.

S#8. 카페 (밤)

납작 엎드려 있는 주호와 설. 주호가 살짝 고개 들어 연두와 현호 테이블 본다.

설	(엎드린 채) 이게 숨을 일이야? (일어나려 하며) 죄 짓는 것도 아니고.
주호	(설 저지하며, 눈은 계속 망보는) 아 안 돼. 사귀는 거 아니라고 했단 말이야.
설	(그 말에, 생각하더니) ..그럼 뭔데?
주호	어? (설 보면)
설	너랑 나, 지금 이거.

주호, 아무 말도 못하고 설을 가만히 본다. 그대로 짧은 침묵이 흐르는데. 때마침 울리는 진동벨.

주호	(진동벨 집어 들며) 받아올게. 기도하고 있어, 안 들키게.
설	치. (하며 웃는데 이내 생각 많아지는)

S#9. 복도 (아침)

불쑥 튀어나오는 지성의 얼굴.

지성	(핸드폰 마이크처럼 쥐고) 안! 녕하세요 여러분. 새 학기가 밝았는데요!

화면 빠지면, 마치 생중계하듯 이야기하고 있는 지성.

지성	과연! 이번 학기에도 지성이는 귀여울지!
	저번 학기 지성이의 귀여움을 이길 수 있!을!지!
	엄청난 관심이 집중되고 있습니다.

현호(E.)	아무도 안 궁금해.

화면 더 넓게 빠지면, 지성을 보고 있는 연두와 현호.

현호	아무도 안 궁금해하니까 제발 조용히 하고 올라가시라고.
지성	지성인 너 기다리는 건데? 같은 반이잖아.
현호	먼저 가.
지성	혼자 올 수 있어?
현호	어, 제발. 너무 괜찮겠어.
지성	자신 있어? (흥, 하고 뒤도는데) 어? 주호! 같이 가! (달려가는)

현호는 고개를 저으며, 연두는 미소 지으며 지성 본다.

S#10. 3반 뒷문 (아침)

연두의 교실 뒷문 앞에서 손잡고 있는 연두와 현호.
헤어지기 아쉬운지 잡은 손을 흔들대고 서 있다.

연두	올라가, 늦겠다.
현호	(어리광 피우듯) 아 좀만 더 있다가. 아, 왜 다른 반이냐고. 열 받네.
연두	(웃으며) 가라니까.
현호	아 싫어..
유나	(둘을 지나쳐 교실로 들어가며) 염병천병 떨고 앉았네.
	점심시간에 만날 거 아니세요? (자리로 가 앉고)
현호	(유나 노려보며) 쟤 말고 내가 3반이어야 했는데.
유나	(뒤돌아 메롱 하는)
현호	저게 이씨!

현호와 유나 티격태격하는데, 연두가 주머니에서 뭔가를 꺼낸다. 하트모양 나뭇잎이고.

연두　　(현호에게 건네며) 이거.

현호　　뭐야? (받아서 보더니) 하트네.

연두　　오다 주웠다.

현호　　아이고..유치해 죽겠네. (하면서도 좋아 죽는)

연두NA　　고3이 되면 전부 달라진다는데.

연두　　이제 진짜 가. 종 치겠다.

현호　　어. 이따 봐.

연두　　(끄덕이고)

연두NA　　너는 그대로겠지?

멀어지는 현호.

연두NA　　나도, 그대로일 거야.

현호 뒷모습 바라보며 뒷걸음질로 교실로 들어오던 연두.
뒤에 서 있던 누군가의 발에 걸려 휘청한다.

연두　　(휘청하며) 어어!

유나　　(놀라서) 연두야!

그때, 연두의 어깨를 탁, 받쳐주는 누군가의 손.

연두NA　　그대로여야 할 텐데.

S#11. 계단 (아침)

헤벌쭉 웃는 얼굴로 하트모양 나뭇잎 들여다보며 계단 오르던 현호.
빠르게 뛰어내려오던 아라와 어깨 부딪친다. 바닥으로 떨어지는 나뭇잎.

현호   (어깨 문지르며) 아잇! 앞에 안 보고 다니냐? (아라 보는데)
아라   (울고 있는)
현호   (왜 저래 싶어) 야..니가 왜 울어.
아라   미안해. (하고 서둘러 자리 뜨는)
현호   (어안이 벙벙해) 뭐야..찜찜하게. 아 하트!

현호, 두리번대다가 계단에 떨어진 나뭇잎 주워드는데. 찢어져 있는 하트.

현호   (아쉬워서) 아이씨 뭐야...

S#12. 3반 교실 (아침)

연두의 어깨를 받치고 있는 누군가의 손.
연두, 놀란 얼굴로 올려다보면, 처음 보는 얼굴의 남학생인데.

승현   너구나, 김연두가?
연두   (놀란 얼굴로 보고)

명찰에 적힌 '최승현' 세 글자.

너구나, 김연두가?

일진에게
찍혔을때

Episode. 02

신경 쓰이는
전학생

S#13. 3반 교실 (아침)

창가 쪽 맨 뒷자리에 앉아 있는 승현. 이어폰을 꽂은 채 권장도서를 읽고
있다.
창문엔 승현을 구경하러 와 기웃대는 다른 반 애들. 나름대로 티 안 나게
살짝 보는데 누가 봐도 다 티 나고.
그럼에도 신경도 안 쓰이는지 무표정으로 책 읽는 승현.

S#14. 3반 교실 (아침)

앞뒤로 앉아 있는 연두와 유나.
연두, 문제집 풀고 있고 유나가 뒤돌아 연두를 마주보고 있는데.

유나   (창밖의 애들 보고, 승현 보다가) 최승현이랑 같은 반이라니.
연두   (문제집 풀며) 아는 애야? 되게 유명한가 보네.

창문으로 승현 슬쩍 보고 가는 애들.

유나   초등학교 때부터 유명했지. 야구천재로.
          (열정적으로 줄줄 소개하는) 다 죽어가던 송월중학교 야구부를
          전설의 팀으로 만들고 아람고를 우승으로 이끈 전설의 타자!
연두   근데 그런 애가 왜 우리학교에 와?
유나   (얘가 뭘 모르나 싶은) 화양고 야구부 전국 1등이잖아.
          박춘호부터 추산수까지 전부 화양고 출신이라고.
연두   (놀라며) 추산수까지?
유나   그렇다니까? (승현 보며) 쟤, 듣자하니 재능은 있지만 싸가지가 없대.
          말 걸면 대답도 잘 안 해준다더라.
연두   (그 말에 돌아서 승현 본다)

여전히 무표정으로 책 읽고 있는 승현.

유나　　　그래도 좋겠다. 쟨 대학은 이미 붙은 거나 마찬가지잖아.

　　　　　아, 나도 뭐 하나 잘해서 공부 안하고 싶다!

연두　　　(다시 유나에게 몸 돌리며) 욕 잘하잖아.

유나　　　이쒸! 죽을래? (뒷문쪽 보더니) 어? 헐.

연두　　　왜? (유나의 시선 따라 뒤돌아보면)

S#15. 3반 뒷문 (아침)

뒷문에 서 있는 담임. 뒷문 쪽에 모여 승현 구경하던 애들 손 휘저으며 쫓아낸다.

담임　　　안 돼! 돌아가! 이제 곧 종이 칠 것이니! 너희들의 반으로 돌아가거라!

학생1　　아 쌔앰, 아직 종 안 쳤잖아요!

담임　　　(조용히 해보란 듯 손바닥 들어 보이고 뭔가를 기다리듯 가만히 있는)

그때 수업 종이 친다.

담임　　　됐지? 이제 돌아가라! 불쌍한 너희의 스승들에게!

애들　　　(야유하며 각자 흩어진다)

S#16. 3반 교실 (아침)

연두와 유나 웃으며 눈빛 교환한다. 교실을 가로질러 교탁으로 가는 담임.

담임	(교탁에 출석부 탁 내려놓고) 나다.
3반 애들	(환호하고)
담임	(주먹 하늘 위로 들며) 침묵!
3반 애들	(조용해지는)
담임	좌석표 돌릴 테니 지금 앉은 대로 적어보도록!
3반 애들	(환호하고)
담임	(주먹 하늘 위로 들며) 침묵!
3반 애들	(조용해지는)
담임	(출석부 넘기며) 그리고 김연두?
연두	네?
담임	나 좀 볼까.

S#17. 교무실(아침)

마주 보고 서 있는 연두와 담임.

담임	올해도 도서부는 계속하는 것인가.
연두	네.
담임	음, 공부에는 지장 없고?
연두	네. (웃으며) 어차피 전 도서관에서 공부하거든요.
담임	그래. 오늘 전학생 한 명이 왔다, 최승현이라고. 혹시 만났는가? 니 얘긴 해뒀는데.
연두	아... 만나긴..했어요. 제 얘긴 왜요?

담임	그 녀석 도서봉사를 니가 좀 도와줘야겠다.
연두	야구부가 도서봉사를 해요?
담임	그러게나 말이다. 훈련하느라 봉사점수 못 채워도 아무도 뭐라 안 하는데 우리의 최승현은 그걸 굳이! 채우시겠다고 하신다.
연두	아..
담임	아무튼 니가 도서반이니까, 좀 챙겨주도록.
연두	네! 그럴게요.
담임	그래. 그럼 해산.
연두	네! (하고 가다가 돌아보고) 쌤!
담임	(보면)
연두	올해도 잘 부탁드려요!
담임	해산!

S#18. 3반 교실 (아침)

뒷문으로 들어간 연두. 아직도 책 읽고 있는 승현을 본다. 고민하는 듯한 연두의 표정.

유나(E.)	쟤, 듣자하니 재능은 있지만 싸가지가 없대. 말 걸면 대답도 잘 안 해준다더라.

〈Cut to〉
책 읽던 승현 옆으로 다가서는 누군가. 보면, 연두다.

연두	책 읽는 거 좋아하나 보네.
승현	(연두 슬쩍 보고 다시 책 보는)
연두	(역시..대답 안 해주는구나) 아깐 고마웠어.
승현	응.

연두	어? (활짝 웃으며) 대답하네!
승현	(보면)
연두	아..그게 아니라. 나, 도서부라서 항상 도서관에 있거든.
	넌 월수금마다 오면 돼.
승현	(다시 책 보며) 응.
연두	점심이랑 석식 빨리 먹고 가야되니까 같이 가면 되겠다.
승현	응.
연두	(머쓱해서) 근데..봉사점수는 왜 채우려는 거야?
	선수들은 안 채워도 봐준다던데.
승현	그건 반칙이니까.
연두	어?
승현	반칙은 나쁜 거잖아.
연두	아..응.
승현	(고개 들어 연두 보며) 더 할 말 있어?
연두	어? 아니. 점심 먹고 보자.
승현	(다시 책 보는)

연두, 흠..하고 승현을 본다. 승현이 어떤 애인지 아직은 모르겠고.

S#19. 7반 교실 (아침)

찍— 스카치테이프 뜯는 손. 보면, 현호고.
테이프를 뜯어 찢어진 하트 나뭇잎에 붙이더니 조심스레 집어 들어
수학의 정석 사이에 꽂아 놓는.

현호	(한숨 쉬며 나뭇잎 보다가 발끈) 아 걔가 뛰지만 않았어도 이씨.

회상. 울고 있던 아라.

현호	근데 왜 울고 난리야 지가 부딪쳐 놓고. 얼탱이 없네.
	(수학의 정석 덮는다)

그때 들리는 설 웃음소리. 현호 고개 들어 소리 나는 곳을 보면 나란히 앉아 셀카 찍으며 놀고 있는 주호와 설 보인다. 웃긴 사진이라도 찍는지 한참 웃다가 주호가 죽을래? 하곤 설 머리에 손 올리면 설 약 올리는 표정 짓다가 또 웃음 터지는.

설	(웃다가) 아 맞다 잠깐만. (일어나 자기 자리로 가고)
주호	(아직 희미하게 미소 짓고 있는데)
현호	(주호 옆에 앉으며) 뭐냐.
주호	또 뭐.
현호	뭐가 좋아서 그렇게 실실 쪼개냐고.
주호	왜 아침부터 시비야.
현호	아 뭐냐고 너네! 안 사귄다는 거 구라지?
주호	안 사귄다니까.
현호	(노려보다가) 나 너네 봤다.
주호	(보면)
현호	어제 상가에서.
주호	(시선 피하는)
현호	사귀는 게 아니면 그림이 이상해지는데.
주호	안 사겨.
현호	(대단한 거라도 알려주듯) 누가 그러는데, 썸을 너무 질질 끌면
	둘 중 하나가 질려서 떠난다더라. 사귀든 말든 내 알바 아닌데 조심하라고.
주호	안 사겨.
현호	아우! 지겨워! (일어나 가버리면)
주호	..아직은.

S#20. 3반 교실 (낮)

권장도서 양팔 가득 들고 걸어 들어오던 연두. 책상에 부딪혀 휘청한다.
책들 와르르 쏟아지고.

연두   아..또. (꿇어앉아 책 줍는) 맨날 이러냐..바보도 아니고.

그때, 책 두어 권 주워서 건네는 손. 보면, 아라다.

연두   (받으며, 머쓱하게) 고마워. 아직 새 교실에 적응이 안 됐나봐.
아라   (다짜고짜) 나 윤아란데 너 나 알아?
연두   ..어?
아라   난 너 아는데. 김연두.

S#21. 3반 책꽂이 (낮)

책꽂이 앞에 나란히 서 있는 연두와 아라의 뒷모습 보인다.
책꽂이에 책 꽂아 넣으며 얘기하는 둘.

아라   (책 꽂으며) 내 별명도 꼬부기였거든.

연두   (멈칫하며) 진짜? 왜?

아라   왜겠어.

아라가 턱으로 가리킨 곳을 보면, 걸려 있는 초록색 백팩.

연두   아아. (웃는)

아라   애들이 맨날 야 꼬부기 부르고 나서 김연두도 꼬부긴데 하니까.

       나도 모르게 외워지더라고 니 이름.

연두   그랬구나..반갑다 같은 별명이라니. 작년엔 몇 반이었어?

아라   9반. 그래도 아는 애 한 명쯤은 있을 줄 알았는데. 꼴랑 나만 올라왔네.

연두   이제 생겼잖아.

아라   응?

연두   아는 애. (자기 가리키면서 웃는)

아라   (웃으며) 소문대로 특이하구나? (다시 책 꽂고)

연두   너도 만만치 않거든. (책 꽂는)

S#22. 학교 휴게실 (낮)

휴게실 벤치에 앉아 과자 먹으며 놀고 있는 지성과 현호.

지성	주호는?
현호	몰라. 류설이랑 있겠지. 야, 서주호가 너한텐 별말 없디?
지성	달말도 없던데?
현호	(꾹 참고) 뭐 사귀는 사람이 생겼다든지.
지성	오귀는 사람도 없다던데?
현호	아유! 넌 진짜 철 좀 들어라. 이십 대가 코앞이야.
지성	(진지하게) 철들면.. (까불) 무거워.
현호	(포기하고) 예, 그 사탕이나 마저 드세요.
지성	네에!

그때, 바람이 불고 현호 주머니에 구겨 넣었던 빵 봉지가 날아간다.
바람을 타고 바닥을 따라 쓸려 가는데 탁, 하고 봉지를 잡는 발.

〈Cut to〉

벤치에서 일어나 슬슬 걸어가는 현호와 지성.

현호	(일어나며) 오늘 점심 김연두 반이 먼저지?
지성	응!
승현(E.)	야.
현호	(못 듣고, 계속 걸으며) 오늘 메뉴 뭐냐?
지성	몰라? 우동 먹고 싶다.
승현(E.)	어이 단팥빵.

현호와 지성, 그 소리에 응? 하고 돌아보면.
유니폼을 입은 승현이 빵 봉지를 들고 서있다.

승현	(빵 봉지 들며) 먹었으면 치우는 게 맞지.
현호	(주머니 뒤적여보고) 아..떨어졌나 보다.
승현	먹는 사람 따로 있고 치우는 사람 따로 있으면 반칙이잖아.
현호	(슬슬 짜증) 모르고 떨어트린 거라니까. 줘.

현호, 짜증내며 승현의 손에 들린 빵 봉지 낚아챈다.

승현	다들 변명은 그렇게 하더라.
현호	야..너 뭔데? 뭔데 시비야, 뭐 하자고.
지성	(승현의 유니폼 보더니) 최승현이다.
현호	뭐?
지성	맞지? 야구천재 최승현. 전학 왔다더니 진짜네?
현호	(지성 말 듣고, 승현 훑어보는)
승현	앞으론 조심 좀 하자.
현호	(열 받아서) 내가 아까부터 실수라고..
지성	(현호 막아서며) 현호야.
	(나한테 맡기라는 듯 성큼성큼 승현에게 간다) 지성이 말 똑똑히 들어.
	(주머니에서 핸드폰 꺼내더니) 나 셀카 한 번만!
승현	(뭐하는 앤가 싶고)
현호	(절레절레 고개 저으며, 돌아서 걸어가는) 재수 없는 놈이 하나 생겼네.
지성	야, 같이 가!

S#23. 3반 교실 (낮)

점심시간. 삼삼오오 모인 아이들 각자 수다 떨기 바쁜데.
연두, 파우치에서 쿠션을 꺼내 가볍게 수정 화장한다.

유나	(돌아보며) 연두! 밥 먹자. 배고파 디지겠다.
연두	(수정 화장하며) 어 잠깐만? 이것만 하고.
유나	보자보자..오늘 메뉴는 (주머니에서 핸드폰을 꺼내 메뉴 확인하는)
	오이냉채? 우웩..아 근데 칠리새우 있네. 그럼 오케이.
	(연두 보고) 아 가자고. 우리 차례 지난다? (일어나며) 얼른 나와!
연두	(웃으며) 알았어.
유나	(신나게 달려 나가고)

만족스러운 얼굴로 쿠션을 파우치에 넣는 연두. 뭔가를 발견한 듯 시선 멈춘다.
보면, 혼자 자리에 앉아 핸드폰 보고 있는 아라. 배고픈지 배 문지르는.

연두	(아라 옆에 서며) 점심 안 먹어?
아라	(연두 보더니) 어..배가 안 고파서.
연두	거짓말, 고프면서. 배 문지르는 거 다 봤거든.
아라	(머쓱해서) 애들은 앞반이라 먼저 먹었나 봐.
연두	우리랑 같이 먹을래?
아라	(보면) 너네랑?
연두	응. 아, 너만 괜찮으면.
아라	(보다가, 웃으며 고개 끄덕이는)

S#24. 급식실(낮)

모여 앉아 있는 현호, 지성, 설, 주호. 왁자지껄 시끄럽다.

지성	(오이냉채 젓가락으로 집어 흔들며) 우우 오이냉채다!
현호	아 쫌 가만히 좀 있어!
설	(주호 칠리새우 집어가면)
주호	야. (어이없어 웃으며) 눈앞에서 대놓고.

지성, 계속 현호를 치대고 현호 짜증내는데. 저 멀리서 걸어오는 연두 발견하고 표정 확 밝아진다.

현호	어, 김연두! 여기! (자기 앞자리 톡톡 치는)

식판 들고 오는 연두와 유나. 유나가 먼저 앉고, 연두는 현호 앞에 서는데. 조금은 쭈뼛대며 연두를 따라오는 아라.

현호	자리 맡아놨어.
연두	땡큐.
현호	나밖에 없지?
연두	(으이그) 그럼 누가 더 있어.
현호	(흐뭇하고)
설	(아라 발견하고) 누구야?

설의 말에 돌아보면, 식판을 들고 어색하게 서 있는 아라.

아라	아..그..
연두	(현호 앞에 앉으며) 앉아 아라야. 우리 반 친군데 같이 먹어도 되지?
아라	(지성 앞에 앉는다, 지성에게) 안녕.

지성	(넋 놓고 보고 있는) 어..안녕..
현호	(아라 보더니) 어 너 아까..
아라	(현호에게) 아침엔 미안했어.
현호	아..됐어. 신경 꺼.
설	(아니꼬운 눈으로 아라 훑어보는)
주호	너도 3반이야?
아라	응. 연두랑 유나랑 같은 반.
주호	나는 서주호. 얘는 류설.
설	(여전히 뚱한 얼굴로 보고 있고)
주호	쟨 지현호.
현호	(손만 까딱 드는)
지성	나는 정지성! (현호 밀치며 아라에게 악수 청하는)
현호	아 왜 이래!
아라	(웃으며 지성이 내민 손잡는다) 안녕 정지성.
지성	(반한 얼굴이고)
현호	(지성 제 자리로 밀치며) 야 영양사 선생님 바뀌었냐? 맛이 다른데.
연두	모르겠는데..
유나	아냐 국 먹어봐 좀 달라. 짜 짜.

이내 다시 시끌벅적해지는 테이블. 아라도 적응한 듯 웃으며 밥 먹고.
아니꼽게 아라 보던 설도 눈빛 거두고 밥 먹는.

현호	나 보고 싶었냐.
연두	(현호 보더니) 정신없었지.
현호	(헤벌쭉해) 왜 너무 보고 싶어서?
연두	필기하느라.
현호	(정색하는)
연두	확실히 고3 되니까 더 열심히 해야 할 것 같고.. 더 집중하게 되고 그러더라. 작년이랑은 달라.

현호	(삐져서) 그럼 고3땐 헤어지고 스무 살 돼서 다시 사귀든가.
연두	그럴까?
현호	(헐레벌떡) 야! 아니? 농담이야. 뭘 그럴까야.
연두	(웃으면서 현호 보면)
현호	(연두 손잡으며) 야 진짜 농담이다? 어? 맘에도 없는 말이라고. 알았지?
연두	(웃으며) 아 알았다고. 빨리 먹어. 너희 지금 먹는 거 걸리면 벌점이야.
현호	벌점 받지 뭐. (히히 웃는데)

그때, 연두의 옆자리에 놓이는 식판 하나. 시끄럽게 떠들던 애들의 시선
주목된다.
보면, 식판의 주인은 승현이다. 유니폼을 입은 채 연두 옆에 서 있는 승현.

승현	앉아도 되지?
현호	야, 누구 맘대로..
승현	(무시하고, 앉는)
지성	(기쁘게) 최선수! 저를 찾아오셨군요! 영광입니다!
유나	뭐래 쟤 우리 반이거든. 오늘 전학 왔어.
현호	(찡그리는) 같은 반이라고?
연두	(승현에게) 유니폼 입었네? 훈련하고 왔어?
현호	(벌써 그런 거 물어볼 사이냐는 듯, 연두 보는)
승현	응. (하고 밥 먹는)
지성	유니폼 완전 멋있어! 담에 지성이도 한번 빌려주라.
유나	너한테 안 맞을 거 같은데.
지성	(아라 눈치 보며) 야 아니거든? 지성이도 운동해.

웃고 떠드는 애들 속에서, 말없이 승현 노려보는 현호.

⟨Cut to⟩

급식을 다 먹어갈 때쯤, 승현이 식판을 들고 일어난다.

승현	(일어나며 연두에게) 가자.
연두	(시계 보더니) 아 벌써 시간이 이렇게 됐네. (따라 일어나는)
현호	(연두 따라 일어난다) 가긴 어딜 가! 둘이서!
연두	할 일이 있어서.
현호	할 일? 무슨 할 일. 무슨 할 일을 둘이서 해. 나도 같이해.
연두	도서관 봉사, 도와주기로 했거든.
현호	그걸 왜 니가 도와줘.
연두	내가 도서부잖아.
현호	도서부가 너 하나냐!
연두	우리 반엔 나 하나야. 카톡할게!

떠나는 승현과 연두.

현호	(두 사람 뒷모습 보며) 아니 왜..쟤..뭔 도서봉사야..운동부가.. (말문 막히고)

연두와 함께 걸어가던 승현. 뭔가 생각났는지 멈춰서더니 다시 테이블로
돌아온다.

현호	(뭐야 하고 보면)
승현	앞으로 점심시간 좀 지키지. 정정당당하게. (다시 가고)
현호	(열 받아서) 아 저 새끼가 아까부터. (승현에게) 야!
주호	야, 학주 학주.
현호	아이씨. (손으로 얼굴 가리며 고개 숙이는데, 분이 안 풀려 씩씩대는)

S#25. 쿠키, 남자화장실 (밤)

남자화장실 앞을 지나던 영어. 우뚝, 멈춰서더니 킁킁 냄새 맡는다.

영어 누가 화장실에서 담배 피우니. 알아서 나와라.

반응 없고.

영어 남자화장실이라고 못 들어갈 줄 아니? 얼른 나와. 안 나와?

그래도 반응 없자 한숨 한번 쉬고 화장실로 들어가는 영어.
문 하나씩 쾅쾅 열어보는데, 아무도 없다.

영어 (갸우뚱하며) 분명히 냄새가 나는데... (쯧 하고 나가는)

영어가 나가고 조금 뒤, 밖에서 잠겨있던 청소함 문 틈새로
티머니 카드가 한 장 나온다. 달칵 소리 내며 잠금장치가 열리고.
후드 뒤집어쓴 남학생이 화장실 밖으로 걸어 나가는데 얼굴은 보이지 않고.
화장실 입구에서 양옆을 두리번거리던 남학생.
쓰고 있던 후드 모자를 벗더니 빨간 스냅백을 거꾸로 쓴다.
그제야 보이는 장난기 넘치는 얼굴. 아훈, 씩 웃는다.

Episode. 03

여자친구를 한 번 더 반하게 하는 방법

S#26. 3반 교실 (낮)

뒤돌아 연두와 대화중인 유나. 연두는 쿠션으로 가볍게 수정 화장하고
있다.

유나	야, 맞다. 나 또 아침에 백세찬 만났다?
연두	(쿠션 두드리며) 또 ?
유나	아 맨날 그 정류장에 서 있다니까? 버스 탈 것도 아니면서?
연두	(쿠션 닫아 내려놓으며) 너 기다리는 거 아냐?
유나	걔가? 나를? 나를 왜!
연두	(능글맞게) 너 좋아하나부지이.
유나	야야 끔찍한 소리 마. 아 암튼 눈 마주치면 안녕? 하면서 웃는데 막
	소름이 오소소소 근데 (뒷문 보고) 어머 깜짝 놀래라. 쟤 또 왜 저러고 있니.
연두	(응? 하고 돌아보면)

뒷문 뒤에 숨어 승현 노려보고 있는 현호.
승현은 신경 쓰이지 않는 듯 자리에 앉아 책 읽고 있다. 늘 그렇듯 무표정
한 얼굴로.

S#27. 3반 뒷문 (낮)

연두	(현호에게) 또 왔어?
현호	(여전히 뒷문에 붙어 승현 노려보며) 저 새끼..저 새끼가 친한 척 안 해?
연두	(현호의 시선 따라가 승현 보고) 승현이? 안 하는데?
현호	막 말 걸고 번호 물어보고 안 그래?
연두	(고개 젓는) 쟤는 말 자체를 잘 안 해.
현호	(승현 노려보며) 나한텐 잘만 하더니 여자애들한텐 신비주의로 가나보지?
	웃기는 자식이네. 저거.

연두	쉬는 시간마다 내려오는 거 안 힘들어?
현호	자리에 앉아서 혼자 상상하고 괴로워하는 게 더 힘들어.
	차라리 몸이 고생하는 게 낫지.
연두	상상? 무슨 상상.
현호	(계속 승현만 보고 있는)
연두	나 보러 내려오는 줄 알았는데 아닌가 보네..그럼 즐거운 관람 돼.
	(교실로 들어가려는데)
현호	(연두 붙잡으며) 김연두.
연두	(보면)
현호	..한 잔 할래?

S#28. 매점 앞 (낮)

초코우유 벌컥벌컥 마시는 현호. 숨 몰아쉬며 우유팩 탁 내려놓고.

화면 빠지면, 마주본 채 각자 초코우유 한 팩씩 놓고 있는 연두와 현호.

연두	이제 말해봐. 뭐가 문젠데. 뭐가 맘에 안 들어서 입은 댓 발만큼 나와서..
현호	(말 끊으며) 질투나.
연두	질투?
현호	나는 종치자마자 달려 내려와도 쉬는 시간 10분밖에 너 못 보는데.
	걔는 계속 니 옆에 있잖아.
연두	(무슨 소리지, 어리둥절하고)
현호	걔는 샤프심이 없어도 너한테 빌릴 수 있고. 필기도 보여 달라고 할 수 있고.
	졸면 깨워줄 수도 있고. 같은 페이지 보면서 수업하다가
	다음 장으로 넘길 때 같이 넘길 거 아냐! 동시에! 최승현 그 새끼는!
연두	(아이고) 그거 때문이었어?
현호	너한테 관심 있는 것 같다고. 근데 내가 할 수 있는 게 없잖아.
연두	누가 승현이가?

현호	성 떼고 부르지 마아!
연두	그런 거 아니야. 걔가 왜 나한테..
현호	(말 끊고) 딱 보면 알아. 남자들 눈에는 보이는 그런 게 있다니까?
연두	저번에 그 영화관 알바도 나 좋아하는 것 같다매.
현호	캬라멜 팝콘을 줬잖아! 기본 시켰는데! 그런 실수가 어딨어.
연두	우리 맨날 가는 카페 바리스타도 날 사랑하고 있다매.
현호	하트 그린 거 못 봤냐? 내건 아무것도 없는데!
연두	니 거에 어떻게 그려. 아이스 아메리카논데.
현호	아무튼! 너라면 질투 안 나겠냐? 내가 막 막, 다른 여자애랑 인사하고 웃고.
	니가 모르는 얘기하고 그러면. 질투 안 나겠냐고?
연두	응.
현호	그치? 그러니까..어?
연두	난 안 날 것 같은데. 니가 나 좋아하는 거 아니까.
현호	야, 그게 말은 쉽지 너도 막상 내 입장 되면..
연두	(단호하게) 안 해. 난 질투 같은 거 안 한다고.
	내가 좋아하는 건 너고 승현이도 나 안 좋아해.
	선생님이 좀 챙겨달라고 하셔서 도와주는 거야. 그게 다야.
현호	(누그러져서) ..자신 있어?
연두	자신 있어!
현호	그래도..너무 친하게 지내진 마라.
	내가 그렇게 마음이 넓지가 못하다. 미안하지만.
연두	알았어, 알았어. 가자 이번엔 내가 데려다줄게.
현호	내가 데려다줄 거거든? (노려보면서도 손잡는)

티격태격하면서도 손은 꼭 잡고 걸어가는 두 사람의 뒷모습.

S#29. 7반 교실 (낮)

자리에 앉아 문제집 풀고 있는 주호.

7반 애1	(화학 문제집 들고) 반장. 나 뭐 하나만 물어봐도 돼? 아 도저히 이해가 안 돼.
주호	(웃으며) 어. 내가 니 자리로 갈게.
7반 애1	땡큐 반장. (자리로 가고)
7반 애2	야, 반장! 이따 축구 할 거?
주호	해야지. 체육관에 공 있더라.
7반 애2	오키, 내가 챙겨감. (뛰어나가고)
주호	(흠, 하고 다시 문제 푸는데)
설	(주호 앞 책상에 걸터앉으며) 벌써 반장이야? 아직 뽑지도 않았는데.
주호	아 (웃고) 2년 내내 반장을 하니까 애들이 내 이름은 까먹었나 봐.
설	이번에도 나가게?
주호	나가야지. (후련한 듯) 하..이번이 마지막이다.
설	반장 되는 게 왜 그렇게 중요한데? 스펙 때문에?
주호	그래야 하고 싶은 거 할 수 있어서.
설	뭐..타투?
주호	응, 뭐..그것도 그렇고. (씩 웃는)

S#30. 교사휴게실(낮)

휴게실 문을 빼꼼 열고 안을 살피는 현호. 아무도 없는 걸 확인하곤 후다닥 들어와 소파 옆에 놓여있는 잡지 중 하나를 골라든다. 심각한 얼굴로 넘겨보다가 멈추는데.
보면 연애칼럼이고.

현호	(읽으며) 여자친구를 한 번 더 반하게 하는 비법..이거다.
	(읽어 내려가는) 예상치 못한 순간에 선물을 건네 보세요.
	별것 아닌 듯 보여도 소소한 이벤트가 됩니다..선물..선물을 뭘 줘야 하지.

현호, 인상까지 써가며 고민하고 있는데 갑자기 확 열리는 휴게실 문.

현호	(잡지 던지며 시선 피하는) 지금 나가려고 했어요!
아라(E.)	그럼 나가세요.

보면, 문 열고 서 있는 아라.

현호	(괜히) 야! 넌 교사휴게실에 맘대로 들어오냐?
아라	누가 보면 너는 선생인줄 알겠다? 난 쌤 부탁으로 왔거든?
현호	나도야.
아라	너도 부탁받았다고? 무슨 부탁?
현호	(버럭) 모..몰라! 뭘 그렇게 캐물어. (아라 지나쳐 나가버리고)
아라	(어안이 벙벙해서) 왜 화를 내..

얼떨떨한 얼굴로 휴게실 안으로 들어오던 아라.
현호가 있던 자리에 나동그라져 있는 잡지 발견하고 어리둥절한.

S#31. 3반 교실 (밤)

이어폰을 귀에 꽂은 채 팔짱을 끼고 눈을 감고 앉아 있는 승현.
그 옆에서 연두가 신기한 듯 승현을 보고 있다.

연두	(작게) 승현아. 최승현. 자는 거야 이러고? (신기한 듯 보는)
	운동선수들은 앉아서 자나..신기하네..

연두, 승현 눈앞에 손을 휙휙 움직여보다가 깨어날 기미가 안 보이자 돌아서는데.

돌아서며 책상에 놓인 야구배트를 건드리고. 야구배트 떨어지려는데..!

연두	어..! (하는데)
승현	(순식간에 배트 낚아채는)
연두	(놀라고)
승현	(배트 책상 옆에 세워두며 한숨 쉰다) 잘 좀 보고 다니지.
연두	미안..
승현	(연두가 안 가자) 왜. 할 말 있어?
연두	(정신이 들어) 아, 오늘 시간 돼? 학교 끝나고.
승현	왜.
연두	책 분류하는 법 알려주려고. 봉사는 내일인데 내일은 내가 정신이 없을 거라.
승현	(한숨 쉬더니) 훈련 끝나고 갈게.
연두	웅! (가다가 돌아보고) 미안.
승현	(쓱 보고 마는)

S#32. 7반 교실 (밤)

자리에 앉아 있는 현호. 고민이 가득한 얼굴로 핸드폰 스크롤 바쁘게 내리고. 옆에 앉아 현호 보고 있는 지성.

현호	선물..선물이라... (스크롤 내리는)

보면, 여자친구 선물 추천해주는 블로그 글을 보고 있는 현호.
스크롤 내려 보면 지갑 사진이 뜬다.

현호	지갑 어떠냐.
지성	(연두의 뚱한 얼굴 따라하며) 난 지갑에 왜 돈 쓰는지 모르겠어.
	돈 넣는 주머니를 위해 돈을 쓰는 게 말이 돼?
현호	아씨..탈락.

또 스크롤 내리면, 시계 사진이고.

현호	시계는?
지성	(연두 따라하며) 시계는 핸드폰 시계가 최고지.
현호	(핸드폰 한번 보고) 그럼 꽃다발은?
지성	(연두 따라하며) 꽃이 시들면 너무 슬프지 않아?
현호	아! (핸드폰 책상 위로 던지며) 뭐 이렇게 어려워. 그냥 과자나 사줄까.
지성	그게 선물이냐.
현호	아 몰라 그럼. 아아악. (엎어지는데)

던져 놓은 현호의 핸드폰에 메시지가 오고. 의욕 없는 표정의 현호, 힘없
이 핸드폰을 확인해보면, '3반 윤아라' 에게 온 메시지.

[3반 윤아라 도와줄까?]

현호	뭐라는 거야.. (답장하는)

[뭘] 이라고 답장하는 현호.
이내 아라에게 답장 온다.

[3반 윤아라 연두 선물!]
[3반 윤아라 같이 골라줄게]

현호	(시큰둥하게) 친하지도 않은데 무슨..

떨떠름한 얼굴의 현호. [됐어] 라고 답장하려는데 그 순간, 연두에게 메시지가 온다.

[꼬부기♥   현호야 오늘은 먼저 가! 나 승현이랑 도서관 좀 들러야 해서]

현호   또또! 승현이.

<인서트> 회상
매점 앞에서 현호에게 말하던 연두 모습.

연두   난 질투 같은 거 안 한다고.

잔뜩 삐진 현호. 결심한 듯 눈빛 바뀐다.

현호   그래..백번 설명하는 거 보다 한번 느껴보는 게 낫지.
너도 내 입장 한 번 돼봐라.

아라에게 메시지 오고. [어떡할래?]
현호가 답장한다. [그래 그럼]

S#33. 도서관 서가 (저녁)

책장에 책 정리하고 있는 연두. 북카트에서 책을 꺼내 한 권씩 채워 넣는 데, 하나가 빈다.

연두	칠백구십이 나, 칠백구십이 라..엥? 어디 갔지. (북카트 뒤져보고 책장 살피는데)
승현(E.)	칠백구십이 다.

연두, 승현 목소리에 돌아보는데 손을 뻗어 빈 공간에 책 꽂아 넣는 승현. 졸지에 가까이 마주보고 서게 된 두 사람. 닿을 듯 말 듯 아슬아슬하게 가까운데 정작 둘 다 별생각 없어 보이고.

연두	(돌아서 승현이 꽂은 책 보며) 어 맞아! 금방 배우네. 그렇게만 하면 돼.
승현	응.
연두	음..그럼 이제 웬만한 건 다 알려준 것 같고..아, 제일 중요한 거. (승현 툭 치고) 이리 와봐.
승현	(보는)

S#34. 도서관 아지트 (저녁)

연두가 승현을 데리고 간 곳은, 오래된 책들을 모아둔 구석진 서가.
다른 서가들과는 어쩐지 분위기가 다른, 비밀공간 같은 느낌이 드는 곳이고.

연두	(잘 안 보이는 구석에 쏙 들어가는) 하다가 모르겠다거나 하기 싫거나 마음이 복잡하면 이렇게, 여기 숨어 있으면 돼. 이쪽은 전부 옛날 책들이라 찾는 사람이 없거든. 사람도 거의 안 오고.

승현	땡땡이를 치라고? 그거 반칙이잖아.
연두	맞아, 반칙. 근데 가끔은 도망치고 싶은 날도 있으니까. (씩 웃고)
승현	(보는)

S#35. 쇼핑몰 앞 (저녁)

안절부절못하며 아라를 기다리는 현호. 아무거나 주워 입은 듯한 추리닝에 푹 눌러 쓴 모자. 누가 봐도 신경 하나도 안 쓴 차림이고.

현호	아..그냥 됐다고 할까. 괜히 알겠다고 해가지고 이씨.
	(아라에게 연락하려 핸드폰 뒤적이는데)
아라(E.)	일찍 왔네?

보면, 사복차림의 아라. 머리부터 발끝까지 신경 쓴 듯한 모습이 현호와는 딴판이고.

현호	(꾸민 아라의 모습에 굳이? 싶은) 어? 어..어디 다녀와?
아라	아니? 왜?
현호	아냐. 야, 빨리 사고 가자. (상가로 들어가고)
아라	(따라가는)

S#36. 쇼핑몰 (저녁)

연두의 선물 고르는 현호와 아라의 모습 몽타주. 이건 어때? 저건 어때? 하며 서로 보여주고 그건 아니라고, 별로라고 손사래 치며 티격태격하는.

현호   (손사래 치며) 걔 그런 거 안 좋아해.. (뭔가 발견하고) 어? 저거다.

⟨Cut to⟩
볼캡과 비니를 양손에 들고 고민하는 현호.

현호   걔는 새로운 모자가 좀 필요해. 이거 사주고 그 끔찍한 건 버려야지.

두 모자 번갈아 보며, 연두가 쓴 모습 상상하는 현호. 절로 미소가 나온다.

현호   (상상하며) 이건..예쁠 것 같고..이건..귀엽겠는데. (웃고)

S#37. 쇼핑몰 (저녁)

연두의 모습 상상하는 현호의 얼굴에 미소 번지는데. 멀리서 현호를 부르는 아라.

아라   현호야!
현호   (정신 차리고 보면) 어?
아라   연두 초록색 좋아한댔지. 이런 건 어때?

보면, 그린 계열 매니큐어들 진열되어 있고.

현호   아..이런 거 해보고 싶다고 하긴 했는데.

아라	손 줘봐.
현호	(경계하며) 손은 왜.
아라	아 줘봐 빨리. (현호 손 끌어다가 새끼손가락에 초록색 매니큐어 바르는)
현호	(식겁하며) 아 뭐해!
아라	야, 직접 발라봐야 제대로 고르지.
현호	아 그럼 니 손에 바르지 왜 내 손에..!
아라	니 여자친구지 내 여자친구냐? (바른 매니큐어 호호 부는)
현호	(손 빼며) 아 됐어.
아라	어때 예쁘지? 잘 발랐지?
현호	아이.. (손톱 보고) 뭐..잘 어울리겠네. 김연두한테. (대충) 이것도 사자 그럼.
아라	그래! 계산하고 있어. 나 잠깐 뭐 좀 보고.
현호	(시큰둥하게) 어. (매니큐어 집으며) 이거라고?
아라	(응! 하고 끄덕이는)
현호	(볼캡이랑 매니큐어 들고 계산대로 간다)
아라	(현호 가는 거 확인하는)

S#38. 쇼핑몰 앞 (밤)

현호, 쇼핑백 들여다보며 뿌듯하게 웃는다.

현호	(아라에게) 고맙다. 도와줘서.
아라	아냐, 나도 재밌었어.
현호	김연두가 맘에 들어 해야 할 텐데. 일주일 안에 와야 환불가능하다고?
아라	설마 환불하겠어? 나 같으면 절대 안 한다. 남자친구가 열심히 고른 건데.
현호	아 그런가..걔가 좀 예측 불가능한 애라. (연두 생각에 피식 웃음 나는)
아라	(어딘가 씁쓸하게) 진짜 좋아하나보네.
현호	당연하지. (정신 차리고) 아 아무튼, 내일 보자. (돌아서는데)
아라	(현호 손잡으며) 잠깐만.

현호	(돌아보면)
아라	좋아해.
현호	(인상 찌푸리며) ..뭐?
아라	좋아한다고..지성이.
현호	(표정 풀리는)

S#39. 카페 (밤)

카페에 마주보고 앉은 아라와 현호.
아라는 커피잔 두 손을 포개어 쥐고 있고 현호는 아무것도 마시지 않는다.

아라	같은 반도 아니고..점심시간엔 애들 다 같이 있으니까.
	할 수 있는 게 별로 없더라고. 니가 지성이랑 제일 친한 것 같아서
	물어보고 싶은 게 많았어.
현호	(시계 보며 귀찮은 듯) 뭐..친하긴 하지.
아라	지성인 뭐 좋아해? 학교는 정했대? 좋아하는 사람은..있어?
현호	먹을 거 좋아하고. 아이돌 할 거라 방송연예과 간대. 좋아하는 사람은.
아라	(긴장한 듯 보고)
현호	있어.
아라	(실망해서) 진짜? 누군데?
현호	몰라. 아직 못 만났어.
아라	응? 그게 무슨 소리야.
현호	(지긋지긋하다는 듯) 꿈에서 도사님이 운명의 상대를 정해주셨다나.
	애가 단순해서, 그런 걸 잘 믿어.
아라	아..그래? (자신 없는 듯 웃는) 그럼 어렵겠네.
현호	(눈치 보다가) 아이 근데 애가 단순하니까, 니가 좋아한다고 하면
	자기도 좋다고 할 것 같기도 하고..아 몰라. 내 연애도 어려워 죽겠구만.
	(대충) 내 말은 그냥 질러보라고 일단.
아라	(비장하게) 알았어. 도전해볼게!
현호	뭐 그러든지.

그때 현호 핸드폰으로 걸려오는 전화. '꼬부기♥' 뜨고.

현호	(확인하고 서둘러 일어나며) 어 야. 나갈게. 알아서 잘해봐.
아라	응! 고마워. 내일 봐!

현호, 연두 전화 받으며 카페를 나가고. 웃으며 현호 나가는 모습 지켜보던 아라. 한숨 쉬며 커피잔을 든다.

아라   쉽네. 재미없게.

아라가 커피 마시면, 전에는 포개져 있어 보이지 않던 아라의 손가락 보이는데. 현호와 똑같은 위치에 똑같은 매니큐어 발려 있는.

일진에게
찍혔을때

Episode. 04

그 남자를
위한
축하 파티

S#40. 7반 교실 (이른 아침)

걸레질하고 있는 설. 헤드폰으로 흘러나오는 음악 흥얼거리며
바닥 닦느라 정신없는데. 누군가 헤드셋을 벗긴다.
설 놀라서 돌아보면, 주호다.

주호   안 들렸어? 계속 불렀는데.
설   어, 음악 때문에.
주호   별일이네. 류설이 반 청소를 다하고.
설   뭐. 주번이라고.
주호   그니까. 너 원래 주번일 안하잖아.
설   아 어쩌라고! 해도 난리야! (다시 걸레질하며) 비켜 청소하게.
주호   (설 얼굴 보다가 피식 웃는) 칠판도 닦았어?
설   보면 모르냐!

보면, 설 볼에 묻어있는 분필. 주호, 웃으며 설에게 다가가 엄지로 살짝 볼
털어준다.
당황한 설, 걸레질 멈추고 주호 보는. 설 얼굴에서 분필 털어주는 주호.

주호   청소를 얼굴로 하냐.
설   (괜히) 아 화장 지워져.
주호   미안. (웃고 자리로 돌아가는데)
설   (괜히 주호가 건드린 볼 만지작대다가, 태연한 척) 준비는 잘했어?
        오늘이잖아. 반장선거.
주호   응, 뭐.
설   하긴 넌 준비할 것도 없겠다. 맨날 하던 거라.
주호   그래도 매번 떨려. 그리고 이번이 진짜 중요하거든.

S#41. 3반 교실 (낮)

교과서를 들고 구지가를 읽고 있는 담임. 담임이 한 구절을 읽으면 학생들이 따라한다.

담임	구하구하.
학생들	구하구하.

수기현야..약불현야..번작이끽야..담임과 학생들 주고받는 목소리 위로. 은밀하게 여기저기서 전달되는 하트모양 포스트잇들. 그 위로, 속삭이는 애들 목소리.

3반 애1(E.)	꼬부기한테 전달해줘.
3반 애2(E.)	연두한테 전해주라.
3반 애3	(뒤돌아 승현에게 포스트잇 건네며) 김연두한테 전달 좀.
승현	(못마땅한 얼굴로 포스트잇 받아서, 연두 보면)
연두	(교과서 아래 8절지에 하트 포스트잇들 붙이고 있다)
승현	(한숨 쉬더니 볼펜으로 연두 책상 툭툭 치는)
연두	응? (돌아보면)
승현	(담임 눈치 한 번 보고 포스트잇 건네는)
연두	(화색 돌며) 어! 고마워. (받아간다)
승현	(귀찮은 얼굴로, 다시 교과서 보고)
유나	(홱 돌아서 연두에게 하트 포스트잇 건네는) 너 이러는 거 지현호도 알아?
연두	야, 너 현호한테 절대 말하면 안 된다. 우리 선물만 주고받기로 했단 말이야.
유나	어이구, 200일이 뭐 그렇게 대단하다고.
연두	대단하지. 첫 남자친구랑 첫 200인데. (웃고)
유나	(으이구, 웃으며 다시 앞 보고)
연두	(작게 부르는) 승현아.
승현	(보면)

연두	(하트 포스트잇 들고) 너도 쓸래? 짧아도 괜찮은데.
승현	아니. 안 써.
연두	아..좀 그렇지? 너는 잘 알지도 못하는데.
	(웃으며) 알았어. (다시 작업에 열중한다)
승현	(그런 연두가 이해 안 돼, 고개 젓는)

S#42. 7반 교실 (낮)

종이 치고. 절망적인 수진의 목소리가 교실에 울려 퍼진다.

수진	야! 내 포카 못 봤어?

보면 울상 된 수진이 반 애들에게 묻고 있는.

수진	내가 어제 들고 온 건 분명히 기억나거든? 근데 없어졌어.
혜지	서랍에 없어? 사물함은?
수진	아 없어! 다 찾아봤는데.

〈Cut to〉

매점에 다녀온 주호와 설. 소란에 수진 쪽 한 번 보고 자리에 앉는다.
설, 주호 쪽으로 돌아앉아 과자 까는데.

수진	없어졌다니까? 분명히 책상 위에 뒀는데 누가 가져갔다고!
설	(그 말에 정신 번쩍 드는)

회상. 오늘 아침, 수진 책상 위에 있던 쓰레기 치우던 설.

수진	(울듯이) 아 막콘에서 받은 건데. 어떡해..
설	(조심스레 수진 쪽 돌아본다)
수진	(쭈뼛대며) 야 류설..

설이 고개 들면, 눈치 보며 설 앞에 서 있는 수진. 설이 무서워 마구 따지
진 못하고.

수진	니가 오늘 주번이었다며..
설	..근데?
수진	니가 내 책상 위에 있던 것들 치웠어?
설	..책상 위에 쓰레기들 치우긴 했는데..
수진	(울컥해) 쓰레기? 니가 뭘 버린 건지 알아? 내가 죽어라 모은 포카들
	니가 다 갖다버린 거라고. 내가 그거 받으려고 얼마나 고생했는데.
	(울먹이며) 새벽부터 줄 서서 겨우겨우 받은 것도 있고
	학원 째고 엄마랑 싸워가면서 받은 것도 있는데.

수진 언성에 아이들 전부 설을 보며 수군대는데.
그 시선에, 설 이마에 식은땀이 맺힌다. 주먹을 꽉 쥐는.

수진	(여전히 징징대고 있는) 나한테 진짜 소중한..
설	(말 끊고) 소중하면 함부로 굴리질 말았어야지.
수진	뭐?
설	그렇게 소중한데 왜 쓰레기더미에 파묻어놔? 나만 모르는 유행인가?
	못 봐주게 드러워서 청소해줬더니 왜 나한테 지랄이냐고.
	(일어나 나가려고, 수진을 등지는데)
수진	니가 가지고 있는 거면 그냥 돌려주기만 해. 그럼 없었던 일로 할게.
설	(매섭게 돌아서더니 수진 앞으로 다가간다)
	내가 너 같은 정신 나간 빠순이로 보여?
	야, 니가 아무리 새벽에 줄 서고 엄마랑 싸워봤자 걔네는, 너 몰라.

수진	(충격 받고)
설	(주호 끌고 나가며) 나가자.
주호	(수진 쪽 한 번 보고, 설 손에 끌려 나가는)

설이 째려보던 수진 결국 눈물 터지고. 혜지와 정은이 수진을 토닥인다.

S#43. 도서관 서가 (낮)

무표정으로 책장 정리하고 있는 승현. 원래 있던 책을 빼고, 북카트의 새 책을 꽂는다.
책을 빼자 얼굴 들이밀고 있는 연두.

연두	(책장에 얼굴 밀어 넣고) 승현아.
승현	(놀라지도 않고) 응.
연두	나 잠깐 나갔다 와야 하는데 혹시 누가 찾으면
	수행평가 때문에 먼저 갔다고 해주라.
승현	거짓말은 반칙이지. (연두 얼굴 있는 곳에 책 꽂아 넣는)
연두	(책장 돌아서 승현에게 오는) 그러면 정리 일찍 끝나서 먼저 갔다고 해주라.
	그건 거짓말 아니잖아. 나 진짜 다 했어. 확인해봐!
승현	(책 정리하며) 어디 가는데.
연두	파티 준비 때문에 상가에 케익 사러.
승현	(연두 한 번 보고, 뒤돌아보면 진짜로 정리가 돼 있는 연두의 서재)
	알았어.
연두	(웃으며) 고마워! 나 금방 다녀올게! (달려 나가고)

승현, 신나서 달려 나가는 연두의 뒷모습 보며 절레절레 고개 젓는다.

〈Cut to〉

승현, 북 카트 데스크 옆에 세워놓고 스트레칭 하는데.

데스크 위에 연두가 두고 간 지갑을 발견하고. 한숨 내쉬는.

S#44. 빵집 (낮)

연두 계산대 앞에서 기다리고 있고, 연두에게 케익 내미는 빵집 직원.

직원   23000원입니다.

연두   (주머니 뒤적이는데) 어? 잠시만요? (모든 주머니 다 더듬어보며)

아닌데? 아까 분명히 챙겼는데. (직원 눈치 보며) 저 진짜 죄송한데..

지갑을 두고 와서요. 다음에 다시 올...

그때 카드 내미는 손. 연두, 돌아보면 승현이다.

승현   이걸로 해주세요.

연두   승현아..!

S#45. 거리 (낮)

두 손으로 소중히 케익을 들고 걷는 연두. 그 옆에 승현이 나란히 걷는다.

연두   고마워. 이번 시간에 못 사면 다 망하는 거였는데.

승현   ...

연두   돈은 교실 가서 바로 줄게.

승현   그럴 필요 없어.

연두   에이 아냐! 싼 가격도 아닌데. 요즘 케익들 진짜 비싸더라. 꼭 줄게.

승현	니 돈이야.
연두	어?
승현	(연두 지갑 건네는) 두고 갔더라.
연두	아.. (웃고) 내가 원래 좀 깜빡깜빡해, 고마워, 덕분에 살았다.
승현	그 정도인 건가.
연두	원래 이 정돈 아니었는데, 새 학기 시작하고 정신이 없나봐.
승현	아니. 파티 말이야. 점심시간에 무단으로 외출해서 케익을 사올 정도로..
	그렇게 소중하냐고.
연두	그럼 소중하지..감사하고.
승현	감사까지..
연두	말하지 않으면 모른다잖아. 고마운 마음도 그럴 거 아냐.
	그래서 이번에 확실히 표현하려고! 내 마음을.
승현	진짜 많이 좋아하나보네.
연두	너도 좋아했을걸. 좀 더 일찍 알았으면 좋았을 텐데.
승현	글쎄.
연두	너도 같이 가자. 사람은 많을수록 좋으니까.
승현	내가 가면 별로 안 좋아할 것 같은데.
연두	그런 게 어딨어. 절대 안 그래! 나만 믿어.

S#46. 교문 (낮)

교문으로 들어선 연두와 승현. 경비실에서 경비아저씨가 둘을 부른다.

경비아저씨	학생들 외출증 끊었어?
연두	아..아저씨 그게요..
승현	(외출증 내미는)
경비아저씨	(확인하고 돌려준다) 어어, 들어가 봐요.
승현	(받아들고 걸어가는)

연두	(따라가며) 외출증을 끊었어?
승현	내가 무단외출 할 사람으로 보여?
연두	아니지. 뭐라고 하고 나왔는데? 이유도 써야 하잖아.
승현	지인한테 뭘 줘야 해서 잠깐 앞에 나갔다 오겠다고.
연두	오, 교묘하게 거짓말은 안 했네.
승현	거짓말은
연두	알아, 반칙이니까. (웃고)
승현	(머쓱한)
연두	근데 지인이라니 너무 딱딱하다. 친구도 아니고.
승현	우리가 지인이지 뭐야. 그냥 같은 반, 아는 사이.

S#47. 7반 교실 (오후)

칠판 위 결과는 서주호 13, 차영대 15, 정지성 1.
몇 장 안 남은 투표용지. 마지막 한 장을 펴 읽는 수학.

수학	..차영대.

실망하는 주호 얼굴. 칠판 보면, 서주호 13, 차영대 16. 간발의 차로 진 주호.

수학	그럼 영대가 반장, 주호가 부반장이네. 다들 축하해주고. 반장 부반장 끝나고 교무실 들렀다 가라. 오늘 종례 끝!

주호, 멍하니 책상에 앉아 있고. 눈치 보며 주호 주변으로 모여드는 현호, 지성, 설.

지성	(주호 옆에 앉아, 까불며) 어서와 부반장은 처음이지?

현호	(지성 울대 팍 치며) 넌 쟤 표정을 보고도 놀리고 싶냐?
	(주호에게) 야 괜찮냐.
주호	(억지로 웃어 보이는)
지성	(꿍시렁) 반장이나 부반장이나..
설	그래 주호야. 요즘엔 대학들도 고등학교에서 반장한 거
	그렇게 많이 안 쳐준대. 그거 별로 안 중요한 스펙이라고 하더라고.
	그러니까 너무 걱정 말고 (주호 손목 잡는데)
주호	(뿌리치듯 손목 빼는) 나한텐 중요하다고,
설	(상처받아) 야..
주호	아..미안. 나한텐 진짜 중요해서 그래..
현호	아 근데 난 이해가 안 되네. 니가 차영대한테 밀리는 게 없는데.
지성	지성이두 당연히 니가 될 줄 알았어.
주호	(고개 숙이며) 애들 마음이지 뭐. 어떻게 알겠냐.

설, 이렇게 속상해하는 주호의 모습이 처음이라 걱정스럽다.
뭐라 함부로 위로도 못하고 주호 보고 있는데 뒤에서 들려오는 혜지의 목
소리.

혜지	이제 반장 빽 믿고 나대진 못 하겠네.
설	(돌아보면)

설 째려보다가 시선 피하는 수진. 그 옆에 서서 수군대며 설 흘끔대는 혜
지와 정은.

설	(자기 때문인 걸 깨닫고 낙담하는데)
주호	설아.
설	(놀라) 어?
주호	(애써 괜찮은 척) 나 오늘은 먼저 갈게. 교무실도 들러야 되고..
설	어..알겠어.

S#48. 복도 (오후)

걸어가는 수진 무리 따라 뛰어가는 설.

설   야, 임수진.

수진 무리, 돌아보면.

설   나 때문이야?
수진   (쫄았지만, 아닌 척) ..뭐래.
설   (다가가며) 나 때문에 서주호 안 뽑은 거냐고. 니네다 차영대 뽑았어?
수진   너 때문이라기보다..그냥 거짓말쟁이가 싫어서.
설   뭐? 주호가 무슨
수진   걔는 맨날 니가 나쁜 애가 아니라는데,
            내 기분 나쁘게 하면 그게 나쁜 애지 뭐야?
설   (표정 구겨지는)
수진   미안한데 난 니가 반장 등에 업고 떵떵거리는 거 못 보겠거든.
            (홧김에) 지금도 충분히 짜증나니까!

수진 무리, 돌아서서 걸어가고. 설, 울상으로 얼굴 손바닥에 묻는.

S#49. 계단 (오후)

급하게 걸어 나와 두리번대는 현호. 계단에 멍하니 앉아있는 주호 발견하
고 한숨 쉰다.

현호   (옆에 앉으며) 어쩌냐, 3년 내내 반장 못 해서.
주호   (현호보고 다시 시선 돌리는) 어쩔 수 없지 뭐.

현호	왜 센 척이야. 속으론 쫄리면서. 너 부모님이랑 내기했잖아.
	3년 내내 반장에 전교 1등 하고 좋은 대학 가면
	그때 너 하고 싶은 거 하게 해주신다고.
주호	내기 아니고 약속이거든.
현호	그거나 그거나.
주호	그러게 말이다. 타투 못하는 건가. (헛웃음 짓고)
현호	그래도 부반장 됐으니까 뭐라고 잘 둘러대 봐. 너 입 잘 털잖아.
주호	그것도 위로라고 하는 거라면 고맙다 그래.
현호	(주호 어깨에 손 얹으며) 어떻게든 되겠지.
주호	...

S#50. 3반 교실 (밤)

불 꺼진 교실에 모여 있는 아이들. 저마다 파란색 아이템을 하나씩 가지고 있고.
파란 리본 머리띠를 한 연두가 케익을 세팅한다.
파란 트와인끈으로 포장된 쿠키상자들을 꺼내놓는 연두
지성, 승현 주변 뱅글뱅글 돌며 위아래로 훑어본다.

지성	이게 무슨 일이죠? 블루가 보이지 않는데요.
승현	(무표정으로 지성 보고)
지성	(미안한 얼굴로) 안타깝게도 최선수님은 규정 위반으로 퇴장 조치합니다.
승현	(가방 둘러메고 나가려는데)

승현 손목 붙잡는 손. 승현, 돌아보면 연두다.

연두	자.

연두, 쿠키상자에서 푼 파란 실 승현 손목에 감아서 꽉 묶는다. 실 팔찌처럼.

연두	이제 됐지? (다시 케익 세팅하러 가고)
지성	아 오케이 패스! (흥얼대며 아라 앞에 서고) 아라도 패스!
아라	(파란 리본 달린 머리띠 만지작대며) 아라 패스!
승현	(연두가 묶어준 팔찌 바라보는)

그때, 걸어 들어오는 파란 컨버스. 발소리에 돌아본 승현이 인상 찡그린다.

현호	(걸어 들어오며) 야 됐지? 블루? 가지 가지한다. 진짜.
연두	(웃으며) 왜 재밌잖아.
승현	(지성 툭툭 치고) 쟤...
지성	응?
승현	쟤가 지금 오면 안 되는 거잖아.
지성	(현호 보더니) 왜?
승현	깜짝 파티 아니야?
지성	맞는데 깜짝 파티.

한 학생이 뛰어 들어오며 준비 준비! 하면 촛불에 불붙이는 연두.

연두	(케익 들고) 하나 둘!
일동	졸업 축하합니다~ 졸업 축하합니다~

승현, 영문을 모르는 얼굴로 노래하는 애들 보다가 앞문으로 시선 돌리면 천천히 걸어 들어오는 파란 옷의 경비아저씨. 모자 벗으며 얼떨한 표정이고.
승현, 전혀 예상치 못한 파티의 주인공에 당황하는데.

일동	존경하는~ 박민철 선생님~
경비아저씨	(감동받은 얼굴이고)
일동	졸업 축하합니다! / 와! / 촛불 부세요. / 소원 비세요, 소원.
경비아저씨	(웃으며) 소원?

아저씨, 잠시 눈을 감고 소원 빌더니 촛불 후 불어 끈다. 애들 박수치고.
하트 포스트잇이 가득 붙은 롤링페이퍼 건네는 연두.
롤링페이퍼 위엔 '2년 동안 감사했습니다!' 적혀 있는.

승현	(롤링페이퍼 확인하곤 내심, 놀란다)
경비아저씨	(롤링페이퍼 읽어보며) 아이고 뭘 이런 걸 준비했어.
연두	2년 동안 감사했습니다.

승현, 케익을 보면 꽂혀 있는 2모양 촛불.

연두	학교 올 때마다 웃으면서 인사 받아주셔서 기분 좋게 하루를 시작할 수 있었어요.
학생1	저 1학년 때 급식실 못 찾고 있을 때도 아저씨가 데려다 주셨었는데!
학생2	어, 나도!
학생3	가신다니 서운해요!
일동	맞아요!
승현	(예상치 못한 상황에, 벙쪄서 보는)
경비아저씨	나도 정말 고마웠어요.
	매일 웃으면서 인사해주는 게, 참 별거 아닌 것 같아도 힘이 많이 됐어.
연두	저희 옷도 맞춰 입었어요.
지성	(티 펄럭이며) 블루~
경비아저씨	아이고, 그러네. 다들 예쁘네.

다들 웃으며 분위기 좋은데 혼자만 웃지 못하는 승현.
할 말을 잃은 듯 벙쪄 있다가 연두 보는데, 따뜻하게 웃고 있는 연두 모습.

승현   (유나에게) 오늘..쟤네 200일 아니었어?

유나   뭔 200일? 2주도 더 남았는데? 어 나도 케익! (달려가고)

현호   (연두에게) 야 나도 저런 거 써줘. 어?

연두   아 내가 이럴까봐 안 보여주려고 했는데. (웃고)

〈인서트〉 회상
케익을 사고 돌아오던 길에 연두가 했던 말이 새롭게 다가온다.

연두   소중하지... 감사하고.
           말하지 않으면 모른다잖아. 고마운 마음도 그럴 거 아냐.

자신이 오해했음을 깨달은 승현, 시선 떨군다.
다시 고개 들어, 밝게 웃고 있는 연두 오래도록 바라보는.

소중하지... 감사하고.
말하지 않으면 모른다잖아.
고마운 마음도 그럴 거 아냐.

S#51. 3반 교실 (밤)

각자 여기저기에 앉아 과자 먹는 애들. 연두와 현호도 마주보고 앉아 과자 먹는다.
과자 먹는 현호의 왼손 새끼손톱에 발린 초록색 매니큐어.

연두	(매니큐어 보고) 손톱 뭐야?
현호	어? (손톱 숨기며) 아 아무것도 아냐.
연두	봐봐. (현호 손 가져가면) 웬 매니큐어?
현호	(어쩔 줄 몰라 하는) 아니 그게..조카랑 놀다가.
연두	너 조카 없잖아.
현호	생겼어 갑자기.
연두	뭔 소리야. (웃고) 색깔 예쁘다.
현호	그래? 그럼.. (숨겨놨던 쇼핑백 꺼내 건네는) 너 가지든지.
연두	(놀라) 뭐야 이게? 200일 선물?
현호	아니..그냥 샀어. 어울릴 것 같아서.
연두	(쇼핑백에서 모자랑 매니큐어 꺼내며) 우와! 예쁘다.
현호	(내심 뿌듯해) 맘에 드냐.
연두	응! 나 매니큐어도 발라보고 싶었는데.
현호	그니까. 그거 다 기억하고 산거라고. (주절주절) 3시간 동안 고른 거야. 너한테 어울리는지 막 상상해가면서.
연두	(보다가, 말없이 끌어안는)
현호	야..아 그 정도냐.. (하면서도 뿌듯하고)
연두	고마워. 생각해줘서.
현호	야, 이런 거는 뭐, 열 번도 더 사줄 수 있어. 말만 해. 내가 은근 센스가 있더라고..

뿌듯한 마음에 쉴 새 없이 말하는 현호.

현호 끌어안은 채 미소 짓고 있던 연두 표정이 천천히 굳는다.

연두의 시선 끝엔, 친구들과 얘기하며 과자 먹고 있는 아라.

아라의 왼손 새끼손가락에 발린 현호와 똑같은 색깔의 매니큐어.

S#52. 쿠키, 편의점 (밤)

사복 입은 아훈. 빨간 스냅백을 거꾸로 쓰고, 저지에 청바지를 입고 있는데.

얼핏 보면 흔한 대학생처럼 보이고.

아훈	(뒷주머니에서 지갑 꺼내며, 자연스럽게) 프렌치 조고여.
알바생	(담배 꺼내며 눈치 보는) 혹시 신분증 좀 볼 수 있을까요?
아훈	아 그럼여. (가짜 민증 꺼내주며) 여기여.
알바생	(민증 확인하고) 아..올해 스무 살 되셨네요. (다시 돌려주는데)
아훈	(받으려고 하는데)

아훈 대신 민증을 낚아채는 누군가의 손.

아훈	뭐예여! (돌아보면)

사복 차림의 승현.

승현	(민증 들여다보며) 이런 거 만드는 데 얼마 드냐? 감쪽같네. 스무 살.
아훈	뭔 소리예여. 줘여! 저 스무 살 맞거든여!
승현	스무 살이 왜. (아훈의 저지 지퍼 내리는데)

지퍼를 내리니 보이는 교복. 넥타이에 조끼까지 영락없는 고등학생
이고.

승현	교복을 입고 계실까.
알바생	(아차 하는 표정)
아훈	(망했다 싶지만, 뿌리치며) 도, 동생 거 입은 거 거든여?
승현	그래요? (아훈 명찰 내밀며) 그럼 명찰을 흘리지 말았어야죠. 후배님.
아훈	(승현 째려보는)

아훈의 민증 들고 있는 승현의 손목. 연두가 매준 팔찌가 아직 채워져 있다.

일진에게 찍혔을때

Episode. 05

너는,
내 왕앙링이?

S#53. 엘리베이터 (아침)

다급하게 현관문 열고 나오는 연두.

연두   (신발 신으며 헐레벌떡) 다녀오겠습니다!

엘리베이터 앞에서 대충 꿰어 입고 나온 옷 정리하며 발 동동 구른다.
운동화도 대충 꺾어 신은 채 핸드폰 시계 들여다보고 낙담하는데.
그때 엘리베이터 도착하고. 문이 열리는데, 타려다가 그대로 굳는 연두.
보면, 티셔츠 채 입지 못하고 상체를 훤히 드러내고 있는 아훈이 타 있다.
아훈의 가방은 아직 정리 못한 듯 열려 있고.

연두   (굳어서) ...!
아훈   (옷 입다말고 굳어서) ...!

엘리베이터를 사이에 두고 마주본 두 사람.

연두   (얼은 채로 보고 있으면)
아훈   (보다가) 안 타여? 나 추운데.
연두   ...네? 네네! (급하게 타고)

민망해서 돌아보지도 못하고 버튼에 코 박다시피 바짝 붙어 서 있는 연두.
아훈, 들고 있던 문제집 가방에 넣어 맨 뒤 옷을 마저 입는다.

아훈   (옷 다 입고, 연두 신발 보더니) 신발 신어여.
연두   너나 옷 입어! ..요.
아훈   (푸스스 웃으며) 다 입었는데여.

아훈이 연두 보면, 여전히 신발끈 풀린 채 엘리베이터 코너에 얼굴 박고 있는.

아훈   누나 신발끈 묶는 법 몰라여?

아훈, 쭈그려 앉아 연두의 풀린 신발끈 묶어주는데.

연두   (놀라서) 아! 제가 할게요!

연두가 아훈의 어깨를 미는데, 바닥엔 화양고 교복 자켓과 화학 문제집 떨어져 있는 거 보고.

연두   어? 화양고?
아훈   2학년 3반 강아훈이에여. (다 묶고) 근데여 누나..
아훈   초면에 이런 말 좀 부끄러운데..
연두   (괜히 긴장하는데)
아훈   1층 안 눌렸어여.
연두   아! 맞다! (헐레벌떡 일어나 버튼을 누르고)
아훈   (올려다보며) 이미 지각인데.

S#54. 학교 1층 로비 (아침)

전속력으로 달려와 숨 몰아쉬며 시간 확인하는 연두.

연두	(헉헉대며) 아 다행이다..
아훈	(달려와 숨 몰아쉰다) 와 치사하게..먼저 가냐..진짜 의리 없네여, 누나..
연두	같이 가는 게 더 이상하죠. 아는 사이도 아닌데.
아훈	왜 아는 사이가 아니에여!
	저는 누나 윗집에 살고 심지어 누나는 제 아랫집 살잖아여.
연두	(생각해보고) 그건 당연한 거잖아요.
아훈	내 몸도 봤으면서!
연두	(당황해서) 아 그거는! 제가 보고 싶어서 본 게 아니거든요?
아훈	(몸 가리며) 저는 뭐 보여주고 싶었는줄 알아여? 소중한 아훈이 몸.
연두	(순간 지성을 떠올린다) 어..
아훈	(멍한 연두 보더니) 뭘 상상하는 거예여!
연두	아니! 그게 아니라! 내가 아는 누구랑 비슷해서요.
아훈	(경계 살짝 풀며) 제가여? 누군데여.

그때 들려오는 지성 목소리.

지성(E.)	꼬부기! 꼬북꼬북!

보면 맞은편에서 걸어오고 있는 지성과 현호.

지성	우리의 꼬부기께서 웬일로 이 시간에 등교를... (하다가)

매의 눈으로 서로를 스캔하는 지성과 아훈. 견제하는 듯한 눈빛이고.

현호	(아훈 보며) 얜 또 누구야.
아훈	강아훈인데여.
현호	어, 그렇구나. 나는 지현호고 걔 남자친구란다. (연두 손잡고 데리고 가는)
아훈	안 물어봤는데.
현호	(걸어가며) 이제 2학년까지 신경 써야 되냐. 극한직업이다.
연두	(웃으며) 우리 윗집 사나 본데 지성이랑 되게 비슷하다?

아직 끝나지 않은 지성과 아훈의 스캔전.
매서운 눈으로 서로를 훑어보는 둘.

지성	아무리 봐도 지성이가 낫지.
아훈	그건 아니져. 얼굴도 머릿결도 아훈이가 이기는 데여.
	심지어 아훈인 젊은데여.
지성	나 빠른 03이거든?
아훈	전 느린 03인데여!
지성	하! 어디가 비슷하단 건지 지성이는 전혀 모르겠네?
아훈	아훈이도 마찬가지거든여? (째려보는)

S#55. 학교 1층 로비 / 계단 앞 (아침)

현호	(돌아보며) 쟤네 싸운다.
연두	(보고, 웃으며) 웃겨. 거울 보는 것 같아.

현호, 웃으며 머리 정리하는데 손톱의 매니큐어 지워져 있다. 그걸 본 연두.

연두	조카가 갔나봐.
현호	어?
연두	매니큐어 지웠길래.

현호	(당황해서) 어 갔지. 진작에 갔지.
연두	조카 이름이 뭐야?
현호	어, 이름? 이름이..뭐더라. 혜..뭐였는데.
연두	아라 아니야?
현호	뭐!? (놀라서 멈춰서는)
연두	아라가 니 조카냐구.
현호	(뭐라고 해야 할지 몰라 어버버하는데)
연두	선물 고를 때, 아라랑 같이 있었지.
현호	어, 어떻게 알았어.
연두	난 다 알아.

S#56. 회상, 3반 교실 (저녁)

깜짝 파티가 끝나고 뒷정리하고 있는 연두. 컵이며 휴지며 치우고 있는데.
아라가 다가와 같이 치우기 시작한다.

아라	(치우며) 케익 잘 먹었어. 이걸 혼자 다 준비하다니 대단하다.
아라	난 생각도 못했는데.
연두	(웃으며) 별로 한 것도 없는데 뭐. 와줘서 고마워.
아라	아냐. (연두 자리 한 번 보고) 선물은 잘 받았어?
연두	응?
아라	저거, 내가 고른 거거든. 맘에 드나 해서.
연두	아..
아라	(말실수한 듯 놀라며) 아, 현호가 말 안 했어?
연두	(대수롭지 않은 듯) 까먹었겠지. 선물 너무 예쁘더라 고마워.
아라	연두 니 선물 사는 거 도와달래서 같이 간 거야. 혹시 오해할까봐.
연두	아냐 오해 안 해. 친구끼리 쇼핑할 수도 있지. (웃고)
아라	(보다가) 다행이다. (웃는)

S#57. 학교 휴게실 (아침)

현호	그게..이상하게 보일 건 아는데 전혀 그런 게 아니거든?
	아 그래 맞아 사실 니가 또 최승현이랑 도서관 간대서
	너도 한번 내 기분 느껴보라고..아 근데 그거 진짜 잘못된 생각이었어.
	다시는 안 그럴 거고..인제 절대 안 그럴 거거든? 진짜 맹세할 수 있는데..
연두	현호야.
현호	어..
연두	내가 삼행시 해볼까? 니 이름으로.
현호	..지금? 이 상황에..갑자기 뭔..지.
연두	(현호 손 붙들고 멈춰 선다) 지금부터 내 말 잘 들어.
현호	야, 헤어지자곤 하지 마!
연두	아 빨리 다음.
현호	현..
연두	현호야. 난 살면서 질투를 해본 적이 한 번도 없는 사람이야.
	내가 질투하는 걸 보고 싶은 거면 앞으론 척이라도 해볼게.
	근데 우리 그래도 거짓말은 하지 말자. 없는 조카 만들지도 말고.
현호	(기죽어서) 호...
연두	호호호호! (자기가 해놓고 웃음 터지고)
현호	(말문 막혀) ..야. 너 삼행시 뭔지 모르냐..말이 돼야 의미가 있지..
	호호호는 무슨.
연두	너 지금 웃고 있잖아.
현호	어?
연두	그럼 의미 있는 거 아냐?
현호	넌 무슨 애가 그런 말을 아무렇지도 않게 하냐..
연두	니가 못하니까 나라도 하는 거야. 손도. (현호 손잡는) 내가 먼저 잡았잖아.
현호	(금세 표정 풀려서) 잘났다 그래..
연두	내가 헤어지자고 할 줄 알았어?
현호	아니..니 표정이 너무 진지하잖아..

연두	그러니까 앞으로 거짓말하지 마, 알았지? 바보야.
현호	알았다고..바보야. (빙긋 웃고)

S#58. 1층 로비 / 계단 앞 (아침)

계단 올라가며 아직도 기싸움 하는 지성과 아훈.

아훈	왜여!
지성	뭐!
아훈	이러다 지각할 거 같은데!
지성	지성인 그런 거 안 무서워해!
아훈	아훈이는 벌점도 많은데여! 쓰레기 주워야 되는데!
승현	(뛰어가며) 자랑이다.

아훈 옆을 스쳐 조깅하듯 뛰어가는 승현과 팀원 두 명. 훈련 중인지 유니폼 입고 있고.

아훈	어? 저 형아! (승현 따라서 뛰어가 버리는)
지성	(아훈 등에다 외치는) 그렇게 가버린다고!?

S#59. 학교 휴게실 (아침)

손잡은 채 앉아있는 연두와 현호 앞으로 지성이 달려와 말한다.

지성	(합류하더니 투덜투덜) 아까 걔 좀 이상해 막 자기 자신을 아훈이라고 부른다? 진짜 이해가 안 되네 지성이는.

연두와 현호, 말없이 지성을 본다.

지성   (정말 몰라서) 왜에?

현호   (억지로 웃으며) 아니야.

지성   (손잡고 있는 두 사람 발견하고) 아 손잡았어 우웩!

        세상 사람들 얘네 좀 봐요! 연필을 안 잡고 손을 잡는대요 글쎄! (뛰어가고)

현호   아 조용히 좀 해! (못 말린다는 듯 웃으면)

연두   (따라 웃는)

〈Cut to〉

손잡고 앉아있는 연두, 현호 보고 있는 영어. 못마땅한 눈빛으로 고개 젓는다.

영어   (절레절레) 순진한 애 하나 버려 났구만... 쯧쯧.

S#60. 체육관 라커(아침)

유니폼을 벗고 교복으로 갈아입고 있는 승현.
셔츠를 입고 단추 채우다가 한숨 쉬며 어딘가 의식한다.
승현이 의식하는 쪽 보면, 원망스러운 눈으로 승현 뚫어져라 보고 있는 아훈.

아훈   (찡찡) 아 혀엉, 이제 진짜 안 그런다니까여? 돌려주세여!

승현   (들은 척도 안 하고 단추 채우는)

아훈   저 어차피 얼굴 팔려서 거기 뚫지도 못 해. 그냥 가지고만 있을게여. 네?

교복으로 갈아입은 승현. 가방 앞주머니에서 아훈 가짜 민증 살짝 꺼낸다.

아훈	(눈 빛내며) 오오! (두 손 모아 내미는) 그대로, 그대로 일로 주시면 돼여.
승현	(민증 보면서) 거기 말고도 많잖아, 편의점은.
아훈	아 저는 거기 밖에 안 다닌다니까여?
	가지고만 있을게여. 기념품 같은 느낌으로.
승현	(아훈 쪽으로 돌아서며) 진짜 약속할 수 있어? 이걸로 담배 안 산다고?
아훈	그럼여!
승현	술도 안 먹고?
아훈	아 당연하져!
승현	가슴에 손을 얹고 말해봐.

정색하고 있는 승현 얼굴.

화면 빠지면, 아훈이 승현의 가슴에 두 손 살포시 올려놓고 있다.

승현	니 가슴.
아훈	(손 내리며) 아 제 가슴이여? 난 또.
승현	(말없이 민증 도로 가방 앞주머니에 넣는) 자세가 안 돼 있네.
아훈	아아! 아 죄송해여. 진짜 형 가슴인 줄 알았어여.
승현	이미 늦었어.
아훈	아 제발여. 아 제바아아아아아알.
승현	(흘깃 보는)
아훈	(눈 감고) 제바아아아아아아..압? (입에 사탕 물려지는)
승현	(사탕 물려주곤) 너는 그게 더 어울리니까 담배 필 생각 마.
	(앞주머니 지퍼 잠그며) 이건 내 기념품. 또 보자. (가버리고)
아훈	(사탕 문 채 불만 가득한 얼굴로 승현 뒷모습 바라보다가) 초코맛이넹.

S#61. 3반 뒷문 (아침)

나란히 걸어가던 지성, 현호, 연두. 3반 뒷문에 도착하자 지성이 연두에게 인사한다.

지성 연두 안녕! (하고 가려는데, 오지 않는 현호에 돌아보는)

보면, 뒷문 앞에 망부석처럼 서 있는 현호.

현호 먼저 가. 나 얘 데려다주고 갈게.

지성 거기가 연두 반인데 뭘 데려다줘?

현호 어 조기 앞문까지 데려다주려고.

지성 기다려줄게!

현호 아이, 먼저 가라고 그냥! 얼른, 훠이.

연두 (웃으며 손 흔들고)

지성 자신 있어? (째려보다가 확 돌아서 가버리는)

연두 (지성 보며) 삐졌나?

현호 (지성 못 보게 가로막으며) 삐지든지 말든지.

S#62. 계단 / 7반 뒷문 (아침)

지성 (계단 올라가며) 너네 두고 봐. 지성이도 어? 왕잉링만 찾으면 아주 그냥,
로맨스 영화 뺨따구를 양쪽으로 후드리찹찹... 날려버리... (뭔가 보고) 어.

지성 시선 멈춘 곳엔 뒷문에 서 있는 아라의 뒷모습.
인기척을 느낀 아라가 지성을 돌아보는데 지성의 눈엔 마치 슬로우 비디오로 보이고.

아라	지성아! (웃으며 걸어오는데)

걸어오는 아라의 명찰 위 '윤아라'에서 ㅇ ㅇ ㄹ 밝게 빛난다.

지성	(놀라며) 왕잉링...?
아라	무슨 생각해. (지성 눈앞에 손 흔들며 웃는데)
지성	(넋 놓고) 찾았다..
아라	뭐를?
지성	어? 아 아냐.

그때, 계단을 올라오는 현호. 아라가 살짝 눈인사하고.
현호, 지성과 아라 번갈아 보더니 피식 웃고 교실로 들어간다.
현호 보고 있는 아라 옆모습을 멍하니 보고 있는 지성.

지성	(멍하니) 도사님..드디어 찾았나 봐요..지성이의 왕잉링. (미소 짓는)

왕 잉 링

드디어 찾았나 봐요..
지성이의 왕잉링.

S#63. 7반 교실 (아침)

지성, 아라, 현호 교실로 들어온다. 지성, 아라는 교실 뒤편에서 이야기중이고. 현호, 설의 자리 쪽으로 간다.

설   잰 또 왜 왔대?

현호   (자리에 앉으며) 낸들 알겠습니까.

설   (아라 보며) 나 쟤 맘에 안 들어. 분위기가 쌔한게 애가 뭔가 있어.

설, 스캔하듯 아라 훑어보는데 잔뜩 견제하는 눈빛이고.

현호   있긴 뭐가 있어. 아무것도 없어.

설   내 눈엔 보인다니까? 그니까 너네도 쟤랑 너무 친하게 지내지 마.

현호   또 시작이냐 너. 작년엔 김연두도 그렇게 싫어했잖아.

설   아 그거랑은 다르지! 그땐 내가 좋아하는 애가 걔를..!

현호   (설 뒤쪽 보며 눈치 주면)

설   (눈치 채고 말 멈추는)

주호   (설 옆에 앉는다) 좋아하는 애가 뭐?

설   (주호 보는데 아직 미안한 눈빛이고)

현호   언제 왔냐. 안 보이던데.

주호   어, 교무실에. 이래뵈도 내가 부반장이잖냐.

현호   (주호 살피며) 이 새끼 이거 괜찮은 거야 괜찮은 척 하는 거야.

주호   (웃으며) 괜찮은 거야.

설   ..진짜?

주호   응. 어젠 미안했어. 까칠하게 굴어서.

설   아니야..내가 더 미안해.

주호   니가 미안할 게 뭐가 있어.

설   (말할 수 없다, 입술 꾹 깨물고)

주호   그건 그렇고 누군데.

설	어?
주호	니가 좋아했다는 애. 누구냐고.
설	(얄미워서) 진심이야?
현호	(띠껍게 보다가) 니네, 꼴값 떨지 말고 그냥 사귀시죠.
	보는 사람 괴로워서 뒤지겠으니까.
주호	어? 너 뒤지라고 이러는 건데?
설	맞아.
현호	(포기하고) 아유 씨, 좋겠다. 짝짝쿵 잘 맞아서. (책상에 엎어지고)
주호	(설 보며 피식 웃으면)
설	(그제야 맘 놓은 듯 편히 웃는다)
주호	아 맞다. (가방 뒤적이며) 그때 니가 좋아한다던 과자 가져왔는데 먹을래?
	아침 먹었어?

설, 가방 뒤적이느라 정신없는 주호를 복잡한 눈으로 본다. 나랑 애는 무슨 사이일까.

S#64. 3반 교실 (낮)

칠판에 크게 적혀 있는 '자습'. 한문 선생님, 교탁에 기대어 무료한 얼굴로 책 읽고 있고. 아이들은 각자 조용히 자기 공부하고 있는데.
무표정으로 문제집 풀던 승현. 책상 위에 올려둔 핸드폰으로 메시지가 온다.
발신자는 저장도 안 되어 있는 모르는 번혼데. 내용만 봐도 누군지 바로 알 것 같고.

[근데 왜 유니폼 입어여?]

[형 야구부예여?]

[야구부하면 좋아여?]

[진짜 빠따로 맞아여?]

[민증 그냥 한번 줍시다]

[한번만 저 믿어봐여] [네?] [형형형형형]

곧이어 도착하는 [(사진)].

승현이 한숨 쉬며 핸드폰 집어 들어 보면, 수업시간에 책상 밑으로 찍은 듯한 아훈의 울상 셀카고.

승현, [수업시간에 핸드폰 하지 마라] 보내자 [형도 수업시간인데여] 답이 돌아온다.

승현	(답답한 마음에 깊게 한숨 쉬는데)
연두	(그 소리에 돌아보는) 왜? 이해 잘 안 돼?
승현	아니.
연두	설명 필요하면 말해 내가 독해는 기가 막히게 하거든. (밝게 웃는데)
승현	(그 웃음에 잠시 멍해진다)

고민에 빠진 듯 생각에 잠기는 승현.

교복 셔츠 소매 속으로 손을 넣어 연두가 매준 팔찌를 슬쩍 꺼내본다.

팔찌 만지작거리다가 연두를 보면 승현의 복잡한 마음 알 리가 없는 연두는 문제 풀기 바쁘고.

그런 연두를 보다가, 문제집에 이미 적어놓은 답을 지우개로 지우는 승현.

망설이며, 연두에게 말 걸려는데.

승현	(작게) 혹시..이 문제 풀었어?
연두	응? (돌아보는데)
승현	이 문제...

유나	(홱 연두 돌아보며) 야 이따 지현호 만날 거야?
승현	(보는)
연두	응! 같이 밥 먹기로 했어. 자리 맡아둔대. (웃고)
승현	(시선 떨구는데)
연두	(아 맞다) 승현아 뭐라고? 모르는 거 있어?
승현	..아니야. 이제 알아.
연두	아 그래? (웃고) 다행이다.

승현, 팔찌를 다시 소매 안으로 깊숙이 밀어 넣는다.
보이면 안 되는 걸 숨기는 사람처럼.

S#65. 7반 교실 (낮)

점심시간 종이 울리고. 종이 치자마자 벌떡 일어나는 현호.

현호	(벌떡 일어나며) 난 김연두랑 먹는다. (후다닥 달려가고)
주호	어유 연애하더니 아주 부지런해지셨네. 사랑꾼 다 됐어.
설	(눈치 보다가, 무심한 척) 너는 안 해?
주호	어?
설	(은근 떠보는) 아니 그냥..너 연애하는 건 본 적이 없는 것 같아서.
주호	(설 표정 보다가) 어떻게 연애를 하냐. 너랑 이렇게 붙어 다니는데.
설	(주호 등지고 돌아서며) 그럼 붙어 다니지 말든가.
주호	(등 돌린 설 본다)

등 돌린 설, 초조한 얼굴이다. 쿨한 척 내뱉긴 했지만 주호가 뭐라고 대답
할지 걱정되고, 떨리고. 하지만 주호의 마음을 알기 위해선 어쩔 수 없다.

설	연애하고 싶으면 붙어 다니지 말자고. 생각해보면 그렇잖아.
	너랑 나 그렇게 어울리는 한 쌍은 아니잖아. (말해놓고 초조하게, 기다리는데)
주호(E.)	싫은데.
설	(안도하고, 돌아보면)
주호	난 이게 좋은데.
설	이거?
주호	말했잖아. 이게 좋다고. 너랑 나 지금 이거.
	(머리에 손 얹고) 그러니까 나 떠보지 말고. 밥이나 먹으러 갑시다.
설	(미소 번진다, 주호도 나랑 같은 맘이구나 확신하는)

S#66. 복도 (낮)

설	(주호 따라 나가며) 서주호!

설, 주호 앞을 가로막고 선다.

설	관두자 썸.

사람이 없는 복도. 설과 주호가 마주보고 서 있다. 햇살이 예쁘게 비추는.

주호	(놀란 듯, 보는) ..어?
설	서주호는 어떻게 고백을 할까 궁금해서 참고 기다리고 있었는데.
	답답해서 내가 먼저 말할게.
	연애 그거, 나도 좀 해보자고. 너도 나랑 같은 마음이잖아.

고백을 끝낸 뒤 주호를 보며 빙긋 웃는 설. 하지만 이내 어두워지는 표정.

일진에게 찍혔을때2

Episode. 06

아무도 없는 도서관, 그리고 우리

S#67. 음악실 (낮)

음악실 문 드르륵 열리면 책상을 모아 옹기종기 앉아있는 연두, 유나, 지성, 아훈, 설.

각자 도시락통 하나씩 앞에 두고 있는 아훈이 지성을 핸드폰으로 찍고 있다.

연두	(현호 발견하고) 현호야!
현호	(연두 쪽으로 걸어가는)
연두	너 또 까먹었지? 그럴 줄 알았어.
현호	(연두 옆에 앉으며) 아 무슨 학교에 도시락을 싸와. 소풍 왔냐.
연두	오늘 메뉴 봤어? (현호 귀에 뭐라 속삭이면)
현호	(질겁하며) 뭐? 그런 게 있을 리 없잖아.

그때, 핸드폰으로 자신을 찍고 있던 아훈에게 화를 내는 지성.

지성	아 왜 세로로 찍냐고오! 유튜브에 올릴 건데!
아훈	(핸드폰 내리며) 요즘 세로 영상이 대센거 몰라여? 나이 많은 거 티내나.
지성	나 빠른 03이거든?!
아훈	전 느린 03이거든여?!
현호	(지성과 아훈 보며) 쟤넨 또 왜 저래.
아훈	그리고 왜 형이 주인공인데여? 내가 더 잘생겼는데?
지성	너 제정신이니?
현호	(고개 저으며) 어우 시끄러.
연두	(그런 현호 보며 웃고)
현호	(지성 핸드폰 스크롤 쭉쭉 내려 보더니) 야 뭐야. 이거 반끼리 찍는 거잖아.
지성 아훈	(동시에 현호 보며) 어? / 뭐가여?
지성	(핸드폰 보여주며) 봐봐.

지성과 아훈이 충격 받은 얼굴로 핸드폰 확인하면, 옆에 사이트 화면이
뜬다.

지성 아훈   (동시에) 반 전체에 선생님까지 나오게 영상 찍어서 유튜브에 올리세요..
(서로 노려보며) 제대로 읽지도 않았어??!

실망하는 지성과 아훈.

유나   (정리하듯) 자아! 그럼 쌩쑈들 그만 하시고 도시락 공개할까요?

각자 도시락 열면 돈가스, 오므라이스, 유부초밥 등 전부 다른 메뉴.
다들 도시락이 있는데 현호만 빈손이다.

유나   (현호에게) 그쪽은요?
현호   어? 아 난 배가 별로 안 고파서. 아까 빵 먹어서 그런가.
지성   빵을 먹어? 지성이 몰래?
현호   (괜히 헛기침 두 번하고)
지성   기침을 해?
아훈   두 번이나?
연두   배 안 고프겠어? 내거 같이 먹을래?
현호   (살짝 솔깃해서) 니 거?

현호가 슬쩍 연두 도시락 보면, 정말 1인분 밖에 안 되는 적은 양이고.

현호   (살짝 실망해) 아이, 그걸 어떻게 둘이 먹냐. 됐어 배 안 고파.
연두   (괜찮으려나, 싶어 현호 보는)
현호   (괜히 화제 돌리려 지성에게) 야 근데 서주호는?
지성   몰라? (설 툭툭 치고) 주호 어딨어?
설   (짜증내며) 내가 어떻게 알아!

아훈, 소리치는 설에 깜짝 놀라 들고 있던 반찬 떨어트린다.

아훈	깜짝 놀랐네여.
지성	왜 화내! 니네 둘이 맨날 같이 있으니까 그렇지.
설	(인상 구기며 꾸역꾸역 밥 먹는)

유나와 연두, 왜 저래? 몰라? 하는 듯 눈빛 교환하는데.
책상 위에 놓인 유나 핸드폰으로 메시지 온다.

유나	(확인하더니) 아니 이 새끼 뭐지 진짜?
연두	(밥 먹다말고) 왜 누군데?
유나	아니 백씨집안. 아 자꾸 연락 와! 점심 잘 먹으래.
	지가 뭔데 내 끼니를 챙겨?
현호	백씨집안이 누구야.
연두	백세찬. 자꾸 유나한테 연락 온대. 아침엔 정류장에서 기다리구.
유나	나 기다리는 거 아니라니까!
연두	(그러시겠죠, 라는 듯 입 삐죽이는)
현호	저러다 어느 날 남자친구라고 소개해주는 거 아니냐.
	백세찬 갑자기 와서 막 어, 오랜만이다. 그땐 때려서 미안, 이러고.
연두	(웃으며) 설마.
지성	가능성 있다고 봐.
유나	지랄..야. 나는 더도 말고 덜도 말고, 잘생긴 사람을 좋아해.
	내 눈에만 잘생긴 사람 말고 객관적으로 핸썸한 사람.
	화가 났다가도 얼굴 보면 싸악 풀리는 그런. 뭔지 알겠지.
아훈	(밥 먹으며 지성에게) 저 누나 연애 못 해봤져.
지성	(밥 먹으며) 해봤겠어?
유나	다 들리거든?!

아훈, 지성 깨갱하고.

현호   (쯧쯧, 하며 고개 젓다가 옆 책상에 세워진 야구배트 발견한다)

야, 뭐야. 여기 최승현도 있어? 걔는 왜 자꾸 여기 껴?

지성   (우물우물) 아 저거? 지성이가 빌려 달래서 최선수가 놓고 간 거야.

지성, 자연스레 손 뻗어 설이 반찬 집어가려는데. 지성 젓가락 탁, 치는 설.

설   야! 니거 먹어! 왜 자꾸 내 걸 뺏어먹어.

지성   (왠지 서러워서) 아 왜 아까부터 화내 지성이한테?

아훈   (끄덕끄덕!)

설   우리엄마가 너 먹으라고 싸준 거 아니거든?

지성   지성이 돈가스도 박여사님 특제 레시피거든요? 우리 엄마가 해준 게 제

일 맛있어!

아훈   (그 말에, 지성이 반찬 하나 집어가고)

유나   (웃으며) 왜 다들 엄마 타령이야.

연두, 티격태격하는 두 사람 보며 웃다가 불현듯 깨닫는다. 현호는 혼자
살지.
연두가 현호 보면 멋쩍게 입맛만 다시고 있는.

연두   (혼잣말로, 자책하는) 아 맞다..바보.

현호   (일어나며) 야 나 마실 거 좀 사온다. (나가고)

지성   지성이는 사이다!

아훈   저는 밀키스여!

연두   (나가는 현호 보는)

S#68. 음악실 앞 복도 (낮)

현호   (문 닫고 나오며) 좋겠네. 다들 도시락 싸줄 엄마 있어서.

아우씨 배고파. 빵이나 사먹어야지. (가는데)

연두(E.)   현호야.

현호, 돌아보면 문 닫고 나오는 연두.

연두   너..나 믿지?
현호   (어리둥절한 표정)

S#69. 도서관 (낮)

아무도 없는, 불 꺼진 도서관. 문이 열리고 연두의 다급한 목소리 들린다.

연두   (다급하게 뛰어 들어오며) 선생님! 일어나 보세요!
지금 주무시고 계실 때가 아니에요! 네?

아무 반응 없이 조용한 도서관. 연두의 다급한 얼굴 한순간에 평온하게
바뀐다.

연두   아무도 없다. 들어와.
현호   (들어오며, 이해할 수 없는 얼굴로) 뭐..한 거야? 깜짝이야.
연두   담임쌤이 도서부 담당이시잖아. 가끔 점심시간에 여기서 주무시거든.
현호   선생 있으면 안 되는 짓이라도 하게? 도서관에서 그럴 일이 뭐가 있어.

S#70. 도서관 서가 (낮)

신문지 위에 놓이는 짜장면과 탕수육.

화면 빠지면, 책장과 책장 사이에 신문지를 깔고 앉은 연두와 현호.

현호　무슨 배달음식을 시켜 도서관에서.. (웃으며) 맛있겠다.

현호, 배가 많이 고팠는지 짜장면을 후루룩 흡입한다.

연두　배 안 고프다며.

현호　(우물우물) 갑자기 고파졌어.

연두　치.

현호　(우물우물) 너도 먹어. 탕수육.

연두　(으이구) 너나 많이 먹으세요.

연두, 탕수육 욱여넣는 현호 보며 못 말린다는 듯 웃는다.

⟨Cut to⟩

싹싹 비운 그릇. 배부른 얼굴의 현호와 연두, 책장에 기대어 앉아있다.

현호　책에서 짜장면 냄새나는 거 아니냐. 담임한테 혼나는 거 아냐?

연두　환기 잘 시키면 돼. 우리끼린 밥 먹을 시간 없을 때 가끔 이렇게 시켜먹거든.
　　　　샘은 알면서 모르는 척해주시는 것 같기도 하고.

현호　나랑 있다가 걸리면 또 다를걸.

연두　뭐가?

현호　선생들이 나 싫어하잖아. 양아치라고.

연두　야, 아무도 그렇게 생각 안 해. 공부 못하는 애라고 생각하시지.

현호　어른들한텐 그게 그거야. 공부 못하는데 염색까지 했다?
　　　　빼박 날라리인 거지.

연두	근데 왜 또 했어? 염색.
현호	한번 까만색으로 염색해보니까 알겠더라고. 이미 한 번 눈 밖에 나면
	머리가 까맣든 노랗든, 그냥 맘에 안 들어 하는구나. 애쓸 필요 없겠다.
연두	지금은 그래도 언젠간 알아주실걸.
	현호 니가 꽤 괜찮은 애였다는 걸.
	호옥시 알아? 이미 알고 있는데 인정하면 지는 것 같아서
	티를 안 내시는 걸지도.
현호	(기대도 안 한다는 듯) 그랬으면 참 좋겠습니다만.
연두	(현호 보면서 쿡쿡 웃는)
현호	(연두 힐끔대며) 왜 그래 무섭게.
연두	나 방금 삼행시 한 건데. 지현호로.
현호	(연두 한 번 보고, 연두가 한 말 떠올리더니) 지현혹이라고 했는데 너.
연두	아니야, 호옥시라고 했잖아.
현호	너 왜 이렇게 요즘 삼행시에 꽂히셨어요.
연두	공부할 때 습관 들어서. 안 외워질 때 삼행시로 아무 말이나 갖다 붙이면
	시험볼 때 신기하게 기억이 난다? 봐봐 쇄국정책이면,
	(인상 쓰며) 쇄램들이 어딜 들어오려고! 국산품만 쓰시오!
현호	(이상한 사람 보듯 보며) 점점 정지성닮아가냐.
연두	어, 맞아 지성이한테 배운 건데.
현호	야. 개한테 아무것도 배우지마. 너 큰일 나.
연두	너는?
현호	나 뭐.
연두	공부는 잘하고 있어? 저번에 보니까 필기는 열심히 했던데.
현호	왜 남의 교과서를 봐!
연두	야, 한때 필기셔틀이었던 사람으로서 그 정돈 볼 수 있지.
현호	하고 있어. 어쨌든 인서울은 해야 되니까.
	뭐 수도권이어도 요즘 버스가 잘 돼 있어서 내가 보러 가면 되지.
연두	뭘 보러 가.
현호	(뭐겠냐?) 너.

연두	치, 너는 대학의 기준이 나야?
현호	너지 그럼.
연두	(보면)
현호	난 하고 싶은 것도 없고. 되고 싶은 것도 없어.
	책상에 앉아서 끄적거려야 될 이유가 있다면,
	그건 너야. 나는 그거밖에 없어.
연두	(왠지 찡해, 말없이 현호보고 있으면)
현호	(괜히 민망해) 야, 안 치우냐? 애들 온다 이제.
연두	아 맞다.
현호	(일어나 그릇 챙겨들고)
연두	(그런 현호 보고 몰래 살짝 웃는)

S#71. 음악실 (낮)

지성	잘 먹었습니다! (도시락통 탕 내려놓는)
	우리 맨날 도시락 먹자. 음악실에 모여서. 다음엔 아라도 데려올게.
설	야, 엄마들은 무슨 죄냐? 아침마다 도시락 쌀 일 있어? 애가 철이 없어.
지성	(삐죽이고)
설	그리고 너. 윤아라 데려오지 마. 나 개랑 밥 먹기 싫단 말이야.
지성	니가 오지 마. 그럼! (티격태격하는데)
유나	(도시락 챙겨 일어나며) 아기들아, 싸우지 말거라. 나와, 다 먹었으면. (가고)
설	데려오기만 해.
지성	뒈려오귀만 훼~
설	(퍽! 때리는)
아훈	(박수친다)

그때, "엄마!" 외마디 비명과 함께 쿠당탕 넘어지는 소리.

설과 지성, 놀라서 돌아보면 유나가 넘어져 있다. 유나 옆에 내팽개쳐진 도시락통.

그리고 굴러가는 승현의 야구배트.

유나	(발목 문지르며) 이씨 아파.
설	(달려오며) 괜찮아?
지성	(따라오고)
유나	(지성 째려보며) 야! 저걸 왜 저기다 세워놔!
지성	지성이가 한 거 아니야 최선수가 세워 놓은 건데.
유나	이씨 최승현..

그때, 배트를 가지러 음악실 문 열고 들어오는 승현. 넘어져 있는 유나를 보고, 널브러져 있는 자기 야구배트 보고. 상황파악 한다.

아훈	(놀리며) 에에에~형이 잘못했네여~
설	(유나 팔 잡아 일으키며) 양호실 가자. 걸을 수 있겠어?
유나	(일어서다 다리에 힘 풀리는) 아이씨.

그때, 승현이 유나 앞에 등을 보이며 꿇어앉는다.

유나	뭐야.
승현	업혀. 데려다줄게.
유나	(의외의 모습에, 어리둥절한)

S#72. 양호실 (낮)

양호실 침대에 걸터 앉아있는 유나. 양호선생님이 유나 발목에 압박붕대 감아준다.

유나   아! 아 아프다고요!

양호쌤   엄살은. 제대로 접질렸는데? 어쩌다 이랬어.

유나   어떤 멍청이가 야구배트를 문 앞에다 세워놨지 뭐예요? (승현 째려보면)

승현   (셔츠 흔들어 땀 말리며 유나 눈치 보는)

양호쌤   인대가 놀라서. 일주일은 이러고 있어야 돼.

유나   네? 일주일이요?

양호쌤   답답하다고 빼버리면 더 오래 걸린다. 일주일만 참자 알았지? (가고)

유나   아나 일주일! 답답해 죽겠는데 일주일을 어떻게 버티냐고요!

          야, 어떡할 거야? 어떻게 책임질... (고개 들어 승현 보는데)

땀난 머리를 뒤로 쓸어 넘기는 승현. 마침 양호실 창문으로 들어온 햇살이 승현의 얼굴 위로 비추는데. 유나 눈엔 마치 영화의 한 장면인 듯, 슬로우로 보이는.

유나	(황홀하다, 표정 사르르 풀리며) ...거냐고..
승현	미안해.
유나	(여전히 넋 놓고) 어..그래..

S#73. 도서관 (낮)

앉아있던 자리를 물티슈로 닦고 있는 현호. 연두는 대출반납 데스크 위 사무용품들 정리하고 있는데. 편지 하나가 가지런히 놓여 있다.

연두	(편지 집어 들며) 엥 이게 뭐지.

보면, 스티커로 정성스레 꾸며진 편지 봉투에 [♥승현선배님♥] 적혀 있는데. 아마도 후배가 승현에게 보낸 팬레터인 듯 보이고.

연두	(피식 웃으며) 승현이 인기 많은가 보네.
현호	(바닥 닦다가) 뭐? 최승현? 그 새끼 왜.
연두	(편지 보여주며) 누가 팬레터 두고 갔나 봐. (편지 살펴보며) 하트도 그렸네.
현호	(궁시렁궁시렁) 그딴 새끼 뭐가 좋다고..
연두	이따 갈 때 갖다 줘야겠다.
현호	(고개 들고) 야 됐어!
연두	(응? 하고 현호 보면)
현호	니가 뭐..뭐 우편배달부야? 뭘 갖다 줘, 내려놔. 넌 걔랑 말도 섞지 마.

현호, 신경질적으로 바닥 벅벅 닦고.

연두가 으이구, 하며 편지 내려놓고 현호가 있는 서가 쪽으로 간다.

연두   (걸어가며) 이런 얘기..드라마에서만 하는 줄 알았는데. 넌 왜 날 못 믿어?

책장 앞에 서서, 바닥 닦고 있는 현호 보는 연두.

현호   (바닥 벅벅 닦으며) 나도 이런 얘기 드라마에서만 하는 줄 알았는데,

널 못 믿는 게 아니라 그 새낄 못 믿는 거야. (일어나고)

연두   너는 진짜.. (고개 저으며, 책장에 등 기대는데)

현호   어, 야!

연두가 기댄 책장에서 떨어지는 책. 연두에게 떨어지기 직전에, 현호가 낚아챈다.

연두   (놀라서) 깜짝이야..

현호   (잡은 책 흔들며) 이거 봐, 이런 거. 이걸 내가 아니라 걔가 잡았어 봐.

걔 야구하니까 이런 거 잘 잡을 거 아니야.

연두   (또 시작이네 싶어 바닥에서 깔고 앉았던 신문지 주워드는)

현호   (연두 주변 서성이며 쏟아내는) 단둘만 있는 도서관에서,

높은 책장에 책 꽂으려고 낑낑댈 때 걔가 대신 꽂아주고.

니가 뒤 돌면 눈 마주치고. 심장 소리 커지고.

모든 로맨스 영화는 그렇게 시작하잖아. 몰라?

연두   하긴 내가 좋아하는 영화도 그러네.

현호   뭐가 그래.

연두   (신문지 접으며 무심하게) 여자가 도서관 사서거든.

혼자서 책을 정리하고 있는데 정전이 돼. 그래서 남자가 찾으러 와서

여자 손을 잡는다? 근데, 앞이 하나도 안 보이는데도, 여자는 남자를 알

아봐.

향수 냄새로. 그때 그 남자가 여자한테.. (하고 돌아서는데)

연두가 돌아서자마자, 연두 입술에 쪽 뽀뽀하는 현호. 연두, 놀란 눈으로 보는데.

현호	(머쓱해서) 뭐..맞잖, 이렇게 했잖아. 같이 봤잖아 그 영화.
연두	아..맞네..그랬지. 까먹었다.
현호	(괜히 짜증내며) 넌 까먹지 좀 마.
	너 이제 여기 지날 때마다 내 생각난다. 두고 봐라.
연두	(눈 피하며) 아닌데.
현호	아니긴.. (포개놓은 그릇 집어 들며) 이거 버린다?
연두	어..

그릇 들고 도서관을 나가는 현호. 연두, 현호 나가자마자 입 틀어막으며 책장에 머리 박는다. 방금 일어난 일이 믿기지 않는 듯, 소리 없이 소리 지르고.

너 이제
여기 지날 때마다
내 생각난다.

S#74. 도서관 앞 (낮)

벽에 기대 주저앉아 있는 현호. 아무렇지 않은 척했지만 사실 떨렸던 건 마찬가지. 심장 튀어나올 것 같고. 벽에 기대 뛰는 가슴 진정시키는데 아직도 설레고... 그때.

영어(E.)　　뭐하는 짓이니?

날카로운 목소리에 돌아보면, 어이없다는 표정으로 현호 내려다보고 있는 영어.

현호　　（황급히 일어나며) 아 쌤..그게..

불만스러운 영어의 시선이 현호를 지나 현호 옆에 놓인 일회용 그릇으로 옮겨가고.

영어　　학교에서 배달음식 시켜먹은 거니 지금?
현호　　（우물쭈물하는데)
연두　　（문 열고나오며) 냄새 다 빠진 것 같애. 아무도 모르겠다.
　　　　（문 앞의 영어 보고, 그대로 굳는)
영어　　（어이없는 듯 웃는) 하.
연두　　쌤..
영어　　연두야. 너 진짜 날라리니?
연두　　네?
영어　　다른 사람들이랑 공유하는 공간을 왜 너네 맘대로 써, 매너 없게.
　　　　그리고, 누가 학교에서 배달음식을 시켜 먹니, 어?
연두　　죄송해요. 제가 생각이 짧았어요.
영어　　요즘 많이 달라졌어 너. 너도 느끼지? 저번 학기랑 전혀 딴판이잖아.
연두　　（고개 숙이고)

현호	(주눅 든 연두 보고) 그게 아니라요, 제가 도시락을 못 싸와서 얘가..
영어	(그만 말하라는 듯, 손들어 현호 제지하고, 연두에게) 따라와. 얘기 좀 하자.

영어가 뒤돌아 걸어가고, 그 뒤로 연두와 현호 따라가는데.

영어	(돌아보더니 현호에게) 넌 안 와도 돼.
현호	..왜요? 저도 같이 시켜 먹었는데..
영어	넌 뭐.. (현호 훑어보며) 어차피..쯧. (연두 데리고 가며) 가자 연두야.

영어가 연두를 데리고 떠난 자리에, 현호만 우두커니 남아 있다.
잊고 있던 현실을 깨달은 듯, 멍하니 서 있는 현호.

S#75. 3반 교실 (오후)

승현의 부축을 받아 자리로 가는 유나.

유나	(자리에 앉으며) 고마워.. (승현 제대로 보지도 못하고)
승현	필요한 거 있으면 말해. 도와줄게. 나 때문에 다친 거니까.
유나	어, 알았어..
	(괜히 쿨한 척, 주절주절) 뭐 좀 짜증은 나는데 어차피 이미 다쳤으니까
	(새침하게) 너무 미안해하진 말구.
승현	그럴게.

승현, 뒤돌아 자리로 가는데. 유나 설레는 표정을 숨기지 못한다.
이런 감정은 처음이라, 남몰래 심장 부여잡고 오두방정 떠는데.
승현, 핸드폰을 꺼내 시간을 확인하고. 연두의 빈자리 바라본다.
승현이 팔을 내리자 셔츠 소매에서 흘러내리는 연두가 매준 파란 실 팔찌.

일진에게 찍혔을때

Episode. 07

너에게
어울리는
사람

S#76. 7반 교실 (낮)

다음날.
심란한 얼굴로 자리에 앉아 있는 현호. 교과서를 들고 일어선 지성이 현호를 부른다.

지성   현호야!

현호   (못 듣고, 생각에 빠져 있는)

S#77. 회상, 교무실 앞 / 교무실 (낮)

어두운 표정으로 교무실 앞에 서 있는 현호. 교무실 안에서 영어의 목소리 들려온다.

영어(E.)   연두야, 너 고3이야.

문틈으로, 자리에 앉아 있는 영어와 그 앞에 서서 혼나고 있는 연두 보이는.

영어   제일 정신 바짝 차려야 될 시기에 저런 애랑 어울리면 되니?

연두   ..네?

영어   (뭘 묻냐는 듯) 저런 애. 지현호 같은 애. 공부 안하고 애들 괴롭히고.

연두   현호 애들 안 괴롭혀요. 공부도 열심히 하구요.
그때 보셨잖아요, 쪽지시험 백 점 맞는 거.

영어   아이, 그때는 운이 좋았던 거고. 연두야, 생각을 좀 해봐.
너는 공부 열심히 해서 좋은 대학 갈 거잖아.
그때 지현호는 어디서 뭐할 것 같니?

일그러지는 현호 표정

영어	연애를 할 거면 너랑 어울리는 애를 만나. 적어도, 미래가 있는 애로.

화를 꾹 참는 현호의 얼굴 위로, 영어의 마지막 한 마디가 날아와 꽂힌다.

영어(V.O)	실수하지 마, 연두야.

S#78. 7반 교실 (낮)

지성	지현호!
현호	(정신 차리고 보면)
지성	(책 들고 현호 옆에 서서) 지성이 말 안 들려? 뭔 생각을 그렇게 해.
현호	어..그냥 생각.
지성	이번 시간 분반이라니까? 가자고!
현호	어..가.

S#79. 복도 / A반 교실 (낮)

여전히 어두운 표정의 현호, 지성과 나란히 걸어가는데 교실 창문 너머로
나란히 앉아 있는 연두와 주호가 스친다. 웃으며 대화하는 연두와 주호.
그리고 그 뒤에 무표정한 얼굴로 앉아 있는 승현.
칠판을 보면, A반이라 적혀 있고.

현호	(걸어가며) 운동하는 새끼가 수학은 왜 잘 해? 쓸데없이.
지성	머라고?
현호	아니야.

S#80. C반 교실 (낮)

현호와 지성, 다른 교실로 들어가는데. 칠판엔 C반이라 적혀 있다.
어두운 표정으로 앉아 있는 설.

현호   (설 발견하고, 지성에게) 야 나 오늘 류설이랑 앉는다. (설에게 가고)
지성   아 왜! (입 삐죽이는)

설 옆자리에 앉는 현호.

설   (보며) 왜 이래.
현호   야, 서주호 있잖아.
설   (주호 얘기에 표정 어두워져 고개 돌리는)
현호   걘 공부 잘하고 넌 나랑 여기 있잖아.
설   (홱 째려보며) 하고 싶은 말이 뭔데?
현호   아니..너넨 어떻게 할 거냐고.
    대학은 같이 가고 싶다고 그럴 수 있는 게 아니잖아.
설   (표정 어둡다)
현호   어떻게 할지 얘기해 본 적 있어? 이제 얼마 안 남았잖아.
설   (발끈해서) 난 잘하는 것도 있고 목표도 있거든?
현호   아니 그니까
설   (말 끊고) 왜 나랑 너를 같은 취급해? 어이없네.
현호   (듣다보니 열 받아서) 왜 말을 그따구로 하냐? 난 그냥 서주호가
설   서주호가 나랑 무슨 상관인데. (버럭) 나랑 걔랑 그만 좀 엮으라고!
현호   (할 말 잃고 설 보고)

수업 시작하려던 수학쌤, 소란에 설과 현호 쪽을 돌아본다.

수학	거기, 무슨 일 있어?
현호	(수학에게) 아니에요. (설에게) 엮이기 싫으면 같이 다니질 말든가.
	잘났다, 잘하는 것도 있고 목표도 있으셔서.
	(벌떡 일어나 성큼성큼 지성이 옆자리로 가서 앉고)
지성	(작게) 왜 저래?
현호	몰라.

혼자 남은 설, 울음 참는 듯 침울한 표정.

S#81. 휴게실 / 운동장 (낮)

분반수업이 끝나고, 교실로 돌아가는 현호와 지성.
창문 밖을 본 지성이 걸음을 멈춘다.

지성	(창밖 보며) 어! 저 아저씨!

창밖을 보면, 승현에게 말 걸고 있는 중년의 남자 둘.
그중 한 남자가 사람 좋은 미소 지으며 승현의 어깨를 두드린다.

지성	재규어즈 감독 아니야? 벌써 스카웃 시작했나보네..
현호	(심기 불편한)
지성	어제 교무실 청소하다가 들었는데 쌤들이 승현이 정도면
	메이저리그도 갈 수 있을 거라더라.
	히야, 좋겠다 최선수! 앞날이 창창하구만!

S#82. 회상, 교무실 (낮)

영어   연애를 할 거면 어울리는 애를 만나든가. 적어도, 미래가 있는 애로.

S#83. 휴게실 / 운동장 (낮)

악수하는 승현과 남자들.

현호   너나 나나 쟤나, 앞날 창창한 건 다 똑같지.
        쟤라고 뭐 특별할 거 있어? 야구가 별거냐고!

        현호, 심통 나서 걸어가 버리고.

지성   (따라가며) 야 같이 가아!

        지성, 현호를 따라가려는데 아라가 지성의 팔을 잡는다.

아라   (팔짱 끼듯, 팔 잡으며) 지성아.
지성   (놀라 돌아보며) 어?
아라   너 이따, 점심시간에 뭐해?

        지성, 놀란 눈으로 아라 보는.

S#84. 휴게실 / 운동장 (낮)

손으로 턱을 괴고, 눕다시피 창틀에 기대어 운동장의 승현을 보고 있는
유나.
승현이 두 손으로 악수를 하자 사르르 미소 번진다.

유나	어머, 예의 바르기도 하여라. 오른손을 살포시 바친 왼손 좀 보소.
	매너가 넘치는 게 딱 우리 엄마 사윗감이네. (호홍 웃고)
연두	(유나 보다가) 뭘 그렇게 봐?
유나	(깜짝 놀라 몸 일으키며) 어? 어 아냐 아무것도.
연두	(이상하다는 듯 유나 옆에 서고)
유나	(연두 눈치 보며) 근데에, 저 아저씨들 누굴까?
연두	(유나가 보는 곳 보고) 누구, 저 아저씨들?
	무슨 코치들이라는데 나도 잘 몰라.
유나	(헥 놀라며) 그럼 최승현 데려가려고 온 건가?
	(호들갑) 그러네! 스카웃하러 왔네. 저번에 동명대에서도 왔었잖아.
연두	(대수롭지 않게) 다들 데려가려고 하나봐. 야구천재라며.
유나	(다시 손으로 턱 괴며, 꿈꾸듯) 캬..멋있는 놈일세.
연두	엥? (찡그리며 유나 보는) 멋있다고 했어 방금?
유나	어?
연두	너 그런 말 안 하잖아. 덕질할 때 말곤.
유나	아니 그게... (에라 모르겠다) 사실 나..새로운 덕질을 시작했다.
연두	(못 말려) 이번엔 또 누군데.
유나	(턱으로 창밖 가리키며) 쟤.
연두	(유나 가리킨 곳 보고 응? 하는)
유나	나, 쟤가 좀 좋은 것 같아. 야, 니가 좀 도와주라.
	나, 최승현이랑 좀 이어줘.
연두	(예상치 못한 말에, 어리둥절한)

S#85. 방송반 앞 (낮)

방송반 기웃대는 지성. 들어가진 못하고 계속 기웃대고만 있는데.
그런 지성 발견한 아라가 웃으며 지성 뒤로 다가간다.
핸드폰 액정으로 자기모습 이리저리 확인하던 지성, 화면에 비친 아라 모
습에 놀라고.

지성   (머리 정리하다가) 악!

아라   (웃으며) 어 미안 놀랐어?

지성   아니? 지성이는 좀 용감한 편이거든.

아라   아아 (아이 달래듯, 지성 머리 토닥이며) 지성인 용감한 편이구나.

아라는 겁쟁인데. (자기가 해놓고 풋 웃는)

지성   어.. (멍한)

아라   (민망한 듯 웃고) 내가 하니까 좀 이상한가. 아 괜히 했어!

당장 잊어! (방송반 문 열고 들어가 버리고)

지성   어... (아라가 만진 머리 만지작대는) 안 놀리네..원래 다 놀리는데..

문 드륵 열리고 빼꼼 고개 내민 아라.

아라   구경 안 할 거야?

복도 끝에서 아라와 지성을 보고 있는 설. 찜찜하단 듯이 고개를 갸웃하
고 뒤돌아 간다.

S#86. 방송반 (낮)

지성에게 방송반 구경시켜주는 아라. 설명하며 걷는 아라 뒤를 지성이 졸졸 쫓는다.

아라	여기에 장비들 보관하구, 여기는 백업 장비, 언제 고장 날지 모르니까. 그리구 여기는 회의하는 곳. 매일 아침에 방송 대본 짜거든.
지성	(경청하는) 오오. 근데 방송부는 어쩌다 들어온 거야?
아라	자신감이 필요해서. 사람들 앞에서 노래하려면 자신감이 제일 중요하잖아.
지성	(놀라며) 노래? 너 가수가 꿈이야?
아라	몰랐구나. 나 연습생이잖아.
지성	진짜?!!
아라	(웃고) 비운의 연습생 5인방이라고 알아?
지성	알지..초등학생 때부터 유명했는데 아직도 데뷔 못한..
아라	그중 하나가 나야.
지성	(헉 놀라고)
아라	어렸을 때 뭣도 모르고 시작했는데..아직도 이러고 있을 줄은 몰랐네. 언제 데뷔할진 모르겠지만 그 전에 자신감이라도 키워두려고.

말이 없는 지성. 아라가 돌아보자 지성, 경외의 눈빛으로 아라를 바라보고 있다.

지성	지성이도 아이돌이 꿈인데!
아라	응, 들었어. (웃고)
지성	와아..대단하다 너..
아라	(민망해서 말 돌리듯) 됐고, 여기가, 내 자리. (아나운서 석에 앉는) 난 여기 앉아 있을 때가 제일 편하고 기분 좋아.
지성	(생각하다가) 그럼 여기는 (아라 옆에 앉으며) 지성이 자리.
아라	방송반 들어오게? 모집 끝났을 텐데..내가 따로 부탁해볼까?

지성	방송반 말고. 그냥 여기. 니 옆자리. (천진하게) 니가 지성이 운명이야.
아라	언제 봤다고 운명이래.
지성	지금 보고 있잖아. 내일도 볼 거고. 봐도..되지?

아라와 지성 서로를 바라보고. 왠지 긴장되는 정적이 흐르는데.

채은(E.)	너네 뭐야?!

돌아보면 문 앞에 서 있는 채은. 명찰에 김채은 써 있는.

아라	(급하게 일어나며) 아 채은아 미안. 뭘 좀 두고 가서. 가자.
	(지성 손목 잡고 나가고)
지성	(끌려가며 채은에게 꾸벅 인사하는)
채은	(인상 쓰고 두 사람 돌아본다)

S#87. 복도 (낮)

빠른 걸음으로 방송반에서 멀어지는 아라와 지성. 여전히 아라는 지성 손목 잡고 있고.
복도 끝 코너를 돌고 나서야 지성 손목 놓으며 한숨 돌리는 아라.

아라	(숨 고르며) 깜짝아..채은이 오늘 안 나온다고 했는데.
지성	누군데?
아라	방송부장. 쟤 화나면 진짜 무섭거든.
	방송부 아니면 방송실에 발도 못 들이게 해.
지성	지성이 때매 곤란해지는 거 아냐?
	(주눅 들어) 미안..괜히 구경시켜달라고 해서.
아라	괜찮아. 나랑은 친해. 내가 잘 말할게.

지성	다행이다.
아라	밥 아직 안 먹었지? 너 먼저 가 있어. 나 채은이랑 얘기 좀 하고 갈게.
	(다시 방송반 쪽으로 가는데)
지성	같이 앉을래?
아라	(돌아보고, 뒤로 걸으며) 응?
지성	같이 앉자. 밥 먹을 때.
아라	(뒤로 걸으며) 그래! 내가 오른쪽에 앉을게.
지성	오른쪽? 왜?
아라	너 왼손잡이잖아. (싱긋 웃고 뒤돌아 방송반으로 가는)
지성	(벙 찐다, 아무래도 사랑에 빠진 것 같고)

멍하니 있던 지성. 이내 정신 차린 듯 소리 지르며 달려간다.

| 지성 | 여러분들!! 지성이 썸타요! |

S#88. 교실 (저녁)

가방 챙기고 있는 설. 옆 분단의 주호가 자리에서 일어난다.
주변 애들에게 인사하고, 가방을 메고 앞문으로 나가는 주호.
설, 속상한 얼굴로 주호 뒷모습 보다가 며칠 전 일을 떠올린다.

S#89. 회상, 복도 (낮)

사람이 없는 복도에 마주보고 선 주호와 설.

주호	(미안한 얼굴로) 연애는..아닌 것 같아.
설	..어?
주호	(조심스레) 그냥 지금처럼 지내면 안 돼?
설	지금처럼이 어떤 건데?
주호	그냥 이렇게, 매일 붙어 다니고, 궁금하면 언제든지 연락할 수 있는 사이.
설	그게 연애랑 뭐가 다른데? 손만 안 잡을 뿐이지 사귀는 거랑 다를 거 없잖아.
주호	그러니까. 손은 잡지 말자고.
설	(표정 어두워지는)
주호	사귀면..책임감이 생기는 건데. 지금은 그게 감당이 안 될 것 같아서.
설	누가 결혼하재? 무슨 책임까지 들먹여.
주호	고3이잖아. 신경 쓸 것도 많고. 내가 너한테 진짜 잘해줄 수 있을 때, 그때 다시 얘기하자.
설	지금보다 잘해줄 필요 없다니까? 지금도 충분하다고.
주호	우리 연애는 나중에..시간 많을 때 하자 설아.
설	(보다가) 그럼 내 머리도 만지지 마.
주호	..어?

237

설   책임지기 싫으면 내 머리도 만지지 말고 내가 좋아하는 빵도 챙겨오지 말고
     춥다고 옷 벗어주지 말고 집에 갈 때 기다려주지 말라고. 책임지기 싫으면.

주호   (가만히 보고)

설   남자친구가 싫으면 그냥 친구 해. 그 중간은 없어.

     주호를 두고 돌아서, 빠르게 걸어가 버리는 설.

S#90. 7반 교실 (저녁)

설   진짜 갔네.

         설, 가방을 챙기고 일어나 주호의 빈자리 보는데. 책상 위에 붙어 있는
         '30533 서주호'.

설   말은 참 잘 듣네 서주호..쓸데없이.

         어두운 표정의 설, 고개를 푹 숙인 채 땅만 보며, 뒷문으로 걸어 나가는데.
         뒷문을 나가자 보이는 익숙한 신발. 설 고개 들면 뒷문에서 기다리고 있
         던 주호.

주호   어차피 같은 방향이잖아.
설   (복잡한 얼굴로, 주호 보는)

S#91. 복도(밤)

         어색하게 떨어져 걷는 설과 주호. 눈치만 보며 누구도 섣불리 말을 꺼내
         지 못하는데. 정적을 깨는 설의 재채기 소리.

설   (에취, 재채기하고)
주호   (보고) 목도리는 왜 안 해.
설   너 같으면 내 고백 깐 사람이 사준 목도리를 하고 싶겠냐?
주호   그럼 다른 거라도 해. 아직 춥다니까.
설   (코 훌쩍이는)
주호   이제 곧 시험인데 감기 걸리면 안 되잖아.
설   무슨 상관이야.

주호	내가 옮을까봐 그러는 거라니까.
설	옮을 일 없어 이제.
주호	어?
설	이제 너랑 안 다닐 거니까 옮을 걱정하지 말라고.
	감기 걸리든 말든 남이사.
주호	(그 자리에 멈춰서고)
설	(돌아본다) 뭐. 어쩌라고.
주호	진짜 안 다닐 거야?
설	뭐?
주호	진짜 나랑 안 다닐 거냐고.
설	...
주호	친구랑 남자친구 사이에 중간은 없다며 그럼 친구할게 나.
	그것도 안 돼?
설	(싫다고 할 수 없는 이 상황이 답답하고. 입술만 깨무는)

S#92. 교무실 (밤)

완전히 질려버린 얼굴의 담임.
화면 빠지면, 현호가 바로 앞에 앉아 있다. 절박한 얼굴.

현호	쌤! 저 대학 가야 돼요!
담임	아 가시라고! 가시라고 제발 가시라고!
현호	그러니까! 어떻게 해야 되는지 알려 달라구요.
	인서울은 바라지도 않고 빨간 버스 타고 다니는 수도권만 돼도 괜찮아요.
담임	나는 이제 자네의 담임이 아닐세.
	자네의 스승에게로 어서 돌아가게나! (휙 의자 돌리고)
현호	쌤 제발요..대학만 갈 수 있으면 저 진짜 뭐든지 할게요 쌤.
담임	(다시 휙 돌며, 의미심장하게) 뭐든지?

현호	(비장하게) 네.
담임	그럼.. (이리 와보라고 손짓하면)
현호	(조심스레 귀 대고)
담임	(귓속말로) 공부를 하거라... (속삭이는)
현호	(거의 울 듯한) 아 쌤! 저 진짜 장난 아니거든요? 아 진짜. (책상에 엎어지는)

S#93. 복도 (밤)

씩씩대며 걸어가고 있는 현호. 자신에게 주문이라도 거는 듯, 연신 중얼 댄다.

현호	(걸어가며) 안 되는 게 어딨어. 하면 되는 거지. 나도 안 해서 그렇지 학원 다니고 연습하고 하면. 최승현 부러워할 거 없다고. 어차피 김연두가 좋아하는 건 나고, 최승현은 관심도 없다고 했으..

S#94. 도서관 앞 / 도서관 서가 (밤)

우뚝, 도서관 앞에서 멈춰서는 현호의 걸음. 현호의 시선 따라가 보면, 책장 정리하고 있는 승현이 보인다.
그 옆에 바짝 붙어 종알종알 말 걸고 있는 연두.
현호의 눈빛이 떨린다. 저렇게까지 친한 줄은 몰랐는데.
승현이 움직이는 대로 쫄래쫄래 따라다니며 말 거는 연두. 승현이 못 가게 막아서는데.
승현, 그런 연두를 보고 고개 돌리며 살짝 미소 짓는.

현호   (찡그리며) 쟤 방금..

붙어 있는 두 사람 모습 위로.

현호   웃은 거야?

어두운 표정으로 두 사람 보던 현호. 복잡한 얼굴로, 뒤돌아 걸어간다.

S#95. 쿠키영상, 도서관 서가 (밤)

책장 정리를 끝내고 옆 책장으로 넘어가려는 승현을 연두가 막아선다.

연두   (승현 막아서며) 아 어려운 질문 아니잖아. 이상형이 뭔데?
승현   (지나가려고 하면)
연두   (다시 막아서며) 어떤 스타일 좋아하냐구. 머리 짧은 여자는? 어때?
승현   (연두를 피해 옆 책장으로 간다)
연두   (집요하게 따라가며) 여자친구는 없는 거 맞지? 연애는 몇 번 해봤어?
         (핸드폰 메모장 슬쩍 보며) 마지막 연애는 언젠데?
승현   (책장 정리하며) 일은 나 혼자 하냐.

잘못 꽂혀 있던 책 뽑아드는 승현. 제대로 된 곳에 다시 꽂으려는데.
연두가 승현이 들고 있던 책 빼앗는다. 그제야 연두를 보는 승현.

연두   글쎄, 대답해주면 일 한다니까? 응?
승현   (연두 손에서 책 빼앗아 꽂으며) 이상형은 없고 여자친구도 없고.
         연애는 두 번. 마지막은 고1 때. 이제 일 하자.
연두   머리 짧은 여자는? 그건 대답 안 했잖아.
승현   (고개 돌려, 연두 머리 길이 보는) 니 머리 정도면..

연두	(승현 보고)
승현	짧은 건가.
연두	나보다 짧은 머리. (유나 머리길이 깨 손으로 가리키며) 이 정도, 까지 오는?
승현	(다시 책장 정리하며) 그런 건 상관없어.
연두	오, 오케이. (핸드폰에 메모하는)

뿌듯한 얼굴로 메모를 하고 고개든 연두. 책장을 정리하는 승현의 손목,
소매 끝에 살짝 보이는 실 팔찌 발견한다.

연두	어? 그거 아직도 하고 있어? (북카트에서 책 들고 옆 책장으로 가는) 파란색 좋아하나 보네. 왜 말 안 했어.

승현, 정리하던 손을 멈추고 옆 책장 정리 중인 연두를 본다.

승현	(가만히 보다가, 혼잣말로) 좋아하면 안 되니까.

일진에게 찍혔을때

Episode. 08

주머의 주머의

주머

S#96. 복도 (낮)

발목에 보호대를 하고, 절뚝이며 걸어가고 있는 유나. 뒤에서 승현 목소리 들린다.

승현(E.)   안유나!

유나 돌아보면, 코앞에 있는 승현.

승현   (화난 얼굴로) 불편하면 나 부르라니까, 업어준다고. 말 안 듣지.
유나   (반한 얼굴)
승현   너는, 내가 책임진다고.

S#97. 3반 교실 (낮)

상상에 빠져 있던 유나. 입 꼬리 슬슬 올라가는데. 교실 뒤에서 배구하듯
공 토스하던 남자애들 중 하나가 유나 쪽으로 공을 날린다.

공놀이 남   (당황하며) 어어!

날아간 공, 정확히 유나의 뒤통수에 맞고. 퍽 소리와 함께 튕겨져 나오는.

유나   아! (뒤통수 문지르며 책상에 엎드리는) 아오, 아파..

그때, 위로하듯 유나의 머리 쓰다듬는 누군가의 손. 그 위로, 승현의 목소리.

승현(E.)   조심해라.

유나   (승현 목소리에, 엎드린 채로 눈 확 뜨는)

유나, 충격 받은 얼굴로 몸 일으키는데. 유나 뒤로 뒷문으로 나가는 승현
보이고.

연두   (걱정스런 눈으로) 괜찮아? 퍽 소리 나던데.

공놀이 남   (다가가며) 야..미안..

유나   (자리에서 벌떡 일어나고)

공놀이 남   (뒷걸음질 치며) 미안해! 때리지만 마!

유나, 결심한 얼굴로 가방을 뒤지더니 포카리 캔 음료를 찾아 꺼내고.
그대로 승현이 나간 뒷문으로 뛰어나가는.

S#98. 복도 (낮)

한 손에 포카리 든 채, 절뚝거리며 뛰어가는 유나. 하지만 승현은 보이지
않는다.

유나	(숨 몰아쉬며) 아 어디 갔어..
승현(E.)	나을 생각이 없나보네.

유나, 놀라서 목소리 나는 쪽을 보면 매점에 다녀오는지 한 손에 빵 들고
있는 승현.

승현	왜 뛰어 그 발목으로.
유나	(승현 앞으로 걸어가 포카리 내미는) 이거.
승현	(포카리 한 번 유나 한 번 보고)
유나	저번에 양호실 데려다준 거 고맙다고.
승현	(포카리 돌려주고)
유나	(얼결에 받는)
승현	나 때문에 넘어진 거니까 데려다준 거야. 고마울 거 없어.

승현, 그대로 뒤돌아 가려는데 유나 턱, 하고 승현 팔 붙잡는다. 승현, 돌
아보면.

유나	그래두. 양호실까지 무거웠을 거 아냐. 받아. (포카리 내미는)
승현	그거 받으면 또 갚아야 할 게 생기잖아.
유나	아이, 야! 친구끼리 뭘 갚냐! 그냥 받아.
승현	안 돼.
유나	아 그냥 좀 받아라 받아! (포카리 승현 손에 억지로 쥐어 주고)
	정 갚고 싶으면 나중에 다른 거로 갚든가.
	(홱 돌아서서, 혼잣말로) 고백을 받아준다든지. (웃고, 걸어가는)

유나가 쥐어준 포카리를 들고 무표정하게 서 있는 승현.
다른 쪽 손을 보면, 들고 있던 빵이 없다. 신나게 걸어가고 있는 유나 뒷모습 보면, 유나의 후드 모자에 들어 있는 승현의 빵. 승현, 이 모든 상황이 귀찮은 듯 한숨 쉰다.

S#99. 화장실 (낮)

화장실 세면대에서 립스틱을 바르고 있던 설. 핸드폰에 메시지 와서 보면, 주호다.
설 책상 위에 놓여 있는 빵과 우유 사진. 사진의 귀퉁이엔 주호의 얼굴도 빼꼼 보이고. 곧이어 도착하는 메시지.

[1+1 이길래]

설	(사진 보며) 지가 내 영양사야 뭐야. 어이없어.
	(하면서도 주호 얼굴 확대해보고) 어우..못생겼어. (픽 웃는)

그때, 큰소리로 대화하며 화장실로 들어오는 여학생들.

소문녀1	걔 불쌍해서 어떡해?
소문녀2	내말이. 완전 갖고 논 거잖아.
소문녀1	그거 아니라도 요즘 걔네랑 다닌다고 깝치고 다니는 거 좀 맘에 안 들..

시끄럽게 떠들던 두 사람, 거울 앞의 설 발견하고 조용해진다.

설	(화장하며, 거울로 보고) 안녕? 목소리 되게 크네?
소문녀2	(쫄아서) 아 안녕 설아. 머리 바꿨네. 예쁘다.
설	(대수롭지 않게) 알아 나도.

소문녀2	(눈치 보며, 나가자고 눈짓하는데)
소문녀1	저기 설아.
설	(보지도 않고) 왜.
소문녀1	작년에..오해해서 미안.
설	(거울로 소문녀1 보는)
소문녀1	따지고 보면 너도 피해잔데..말도 안 되는 소문 믿었던 거.
설	(돌아서서 소문녀3 보고) 뭔 소리야 피해자라니.
소문녀1	김연두..허진수랑 사겼었다며.
설	허진수?
소문녀1	양다리 걸치다가 지현호로 갈아타려고 거짓말한 거라던데?
설	(얼굴 찡그리는)

S#100. 3반 교실 (낮)

자리에 앉은 채, 심각한 얼굴로 핸드폰 보고 있는 연두.
핸드폰 속 사진엔 손을 잡고 마주보고 있는 연두와 진수의 사진 떠있는데.
진수는 연두를 보며 다정하게 웃고 있고, 연두는 뒷모습이라 얼굴 보이지
않는다.

설	(뒷문으로 들어오며) 야 김연두 나 방금 존나 어이없는..

보면, 이미 연두 곁에 둘러앉아 있는 유나와 아라.

설	벌써 들었구나. (연두의 건너 옆 책상에 걸터앉는)
유나	(핸드폰 보며) 뭐야 이 사진? 언제 찍힌 거야?
연두	몰라..엄청 옛날 같은데..
설	아니 손목 잡으면 사귀는 거야? 무슨 근거로 그딴 소문이 나.
유나	그래, 이 새끼 툭하면 연두 손목 잡는 거 내가 한두 번 본 게 아닌데!

아라	(진수 보며) 얘가 누군데?
유나	허진수라고, 연두 스토커 새끼 있어.
아라	(걱정스럽게) 연두 표정이 안 보이니까
	다들 오해하는 것 같아. 누가 찍은 건진, 모르겠어?
연두	(고개 젓고) 난 사진 찍힌 것도 몰랐으니까..

연두를 보며 수군대는 반 애들. 연두, 애들 눈치 보며 괜히 위축되는데.

아라	(수군대는 애들에게) 그런 거 아니거든? 연두가 양다리를 걸쳤겠어?
	그런 거짓말 할 애로 보이냐고!
설	야. 니가 그러니까 더 주목받잖아. 생각이 없냐?
아라	아..미안. 난 도우려고..
설	(맘에 안 들어 아라 훑어보고)
유나	아니 근데, 지현호는 뭐 하느라 와보지도 않아?

S#101. 교무실 (낮)

절박한 현호 표정.

영어	(성적표 넘겨보며) 글쎄..좀 어려울 것 같다.

화면 빠지면, 자리에 앉아있는 영어와 그 앞에 서 있는 현호.
영어는 현호의 성적표 여러 장 들고 있는.

현호	왜요..? 성적 오르고 있잖아요. (추천서 안내서 보여주며) 여기 보시면,
	성적이 꾸준히 오르는 학생에게 추천서를..

영어	(가로채며) 추천서를 써줄 수 있다, 라고 돼 있지.
	반드시 써줘야 한다는 말은 없잖니? 그리구 이미 진아한테 써주기로 했어.
	(들고 있던 성적표들 책상에 내려놓는)
현호	2반 김진아요? 쌤이 가르치는 반도 아니잖아요.
영어	진아 열심히 하는 친구야.
현호	저도 열심히 하는데요?
영어	(지친다는 듯, 한숨 쉬고) 현호야. 시간 없으니까 솔직하게 말할게.
	내가 무서워서 그래.
현호	(이해할 수 없고)
영어	니가 대학을 간다고 쳐. 근데 거기서 엇나가고 사고 치면,
	근데 널 추천한 사람이 나라면. 내 입장이 뭐가 되겠니?
	교사로서 신뢰를 다 잃는 거야. 그래서 난 착실하고 엇나갈 일 없는
	진아를 추천할 거고. 미안하구나. 내가 겁이 많아서.
현호	..왜 간다고 치는데요?
영어	뭐라고?
현호	대학은 간다고 치고, 엇나가고 사고 칠 건 확실한 것처럼 말씀하시잖아요.
영어	(한숨 쉬며) 아니 내말은.
현호	쌤. 어차피 라는 말이요, 진짜 억울하지 않아요?
	시작하기도 전에 다 끝내버리잖아요.

현호, 책상 위의 성적표들 확 낚아채 씩씩대며 걸어 나가는데.

영어	잠깐만 현호야!
현호	(말이 너무 심했나 싶어, 숨 고르고 돌아보는데)
영어	연두..그만 방해해.
현호	(예상 밖의 충고에 어이없다) 김연두한텐 아무 문제없거든요?

문 쾅, 닫고 교무실 나가는 현호.

S#102. 3반 뒷문 (저녁)

엎드린 연두의 뒷모습 걱정스럽게 보고 있는 현호와 유나.

유나	뒷부분은 아예 못 풀었나봐. 집중을 못 했대.
현호	그런 적 한 번도 없잖아.
유나	없었지..그것도 이 정도 쪽지시험에.
현호	나 때문에..
유나	너 때문이라고?
현호	(돌아서 걸어가며) 내가 방해하고 있는 거잖아.
유나	야! 먼저 가게? (혼잣말로) 뭘 방해해? 연두 얘기 못 들었나?

S#103. 3반 교실 (저녁)

서너 명이 모여, 핸드폰과 연두 번갈아 힐끔대고 있는 애들.

소문녀1	저 신발 맞지?
소문녀2	(핸드폰 보고, 연두 신발 보고) 맞네. 대박.
소문남	이 사진 허진수가 올린 거야?
소문녀2	어.

애들이 보고 있는 화면 속 진수 인스타 사진엔, 나란히 찍힌 커플 휠라 운동화. 연두가 지금 신고 있는 운동화와 똑같고.

소문녀1	(핸드폰 보며) 야야, 이것도. 이거 김연두 반지잖아.

보면, 웃고 있는 진수의 얼굴을 잡고 있는 여자의 손. 두 번째 손가락에 끼워진 반지가 연두가 끼고 있는 것과 똑같다.

소문녀2 미친 거 아니야? 백퍼네.

소문녀1 야, 대박, 날짜 봐. 이날 김연두가 지현호 사진 프사로 올린 날이잖아.

소문남 양다리 맞잖아 그럼. 아 존나 반전드라마. (웃고)

승현 시간이 많은가 보네.

뒷문에 서 있던 유나, 승현 목소리에 돌아본다.
보면, 가방 챙기고 있는 승현. 혼잣말하듯 무심하게, 하지만 확실하게 말하는.

승현 남들은 공부만 해도 부족하다던데. 너넨 남 얘기할 여유도 있고.

소문남 (살짝 쫄아서) 뭔 상관이야..

승현 너넨 뭔 상관인데? 남의 일에 신경 꺼.

대놓고 뭐라고는 못하고, 자기들끼리 작게 수군대는 애들.

소문남 지는 야구 잘하니까 걱정 없다는 거야 뭐야.

소문녀2 쟨 수능도 안 보잖아. 재수 없어 진짜.

승현, 엎드려 있는 연두를 가만히 보다가 어깨 토닥여줄 듯 손 뻗는다.
하지만 연두에게 닿기 전에 손 거두는.

S#104. 3반 뒷문 (저녁)

유나   (멍하니 승현 보고 있는데)

아라(E.)   연두는 든든하겠다.

돌아보면, 유나 뒤에 서 있는 아라.

유나   어?

아라   그렇잖아. 승현이 같은 친구도 있고.

유나   아 (웃고) 그러게. 최승현, 애가 좀 괜찮은 것 같아.

아라   그니까. 말보다는 행동으로 보여주잖아.

유나   맞아. 나한테도 내내 무뚝뚝하더니 아까 아침에 뒤통수에 공을 맞았는데
             조심하라면서 내 머릴 쓰다듬고 가더라니까. (떠올리며 웃는데)

아라   어? 그거..

유나   응?

아라   그거 연두였는데..

유나   어?

S#105. 회상, 3반 교실 (낮)

아라(V.O)   니 머리 쓰다듬은 거.

유나가 공을 맞고 엎드리자, 유나 머리 쓰다듬는 연두.
동시에 승현이 "조심해라" 말하며 뒷문으로 나간다.

아라(V.O)   연두였어.

S#106. 3반 뒷문 (저녁)

유나   (당황하고, 실망하지만 애써 감추며) 아아, 그랬구나. 내가 착각했나 보다.

아라   (웃고) 연두 기분도 안 좋은 거 같은데 오늘 맛있는 거 먹으러 가.

              내가 진짜 맛있는데 알려줄게.

유나   넌 안 가게?

아라   난 다음 주에 레벨테스트라 이번 주는 매일 연습.

유나   아..그럼 어딘지만 알려줘! 내가 데리고 갈게.

아라   응! (웃고, 가는)

유나   (아라가 가자 표정 어두워지는) 김연두는 왜 머리를 쓰다듬고 난리야..

              사람 설레게.. (연두가 쓰다듬은 뒤통수 괜히 쓰다듬어 보는)

S#107. 패스트푸드 가게 (저녁)

              햄버거가 세 개 올려진 트레이 들고 룰루랄라 콧노래 부르며 걸어가는

              지성. 그 뒤를 양 손에 콜라를 든 유나가 따라간다.

유나   (두리번대며) 우리 다섯 명이니까..저기 앉으면 되겠다. 딱 한 자리 있네.

              6인석 테이블. 설과 지성이 가장 안쪽에 마주보고 앉고,

              그 옆에 유나와 연두 마주보고 앉는다.

설   우리 동네에 이런 데가 있었어?

유나   (연두 보고) 연두! 기분 풀고 맛있는 거 잔뜩 먹고 가자.

연두   (웃으며) 응!

지성   (승현 발견하고) 최선수 여기!

보면, 트레이에 햄버거와 콜라 들고 걸어오고 있는 승현.

유나와 연두의 옆자리가 하나씩 빈 상태. 유나, 은근히 기대하는데.

연두 옆에 앉는 승현. 유나 살짝 실망한다.

연두	(승현 트레이의 햄버거 하나 들고) 이게 내 건가?
승현	(나머지 햄버거 살펴보곤, 연두에게 건넨다) 이게 니 거.
연두	아 그거구나.
승현	(콜라에 빨대 꽂아 연두 앞에 놔주는 승현)
연두	(가방 벗으면서) 땡큐.
승현	(가방 받으며) 줘. (유나에게 건네며) 옆에 좀 놔줘.
유나	어? 어.. (가방 받아들어 옆에 놓고, 시무룩하게 승현 보는)
연두	(지성에게) 현호는 안 온대?
지성	집에 일 있다고 먼저 가던데?
연두	나한텐 그런 말 없었는데..
지성	몰라! 나중에 말해주겠지, 뭐.
연두	같이 왔으면 좋았을 텐데.. (한숨 쉬고)
유나	애들 말 너무 신경 쓰지 마. 누가 낸 소문인지는 몰라도 저러다 말겠지.
설	나 때도 그랬잖아. 한 며칠 수군대고 금방 관심 없어져.
	냅두면 알아서 떨어져 나가더라고.
연두	(웃으며) 응, 난 괜찮아.
유나	말이나 되냐 다른 사람도 아니고. 허진수 같은 애랑 니가 왜 사겨.
지성	(유나에게) 니가 증인이네! 중학교 때부터 쭉 붙어 다녔잖아.
유나	그래. 내가 증거이자 증인이고 목격자야.
	야, 김연두 쫄지 마, 이 언닌 항상 니 편이니까.
연두	(웃고) 나 진짜 괜찮다니까. 그래도 엄청 든든하네.

그때, 폴라로이드 들고 다가오는 직원.

직원	저희가 손님들 폴라로이드 사진을 찍어드리고 있어요.
지성	공짠가요.
직원	그럼요.
지성	그럼 찍어주세요!
승현	(일어나려 하며) 나 빼고 찍어.
연두	아 왜에. 같이 찍자 이것도 추억인데.
승현	(당황하고)
유나	(직원에게) 쟤 도망가기 전에 빨리 찍어주세요.
직원	(폴라로이드 들며) 그럼 찍습니다. 하나 둘!

찰칵, 소리와 함께 사진 찍히고.

〈Cut to〉

네임펜으로 사진에 날짜 적는 유나. 날짜 밑에 [야자 짼 고3들]이라 적어 넣고.

유나	오 잘 나왔는데..저기다 붙이고 올게!

일어나 폴라로이드 사진들이 주렁주렁 매달려 있는 벽으로 가는 유나.
사진 속 뻣뻣하게 굳은 승현 얼굴 보면서 웃는다.

유나	얜 어딜 보고 찍은 거야 귀엽게.

기분 좋게 폴라로이드를 줄에 매달려는데, 뭔가 발견한 유나의 얼굴이 천천히 굳는다.
보면, 사진 속에 포개져 있는 남자와 여자의 손.
여자는 빨간 후드티를 입고 연두와 똑같은 반지를 끼고 있고.
사진 아래 적혀 있는 [진수♥연두 2018년 3월 9일] 찡그리는 유나 얼굴.

| 유나 | (사진 보며) 아니겠지.. 연두가 무슨..못 본 거야 이거. 못 본 거로 하자. |

유나, 아무도 모르게 사진을 뜯어 점퍼 주머니에 넣는다.

S#108. 패스트푸드 가게 (밤)

밥 다 먹고 가게를 나오는 친구들.

지성	(힘겹게) 세상 사람들..지성이 배 터질 것 같아요...
유나	(통화하며) 아니 그 옆에, 세탁소 골목으로 쭉 들어오면 돼요.
연두	유나는 엄마가 데리러 오시나보네.
승현	(연두 보고) 넌 어디 사는데.
연두	(저쪽 가리키며) 난 저쪽! 설이랑 가면 돼. 같은 방향이라,
설	(잊고 있다가) 야 맞다. 나 오늘 학원 들러야 해서 같이 못 가.
연두	아 그래? 괜찮아 금방인데 뭐.
지성	최선수는 어디 사시나요?
승현	나도 (연두가 가리킨 곳 가리키며) 저쪽..
지성	그럼 둘이 가면 되겠네!

연두, 승현 돌아보고 승현은 아무 생각 없이 덤덤한 얼굴이고.
방금 전화를 끊은 유나가 지성의 말에 승현 돌아본다.

유나	(괜히) 야, 야. 너네 둘이 어색해서 괜찮겠냐? 나도 같이 갈까?
연두	(눈치 채고) 아 그래! 셋이 같이 가자. 소화도 시키고, 운동도 할 겸.
유나	(끄덕이며 표정 밝아지는데)
지성	(눈치 없이) 엄마 오고 계신 거 아니야?
유나	오지 말라고 하지 뭐.
지성	굳이? 너 집 엄청 멀잖아. 왜 돌아가는지 지성인 이해가 안 되네.

유나	(저 새끼..하며 몰래 째려보고)
설	아 빨리 정해!

유나, 점퍼 주머니에 손을 넣는데 손끝에 폴라로이드 사진이 만져진다.

유나	(아 맞다 싶어서) 연두한테 할 말 있어서 그래!
연두	(보면)
지성	할 말?
설	뭔데. 지금 해.

다들 유나를 본다. 시선 의식하며, 점퍼 주머니에서 폴라로이드 사진 만지작대는 유나.

유나	아, 까먹었다..생각나면 말할게.
설	뭐야..몰라 난 간다. (뒤돌아 걸어가고)
지성	(유나 엄마 차 발견하고) 어! 너네 엄마 오셨다.
유나	(실망하는 얼굴)
승현	(연두에게) 가자. (먼저 걸어가고)

어쩔 줄 모르는 연두. 어뜩하냐는 듯 유나 보면 유나 체념한 듯 그냥 가라고 손짓한다.

지성	(연두에게) 가! 최선수 기다리시잖아.
연두	(미안한 듯 유나 한 번 보고) 갈게 그럼.
유나	(아쉽지만) 가..내일 봐?
지성	빠바이!

유나, 지성 등짝을 한 대 짝 때리고. 악! 왜! 소리 지르는 지성.

S#109. 골목 (밤)

멀찍이 걷는 연두와 승현. 승현 앞만 보고 묵묵히 걷고 연두는 가끔 승현을 흘깃 본다.

연두 안 데려다 줘도 되는데..

승현 난 우리집 가는 건데.

연두 (웃으며) 아 맞다. 이쪽이랬지.

말없이 걷는 둘.

연두 유나 말이 맞았네. 좀 어색하다 그치. 유나도 같이 오면 좋았을 텐데.

승현 (연두 한 번 보고, 다시 앞 보고 걷는)

연두 원래 그렇게 말이 없어?

승현 아니.

연두 ...그렇구나.

승현 운동할 때.

연두 (보는)

승현 누가 말 거는 걸 싫어해. 집중이 안 돼서. 근데 난 항상 운동하니까.

연두 (다음 말 기다리는데)

승현 (아무 말도 없고)

연두 ...그래서?

승현 잘 모른다고. 어떤 말을 어떻게 해야 하는지.

연두 너도 서툴구나. 그런 애 한 명 더 아는데. (현호 생각에 미소 짓는)

승현 (연두 보는데, 누굴 생각하고 있는지 알 것만 같고)

연두 근데, 계속 말 걸고 먼저 표현하고 하니까 서툰 것도 나아지더라.
         싫은 건 강요할 수 없는데 모르는 건 가르쳐주면 되니까.

승현 ….

연두 (멈춰 서서) 우리 집은 여기. 너네 집은 어디야?

승현	(대충 저쪽 가리키며) 저기.
연두	되게 가깝게 사는데 몰랐네. 조심히 가! 내일 학교에서 보자! (가려는데)
승현	있잖아.
연두	(돌아보면)
승현	안 괜찮아도 돼.
연두	어?
승현	안 괜찮은데 괜찮은 척할 필요 없다고. 그럼 두 배로 힘들잖아.
연두	(보는)
승현	허진수인지 뭔지, 나는 잘 모르지만. 너 거짓말할 애는 아닌 것 같아서.
연두	(승현 보며 미소 짓는)

그때, 집에서 나오는 아훈이 연두와 승현을 발견해 부른다.

아훈	(반갑게) 어 누나! (더 반갑게) 어? 형아!
승현	(인상 찌푸리며) 여기서 뭐해.
아훈	(승현 옆에 서며) 여기서 사는데여.
연두	우리 윗집이야.
승현	..윗집? (당황하고)
아훈	형은 왜 여기 있어여? 형네 집 쩌어기... (하려는데)

승현, 황급히 아훈의 입을 막는다. 아훈 버둥대는데.

승현	(입 막은 채, 아훈에게) 좀 걸을까? (연두에게) 들어가라.
연두	(어리둥절해서) 어..가! (갸우뚱, 하고 집으로 들어가고)
아훈	왜여어! (끌려가다 손 떼고) 형 손 씻었어여?

다시 아훈 입 막고 끌고 가는 승현.

S#110. 쿠키영상, 현호의 부엌 (밤)

식탁 위에서 울리고 있는 핸드폰. 화면엔 '꼬부기♥' 떠 있고.
복잡한 얼굴로 핸드폰 바라보던 현호, 거절 누르는.

일진에게 찍혔을 때

Episode. 09

S#111. 현호의 거실 (낮)

잔잔한 음악이 흐르는 어두운 방안. 낮이지만 암막커튼을 쳐 캄캄할 만큼
어둡고. 잔잔한 음악이 집 안에 울려 퍼지고. 은은하게 켜진 촛불이 허공
에서 흔들린다.
그리고, 그 가운데. 가부좌를 틀고 앉아 눈을 감고 있는 현호.
조용하고 평화롭게, 명상하는 듯 보이는데.
그때 들리는 비밀번호 누르는 소리. 문이 열리고 주호와 지성이 들어온다.

주호   (들어가며) 야, 라면 있.. (현호 발견하고 멈춰서는)
지성   (캄캄한 집 둘러보는)

주호와 지성, 영문을 모르겠는 얼굴로 서로를 보더니 자연스레 현호 양옆
에 같은 자세로 앉는다. 현호처럼 눈을 감고, 그렇게 조용히 명상하나 했
더니만.. 눈 감은 채 현호에게 말 거는 둘.

지성   이거 왜 하는 거야?
현호   생각을 비우려고. 말 시키지 마.
주호   너 원래 생각 많이 안 하잖아.
현호   입 다물랬다.
지성   그치. 얘가 하는 생각이라곤..배고프다,
주호   춥다.
지성   덥다.
주호   졸리다.
주호, 지성   (동시에) 김연두 보고 싶다.
현호   (눈 번쩍 뜨며 버럭) 아 그러니까!

주호와 지성, 깜짝 놀라 눈 뜨고.

현호	그 생각 안 하려고 이러는 건데! 다 망했어 니네 때매. (씩씩대며 드러 눕는)
지성	누워버려?
주호	(피식 웃으며) 우리 때문은 아닌 것 같은데.

S#112. 현호의 거실 (낮)

밝아진 거실. 현호, 주호, 지성이 탁자를 가운데 두고 둘러앉아 있다.
현호는 연두에게 줄 선물 꾸러미 만지작거리고 있고,
주호와 지성, 꽤나 진지한 얼굴로 현호의 고민을 들어주고 있는데.

주호	그러니까, 일부러 거리를 두고 있다는 거잖아.
현호	응.
주호	근데 헤어지긴 싫고.
현호	아 당연하지.
지성	근데 연락은 잘 안하고.
주호	집에도 같이 안 간다고?
현호	응.
지성	근데 아직 많이 좋아해?
현호	응.
주호	그럼 미친놈 아니야?
지성	이중인격자.
현호	아 방해하기 싫단 말이야!
주호	방해?
현호	나한테 답장하느라 공부에 집중 못 하는 것도 싫고.
	같이 집에 가다가 괜히 딴 길로 새서 집에 늦게 들어가는 것도 싫고.
	내가 대학 가는데 도움은 못 돼도 방해는 되지 말아야 할 거 아냐 최소한.
주호	연두가 그래? 니가 방해된다고?
현호	그건 아니고.

지성	그럼 왜 그렇게 생각하는 건지 지성인 모르겠네.
현호	아이 그냥..작년까지만 해도 선생들한테 싫은 소리 들을 걱정 없던 애가 나랑 있으면 괜히 한 소리씩 들으니까..
	나랑 사귀면서 성적 떨어진 건 맞잖아. 어제 쪽지 시험도 다 찍었다며.

눈빛 교환하는 주호와 지성. 애, 모르나? 싶고.

주호	그거 너 때문 아니야.
현호	어?
지성	소문 때문이잖아. 못 들었어?
현호	뭔 소문? 김연두에 대해 뭔 소문이 났어?
주호	허진수한테 스토킹 당한 게 아니라 둘이 사귀는 사이였다고.
현호	뭔 개소리야.
지성	니 사진 프사로 올린 것도 허진수에서 너로 갈아타려고 꾸민 일이라던데.
현호	(말문 막혀) 어떤 또라이가 그런..그걸 믿는다고? 그런 말도 안 되는 소문을? (지성에게) 야 넌 언제부터 알았어. 왜 나한테 말 안 해!
지성	(억울해) 어제 지성이가 말해주려고 했는데 니가 급한 일 있다고 뛰어갔잖아.
주호	연두가 말 안 했어? 전화하는 것 같던데.
현호	계속 전화 왔었는데..
주호	어.
현호	내가 안 받았어..
주호	미친놈.
지성	(끄덕이며) 미친놈 맞네.
현호	(울상으로) 난 나랑 통화할 시간에 공부하라고.. 통화 길어지면 새벽까지 하니까..아 미치겠네.
주호	(쿵) 너 차이겠다.
지성	(짝) 차여도 할 말 없지.

현호	아이씨 야! 니네 도와줄 거 아니면 당장 꺼져. 내 집에서 나가라고.
	아니야, 나가지마 도와줘. 나 어떻게 해야 해..알려줘..살려줘..
주호	(생각하다가) 너네 곧 200일 아니야?
현호	맞아...
주호	그럼 얼른 만나서 말해.
	그동안 왜 연락 안 됐는지. 니가 얼마나 생각이 짧았는지.
지성	지성이 같으면 지금 당장 달려가서 (선물 고개로 가리키며) 그거 주면서 풀 겠다..
주호	오늘은 200일이 아니잖아.
지성	뭐 어때. 199일을 축하하면 되지. 200일에 차이는 것보단 낫잖아.
주호	야, 누가 199일을 기념해. (웃는데)
현호	...정지성 말이 맞아.
주호	뭐?
현호	한시가 급한데 200일이고 자시고가 뭐가 중요해.
	(벌떡 일어나) 야 고맙다. 근데 나가.
	(애들 끌어내며) 도움이 많이 됐어 근데 잘 가.
주호	(끌려가며) 야, 이, 은혜도 모르는 놈.
지성	(끌려가며) 지성이도 구경하면 안 돼?
현호	(현관으로 몰아내며) 아 꺼져 꺼져. 고마워 근데 꺼져.
	나 지금 빨리 준비해서 나가야 하니까 고마운데 꺼져 잘가!
주호	배은망덕한 새끼.
현호	(문 열고 애들 밖으로 밀어내는)

주호와 지성을 쫓아내는 데 성공한 현호. 선물 상자를 집어 들고.
마음의 준비하듯 깊게 심호흡을 하는데. 누가 문을 쾅쾅 두드린다.

| 현호 | 아이씨.. (짜증내며 뒤돌아 문 열며) 왜 또! |

문 열자, 앞에 서 있는 연두.

현호, 깜짝 놀라 문 닫아버린다. 이게 뭐지. 벙 쩌 있는데.

연두	(쿵쿵쿵쿵 문 두드리고) 뭐야. 헤어지자고?
현호	(헐레벌떡 문 여는) 아니 아냐 아냐 무슨 아니야 그런 거.
연두	(뚱하니 현호 보는)
현호	안 헤어져..들어와.

S#113. 현호의 거실 (낮)

소파에 앉아 마주보고 있는 연두와 현호.

연두	(뚱하니 보는)
현호	(연두 옆에 앉으며) 니가 실수하는 걸까봐 무서웠어.
연두	(응? 하는 표정)
현호	나 그날..영어랑 너랑 한 대화 다 들었어. 따라갔었거든 교무실 앞까지.
연두	(그제야 이해된 듯, 아..하는)
현호	너랑 나랑 안 어울린다고..내가 니 미래를 망치기라도 할 것처럼 말할 때 화가 났어. 또 시작이구나, 맘대로 나를 판단하고 결론 짓는구나 싶어서. 근데..한 번도 답을 찍어본 적 없는 니가 시험지 한 면을 다 찍어서 냈다는 소릴 들었을 땐..그땐 무섭더라. 영어가 한 말이 진짜일까 봐. 내가 니 앞길 막고 있는 걸까봐.
연두	그건 너 때문이 아니라
현호	알아. 방금 들었어. 이상한 소문 난 거.
연두	(보는)
현호	(연두 손잡으며) 진짜 몰랐어..미안. 힘들 때 옆에 못 있어줘서 미안해.
연두	(표정 풀려서 바라보다가, 불쑥 손 내미는) 미안하면 내놔.
현호	..어?

연두	그거, 나 주려고 들고 나가던 거 아니야?

현호, 연두가 가리킨 곳 보면 제 손에 들려 있는 선물상자.

현호	아, 이거! (건네며) 원랜 내일 줘야 맞는데..너 보러 갈 핑계가 필요해서.
연두	지금 풀어봐도 돼?
현호	(끄덕이는)
연두	(포장을 풀고 상자 열면)
현호	(연두 반응 살피며 긴장하는데)

연두가 상자 열면, 상자 안에 들어 있는 휠라 운동화가 드러난다.
표정 밝아지며 운동화 꺼내드는 연두.

연두	(운동화 꺼내들며) 운동화네. 예쁘다.

연두, 운동화에서 눈을 떼지 못하고 찬찬히 살펴보는데 미소가 가시지 않
고. 긴장했던 현호, 연두의 반응에 안도한다.

현호	내 것도 사려고 했는데, 남자건 품절이라잖아..밑에 또 있어.
연두	응? (하고 상자 보면)

상자 안에 들어 있는 아무런 라벨도 붙어 있지 않은 향수병.

연두	이게 뭐야?
현호	향수. 내가 공방 가서 만들었어.
연두	(놀라며) 너가 만들었다고?
현호	(끄덕이고) 니가 좋아하는 그 영화..불이 꺼져도 여자가 남자를 알아보잖아. 향수 냄새로. 나도 그러고 싶어서.
연두	(감동받고)

현호	너랑 어울리게 만든다고 나름 애썼는데..맘에 들지 모르겠다.
연두	(허공에 칙 뿌려보고) 맘에 들어!
현호	(입 꼬리 올라가며) 좀 괜찮냐?
연두	(또 칙 뿌리고) 응 완전!
현호	(신나서) 그거, 하나밖에 없는 향수야. 너한테만 나는 향기라고.
연두	너무 좋아. 향기도 좋고 의미도 특별하고.
	(일어서서 옷이랑 장갑에도 칙칙 뿌리다가) 아 안 돼. 아껴 써야지.
현호	(일어나며) 뭘 아껴. (멋있는 척) 다 쓰면, 또 만들어줄게.
연두	진짜?
현호	(별 거 아니라는 듯, 끄덕이는데)
연두	(웃고, 현호 끌어안는)
현호	(예상치 못한 포옹에 놀란다)
연두	(안은 채 올려다보며) 고마워. 내 옆에 없었던 거 용서해줄게.
	대신 앞으론 계속 옆에 있어.
현호	알았어. 내가 잘못 생각했어.
연두	199일 축하해.
현호	199일 축하해.

행복한 얼굴로 끌어안는 둘.

S#114. 체육관 앞 (낮)

학교 체육관 앞을 서성이는 유나. 초조한 듯 이리저리 왔다 갔다 하는데.
그때 방금 씻고 나온 듯한 젖은 머리에 한 손에 유니폼 들고 나오는 승현.

승현	(유나 발견하고) 어.
유나	어..! 안녕.
승현	..학교는 왜 왔어? 주말인데.
유나	(찔려서) 너, 너는 왜 왔는데!
승현	..나는.. (유니폼 들어 보이며) 훈련이 있으니까.
유나	(모른 척) 아 훈련 있구나! 주말에도오.

두 사람 사이, 어색한 정적 흐르고.

승현	간다. (가려는데)
유나	어어, 아 잠깐만!
승현	(돌아보는)
유나	안 바쁘면..카페라도 갈래?
승현	(왜 그래야 하는지 모르겠고)
유나	아니이, 너 저번에 내가 포카리 준 날. 내 모자에 빵 넣어놨더라? 그럼 내가 나 업어준 거 아직 못 갚은 거잖아. 커피라도 살게.
승현	안 갚아도 된다니까. 나 때문에 다친 거잖아.
유나	그래도..사실 나 너 커피 사주러 온 거란 말이야.
승현	됐어. 낫기나 해. (다시 가려는데)
유나	그럼 니가 사든가!
승현	(보는)

유나	나 꽤 멀리 살거든? 내 소중한 주말을 여기 오는데 썼는데..그리고 교통비!
	버스비도 왕복으로 두 번 내야 되고.
	내가 이만큼 시간과 돈을 들였으니까..니가 갚으라고.
	(승현에게 등 돌리고, 혼잣말로) 뭔 소리야..! (자책하는데)
승현(E.)	가 그럼.
유나	(돌아보며) 어?
승현	사준다고 커피.

S#115. 카페 (낮)

유나가 앞에 앉은 승현의 눈치 보며 커피 마시고 있다.

유나	(커피 마시고) 진짜 나만 사주는 거야? 넌 안 마셔?
승현	커피 안 좋아해.
유나	안 마실 거면 왜 앞에 앉아있냐. 사람 민망하게. (삐죽대면)
승현	갚으라며.
유나	어?
승현	(자리 가리키며) 시간과 (커피 가리키며) 돈.
유나	너도 차암 융통성 없다.
승현	(덤덤하고)
유나	근데 너 연두한텐 안 그러잖아.
승현	뭐가.
유나	애들이 욕할 때 편 들어주고. 콜라 챙겨주고 가방 치워주고 이런 거.
	받은 거 없어도 해주잖아. 연두한테는.
승현	(시선 피하고)
유나	너..혹시 연두
승현	(말 끊고) 남자친구 있는 애를 좋아하면 안 되지. 그건 반칙이잖아.
유나	그럼 아니라는 거야?

승현	난 반칙하는 거 안 좋아해. (유나 보고) 다 마셨으면 가자.
	나 시간 많이 못 내.
유나	어..알았어.
승현	(일어나 나가고)
유나	(승현 보며) 안 좋아하는 건 아니란 거네..

S#116. 현호의 부엌 (밤)

팔짱을 끼고 선 연두.
걱정스러운 얼굴로 현호의 부엌 한쪽에 쌓여있는 배달음식 상자들 바라
본다.

연두	밥은 안 해 먹어? 맨 배달음식 포장지밖에 없네.
현호	(식탁에 앉아) 밥을 왜 해 먹냐. 전화하면 바로 갖다 주는데.
연두	아침도 안 먹어?
현호	아침 먹으면 지각해.
연두	(곰곰이 생각하다가) 집에 달걀 있어?

S#117. 현호의 부엌 (밤)

탁자 위에 완성된 토스트 놓는 연두.
잘 익은 계란이 얹어진 토스트가 제법 맛있어 보이고.

현호	우와.
연두	봐봐. 5분도 안 걸렸지? 먹어봐.
현호	(한 입 먹고는 감탄하는) 진짜 맛있어.

연두	얼마 안 걸리니까 아침에 해먹어.
	그리고 이것들은. (냉장고에서 배달음식 쿠폰들 떼어가는) 다 압수.
현호	야, 거기 내가 모은 쿠폰이 몇 갠데!
연두	요리해 먹을 때마다 나한테 인증샷 보내. 내가 쿠폰 하나씩 찍어줄게.
현호	그래서?
연두	그래서! 10개 모으면 소원 들어줄게. 딜? (악수하듯 손 내밀고)
현호	딜. (손 맞잡더니, 당겨서 연두 안는다) 소문낸 놈은 내가 잡는다.
연두	됐어. 그러다가 말겠지. 신경 안 써.
현호	자신 있어?
연두	자신 있어. (현호 보며) 내 선물은 내일 줄게.
현호	알았어. 야, 향수 냄새 좋은데? 누가 만들었지.
연두	(웃으며) 아 그만 좀 말해.

S#118. 3반 교실 (오후)

다음 날 오후. 뒷문으로 들어가려던 유나, 문득 어제 승현의 말이 떠오른다.

S#119. 회상, 카페 (낮)

승현	남자친구 있는 애를 좋아하면 안 되지.

멍하니 서 있는 유나에게 다가오는 연두.

연두	(웃으며) 유나야!
유나	(보는)
연두	어디 갔다 왔어? 말도 안 하구.
유나	아 나 화장실이 급해서.
연두	(유나 코에 장갑 대주며) 냄새 좋지 현호가 만들어줬다?
유나	장갑을?
연두	아니, 향수! 공방 가서 만들었대.
유나	(마음이 복잡해서, 미적지근한) 아..진짜?
연두	(신나서) 직접 만든 거라 세상에 딱 하나밖에 없어. 나한테만 나는 거야.
유나	아..진짜?
연두	(이상한 걸 느끼고) 무슨 일 있어? 아침부터 계속 멍하네.
유나	아..미안. 잠을 조금밖에 못 자서 피곤한가봐. 나중에 다시 얘기해주라.
연두	(걱정스레) 알았어. 얼른 집에 가서 좀 자.
유나	응, 그래야겠다. (어색하게 웃고)

연두가 자리로 가 앉고. 연두가 옆으로 지나가는 순간 승현이 연두 살짝
보는데. 유나, 그 순간을 목격한다. 자리에 앉은 연두, 이미 책상 위에 펼쳐
져 있던 문제집에 형광펜을 긋는데 잘 안 나오는지 종이에 계속 그어보는.

승현	(보다가, 자기 형광펜 내민다) 이거 써.
연두	어, 고마워. 뚜껑 열어놨더니 굳었나봐.
유나	(승현 보면서) 또 저러네. 받은 것도 없으면서 그냥 막 줘.

유나, 자리로 가 앉는데 표정 어둡다.

S#121. 7반 교실 (오후)

자리에 앉아, 핸드폰 셀카모드로 머리 정리하고 있는 현호. 한참 정리하고 있는데 화면의 한구석에 지성이 빼꼼 나온다.

현호	아 나와.
지성	웬일로 꽃단장?
주호	(현호 옆으로 걸어오며) 대망의 200일 이시라잖냐.
	오늘 신경 좀 썼다? 어제만 해도 마음을 비운다 어쩐다
	초까지 켜고 쌩쇼를 하더니.
지성	잘 풀었나 보네?
현호	어, 아주 잘. 어제 선물 줬고 오늘 영화 보러 가기로 했다.
	(잔머리 잡으며) 아 이 머리 한 가닥 진짜 이씨!
주호	한턱 쏴야 되는 거 아냐 우리한테?
지성	(현호 앞에서) 한턱 쏴! 두턱 쏴!
현호	(일어나며) 아 야야야 시끄럽고. 한턱은 나중에 쏠 테니까 일단 비켜.
	나 김연두한테 가야 되니까. (지성 치우며 교실 나가고)
주호	멘트 뭐야.
지성	(오버해서 따라하는) 김연두한테 가야 되니까. (웃는)

S#122. 복도 (오후)

현호, 연두를 데리러 3반 교실로 향하는데 자꾸만 미소가 새어나온다.

현호	(걸어가며) 일단 밥을 먹고..카페 갔다가 영화 보러 가면 딱이겠네.
	(만족스러운 듯 미소 짓는)

현호 싱글벙글 걸어가는데, 맞은편에서 승현이 걸어온다.

현호   (신나서) 시간 남으면 오랜만에 호떡게임이나 한 판 하면 되겠..

뭔가 발견하고 표정 굳는 현호.
현호의 시선 끝에, 승현이 들고 있는 연두의 장갑 보인다.
승현이 현호 옆을 스쳐 지나는 순간, 그 자리에 멈춰서는 현호.
이거, 연두 향수 냄샌데.

승현   (걸어가는데)
현호(E.)   야, 최승현.

승현, 현호 목소리에 돌아보는데. 돌아보자마자 날아오는 주먹. 승현, 쓰
러지고. 복도의 아이들 깜짝 놀라며 소리 지른다.
소란에 뛰어나오는 연두와 유나.

승현   (쓰러진 채, 맞은 곳 문지르는데)
현호   (승현에게만 들릴 정도로) 니가 왜 그 장갑을 들고 있어!
승현   (무슨 소린지 모르겠고)
현호   뭔데 너한테 김연두 냄새가 나!
연두   지현호!

현호에게 달려온 연두. 넘어져 있는 승현과 현호를 번갈아 본다.

연두   (승현에게) 괜찮아? (현호에게) 왜 사람을 때려!
현호   (빈정 상해) 내 편을 드는 게 맞지 않냐?
승현   괜찮아. (몸 일으켜 앉는)
영어   지현호!

현호가 보면, 복도 끝에 서 있는 영어. 지긋지긋한 얼굴이고.

영어	따라 와.
현호	(무시하고 반대 방향으로 걸어가 버리고)
영어	(어이없어) 야! 쟤가 진짜!

연두가 걸어가는 현호의 손목을 붙잡는다.

연두	(손목 잡으며) 현호야.
현호	(뿌리치고) 최승현이나 챙겨. (걸어가 버리는)
연두	(걱정스러운 눈으로 현호 보는)

일어나 흐트러진 옷 정리하는 승현. 유나가 그 옆에서 서성인다.
같이 양호실에 가주겠다고 하고 싶은데 입이 떨어지지 않고.

유나	(용기 내) 양호실 같이 가줄... (하려는데)
영어	김연두!
연두	(돌아보면)
영어	쟤 데리고 양호실 다녀와. 너넨 다 돌아가! 구경났니?
유나	(아쉬워) 아..
연두	(현호가 간 곳 다시 보더니 영어에게) 네.. (승현에게) 가자.

승현과 함께 걸어가는 연두. 유나가 멀어지는 두 사람을 바라본다.

아라	연두 좀 너무하다.

보면, 유나 뒤에서 연두와 승현 보고 있는 아라.

유나	에이 다친 사람 먼저 걱정하는 게 맞지. 아무리 남자친구여도.
아라	아니..유나 너한테 말야. 너한테 같이 가라고 해주지.
유나	어?
아라	(안됐다는 얼굴로) 너 쟤 좋아하잖아. 최승현.
유나	(놀라) 어떻게 알았어?
아라	어떻게 몰라. 얼굴에 써 있는데. 근데 연두는 모르나 보네..
유나	연두도 알아. 내가 말했거든.
아라	..진심이야? (이해 안 된다는 듯) 근데 왜 저래..
	니가 같이 갔으면 더 친해질 수 있었을 텐데. 아쉽겠다.
유나	아냐 선생님이 시킨 건데 뭐.. (라고 하지만, 왠지 서운해지는)

S#123. 양호실 앞 (오후)

얼굴 상처 위에 밴드를 붙이고, 양호실 문을 열고 나오는 승현.
복도에서 기다리던 연두, 승현이 나오자 다가온다.

연두	뭔가 오해가 있었을 거야.
승현	(보면)
연두	그렇게 쉽게 누굴 때릴 애가 아닌데.
승현	그 얘기 하려고 따라왔어?
연두	현호 진짜 괜찮은 애야. 몇 번 얘기해보면 너랑도 잘 지낼 수
승현	아니.
연두	(보면)
승현	난 걔랑 잘 못 지낼 거야.
연두	(속상한)
승현	너무 신경 쓰지 마. 난 걔가 날 때려서 다행이거든.
연두	..어? 뭐가 다행이야?
승현	이제 쌤쌤이니까.

S#124. 현호의 집 앞 (밤)

현호의 집 앞에서 기다리고 있는 연두. 답답해서 눈만 이리저리 굴리는데.
그런 연두 손에 선물 꾸러미 들려있다.
그때, 편의점 봉투를 달랑달랑 들고 추리닝 차림으로 걸어오는 현호.
터벅터벅 발걸음엔 힘이 없고. 표정은 아무 생각 없이 멍하다.

연두	(현호 발견하고) 야 지현호!
현호	(고개 들어 연두 보는)
연두	(현호에게 걸어가며) 어딨다가 이제 와? 전화는 왜 안 받고.
	내가 얼마나 기다렸는지 알아?
현호	(말없이 시선 피하고)
연두	내가 얼마나 걱정했는지 알아? 너 승현이는 왜 때린 건데.
	말로 하지 왜 주먹을 써.
현호	..니가 승현이라고 불러서.
연두	뭐?
현호	최승현이 아니라 승현이라고..성 떼고 부르는 게 그게 맘에 안 들어서.
	내가 그 정도밖에 안 돼서.
연두	그래서 때렸다는 거야?
현호	그래서..헤어지잔 거야.

S#125. 쿠키영상, 회상, 복도 (오후)

승현	(걸어가고 있는데)
아라	승현아.
승현	(돌아보는)
아라	너 교무실 가지. (연두 장갑 건네며) 연두가 이거 쌤한테 좀 전해달래.
승현	(아무 말 없이, 받아서 장갑 들고 돌아선다)

아라	고마워. (혼잣말로) 화이팅.. (돌아선다)

쭉 걸어가 현호 옆을 지나치는 승현. 현호가 우뚝 멈춰선다.
멀어지는 아라 뒤로 현호와 승현 보이고.

현호	야, 최승현.
승현	(돌아보자)
현호	(주먹 날리는)

애들 놀라 소리 지르고.
이 모든 걸 등지고 걸어가던 아라, 살짝 미소 짓는다.

Episode. 10

우린 어디서부터 잘못된 걸까

S#126. 현호의 집 앞 (밤)

현호   ..니가 승현이라고 불러서.

연두   뭐?

현호   최승현이 아니라 승현이라고..성 떼고 부르는 게 그게 맘에 안 들어서.

    내가 그 정도밖에 안 돼서.

연두   그래서 때렸다는 거야?

현호   그래서..헤어지잔 거야.

연두   (표정 굳는)

현호   나 걔한테 이길 자신이 없어.

연두   (답답해) 내가 좋아하는 건 너라니까? 이기고 질 게 어딨어!

현호   (연두 보며) 야. 난 맨날 져. 지금도 난 지고 있고.

연두   내가 걔 이름 안 부르면 돼? 인사도 안 하고 얘기도 안 하면 돼?

현호   아니. 앞으로 살면서 수많은 최승현들이 있을 텐데

    그때마다 이렇게 헤어질 수는 없잖아. 미안해 근데 괜찮아질 거야 너는.

연두   (말문 막히고)

현호, 할 말을 잃은 연두를 지나쳐 집으로 들어가는데. 연두가 불러 세운다.

연두   지현호!

현호   (멈춰 서지만 돌아보진 않는)

연두   (현호에게 선물 던지듯 안겨주고, 울음을 참는 얼굴로) 이거 가져가.

성큼성큼 걸어 멀어지는 연두.

현호, 복잡한 얼굴로 선물 꾸러미 내려다본다.

풀어보는데, 자기가 연두에게 줬던 장갑과 똑같은 커플장갑이고.

울컥하는 현호.

..니가 승현이라고 불러서.

그래서 때렸다는 거야?

그래서..헤어지잔 거야.

S#127. 거리 (밤)

눈물이 날 것 같지만 꾹 참아내며 걸어가는 연두.
다이얼 꾹꾹 눌러 유나에게 전화를 거는데 신호음만 가고 받질 않는다.
멈춰 서서 유나에게 메시지 보내는 연두.

[유나야 바빠?] [시간 나면 전화 좀 해주라]

눈물 참으려 땅만 보고 멍하는 걷는 연두. 그런 연두의 어깨를 누군가 잡아 세운다.

승현(E.)   좀 보고 다니라니..까.

보면, 승현이고. 금방이라도 울 것 같은 연두의 얼굴에 당황한 기색이 역력한데. 연두, 승현의 얼굴을 보는 순간 눈물이 터지고. 그대로 손바닥에 얼굴 묻고 소리 없이 운다.
당황한 승현, 연두를 토닥이려 손 올렸다가, 다시 거두는.

승현   (보다가) 말하고 싶을 때 말해.
연두   (울다가) 헤어지재.
승현   (보는)
연두   현호가 헤어지재. (다시 손바닥에 얼굴 묻고, 주저앉는다)

승현, 말없이 연두를 내려다보다가 말없이 연두 옆에 앉는다.
계속 울고 있는 연두. 승현이 손을 뻗어 연두의 어깨를 토닥인다. 처음으로.

승현   나 위로를 잘 못해. (손 거두고, 정면 보며) 그러니까 그냥 옆에 있을게.

S#128. 연두 집 거실 (아침)

다음날 아침. 힘없이 걸어와 소파 위에 풀썩 앉는 연두. 울었는지 통통 부은 눈이고. 핸드폰을 들어 확인하지만 현호에겐 연락이 없다. 현호의 프로필 사진 눌러보는 연두.
연두가 찍어준 핸드폰 하고 있는 현호 사진이고.

연두   프사는 안 바꾸네. 이거 내가 찍어준 건데.
엄마(E.)   연두야!
연두   네에.
엄마(E.)   이거 윗집 좀 갖다 주고 올래?

S#129. 아훈 집 문 앞 (아침)

사과 한 봉지 들고 있는 연두, 윗집 앞에 서서 띵동 벨 누른다.

연두   안녕하세요. 저 아랫집인데요.

그때 문이 열리고 연두 놀란다.
연두의 눈앞엔, 앞치마를 두른 승현. 승현도 당황한 눈치고.

연두   니..가 왜..

그때, 승현의 뒤에서 튀어나온 아훈. 기브스한 검지손가락 들어 보인다.

아훈   (해맑게) 누나! 나 다쳤어여!

S#130. 아훈의 부엌 (낮)

앞치마를 두른 채, 능숙하게 양파를 써는 승현.

보글보글 끓는 물에 파스타면 촤라락 펼쳐 넣는데 굉장히 자연스럽고.

식탁에 앉아 그런 승현을 신기한 듯 보던 연두. 고개를 돌려 앞에 앉은 아훈을 본다.

이 상황이 아무렇지 않은 듯, 화학 문제집 풀고 있는 아훈.

연두　　　그러니까, 여긴 너네 집이 맞다는 거지?

아훈, 풀던 문제집을 덮으며 연두를 본다.

아훈　　　그럼여. 말했잖아여 윗집이라고.

연두　　　근데 쟤는 왜 여기 있어?

아훈　　　(기브스한 손가락 들어 보이며) 이거, 저 형 때문에 다친거거든여.

　　　　　미안해서 왔나보져.

승현　　　(요리하며) 미안한 게 아니라 갚는 거라고.

아훈　　　라고 핑계를 대더라구여.

연두　　　어쩌다가 다쳤는데? 팔씨름이라도 했어?

아훈　　　(기브스한 손가락 흔들며 부정하는) 으음 으음~

　　　　　저는 제 물건 돌려받으려고 했을 뿐이거든여?

S#131. 회상, 3반 교실 (낮)

체육시간이라 아무도 없는 3반 교실. 누군가 뒷문 사이로 살금살금 들어
오고.

아훈   (문 따고) 이 반은 왜 문도 안 잠궈 놓는거져?

책상을 이리저리 살피다가 승현의 이름 발견한다.

아훈   (회심의 미소 지으며) 잘 지냈어여 형? 저는 잘 지냈어여.
아훈, 민증이 들어있던 승현의 가방 앞주머니 여는데. 아무것도 없는

아훈   엥 왜 없어. (가방 샅샅이 뒤지는데도 없는) 이럴 수가..
담임(E.) 이~럴 수~가.

보면, 창문으로 아훈 보고 있던 담임.

담임   럴수럴수~ 이럴 수~
아훈   (놀라 가방 놓고)
담임   오늘은 파티를 해야겠다. 내 손으로 도둑을 잡게 되다니.
아훈   도, 도둑이여? 쌤 그게 아니라여..

아훈, 말을 끝맺기도 전에 담임에게 귀 잡혀서 끌려 나가는데.

아훈   (끌려 나가며) 제 말 좀 들어보시라니까여? 아! 아파여! 쌔앰!

S#132. 아훈의 부엌 (낮)

아훈	그래가지구여 반성문도 쓰고 교내봉사 일주일 추가됐어여.
연두	(생각하다가) 그래서? 손가락은 왜 다친 건데?
아훈	쓰레기 줍다가 넘어졌어여. 돌담에서 장난치다가.
연두	(웃으며) 그게 왜 쟤 때문이야. 니가 넘어진 건데.
아훈	(논리정연하게) 형이 제 민증 안 가져갔으면 제가 누나 반에 안 들어갔겠져. 그럼 쌤한테 걸리지도 않았겠져. 그럼 교내 봉사하다가 다칠 일도 없었져.
연두	그건..그렇긴 한데..

승현, 물통을 들고 와 테이블 위에 놓고. 연두 옆에 앉는다.

승현	민증을 안 만들었으면 내가 가져가지도 않았겠지.
아훈	왜 따라해여?
연두	그래! 고2 밖에 안 된 애가 가짜 민증은 왜 만들어? 너 그거 걸리면 경찰서 갈 수도 있어. 위법이라고.
승현	법을 어기는 건.
연두, 승현	반칙이야.

화면 빠지면, 나란히 앉아서 아훈 혼내고 있는 연두와 승현. 마치 부모님 같고.

아훈	합창단인줄 알았네여. 둘이 그러고 있으니까 꼭 부부 같다.

연두와 승현, 흠칫하며 서로의 눈치 본다.

아훈	그러고 있으면 남자친구 안 삐져여? 엄청 질투 많던데 저번에 보니깐.
연두	(숙연해지고)
승현	(연두 눈치 살피다가 아훈에게) 가서 컵이나 가져와.

아훈	네엡! (가고)
승현	지현호랑은 안 만나?
연두	헤어졌는데 그럼..벌써 다시 만나냐...
승현	..다시 사귀긴 할 건가 보네.
연두	나 차였다니까. 내 맘대로 할 수 있는 게 아니라고.
승현	다시 사귀면 얘기해.
연두	왜. 파티라도 열어주게?
승현	그래야 실수 안 하니까.
연두	(응? 하고 보고) 무슨 실수?

승현의 의미심장한 말에 분위기 이상해지려는 차에, 아훈이 부엌에서 연두를 부른다.

아훈(E.)	누나! 컵 좀 놔주세여!
연두	어? 어어 갈게! (일어나는)

연두, 일어나 부엌으로 가는데 가면서도 승현의 말이 생각나는.

S#133. 아훈의 부엌 (낮)

접시가 놓이고. 보면 맛있어 보이는 파스타가 담겨 있다

아훈	우와!
연두	너 요리 잘하는구나.
승현	훈련 끝나고. 혼자 해먹을 때가 많아서.
연두	아아, 그렇구나.
아훈	(검지와 중지 사이에 포크 끼고) 형! 기브스 때문에 못 먹겠어여. 먹여주세여. 아—

연두, 그런 아훈을 보는데 현호가 떠오른다.

S#134. 회상, 현호의 부엌 (시즌 1의 장면)

라면을 사이에 두고 마주보고 앉아있는 연두와 현호. 현호는 팔에 기브스
하고 있는.

현호   아, 나 젓가락 못 잡잖아. 먹여줘, 아—

S#135. 아훈의 부엌 (낮)

연두   (현호 생각에 피식 웃는)

승현 포크를 고쳐 잡아준다. 주먹을 쥐듯 포크를 잡도록.

아훈   진짜..치사해. (주먹 쥐고 파스타 퍼먹고)
연두   (웃으며 아훈 보다가 승현 본다)
승현   (연두 보고) 왜. 먹여주는 건 좀 그렇잖아.
연두   아냐. 누가 생각나서. (핸드폰 꺼내 보는)
승현   (연두 보는)

연두, 유나에게 보낸 메시지 확인하는데 여전히 없어지지 않은 1.

[유나야 바빠?] [시간 나면 전화 좀 해주라]

한숨 쉬는 연두.

S#136. 아훈의 집 앞, 엘리베이터 (밤)

아훈의 집에서 나오는 연두와 승현. 아훈이 현관에서 둘을 배웅한다.

아훈	사과 잘 먹을게여 누나.
연두	(미소 짓고)
아훈	가여 형. 또 놀러와여.
승현	싫어.

⟨Cut to⟩

엘리베이터를 기다리는 연두와 승현. 아훈이 있었을 땐 몰랐는데, 둘만 있으려니 어색한 정적이 감돌고. 연두, 승현의 눈치 보며 생각하다가 입을 뗀다.

연두	난 계단으로 갈게. 바로 아래층이라.
승현	...그래.
연두	학교에서 봐. (계단으로 가다가 돌아보며)
연두, 승현	(동시에) 저번엔..!

머쓱하게 웃는 연두와 괜히 머리 긁적이는 승현.

승현	너 말해.
연두	아..미안했다고... 갑자기 울어서 당황스러웠지.
	아는 사람 얼굴 보이니까 눈물이 나더라.
승현	아. 응.

그때 도착한 엘리베이터. 땡 소리 내며 문 열리자 승현, 올라탄다.

연두	넌 무슨 말 하려고 했는데? 저번에 뭐?
승현	(보다가) 괜찮으니까, 울어도 된다고.

승현의 말이 끝나자마자 닫히는 엘리베이터 문.
그 말에 연두, 벙 쪘다가, 돌아서서 계단을 내려간다.

S#137. 교무실 (아침)

다음날.
교무실 문을 열고 들어서는 연두. 담임이 연두를 부른다.

담임	김연두, 왔는가.

연두 이름이 들리자, 교무실 구석에 앉아서 반성문 쓰던 현호 고개를 들어 연두 본다.
연두, 현호를 발견하지 못하고 담임에게 걸어가고.

담임	그래. 토익 성적이 더 올랐다고?
연두	(토익 성적표 내밀며) 네. 쪼금요.
담임	(받아서 살펴보며) 근데 쪽지시험은 왜 그렇게 봤을꼬.
현호	(연두 보다가, 시선 떨구는데)
영어	(자리에 앉아 있다가 돌아보며) 지현호. 반성문 다 썼니?

현호 이름에 돌아보는 연두. 현호를 발견한다.
일어나 영어에게 반성문 낸 현호. 연두 쪽은 보지도 않고 성큼성큼 교무실을 나가고.
연두, 얼굴에 서운함이 가득한.

S#138. 복도(낮)

그 뒤로도 자꾸만 마주치는 연두와 현호.
주호와 매점에 가던 현호, 연두 보자마자 그대로 돌아서는.

현호 (서둘러 가버리면)
주호 뭐야? 빵 사준다매?

S#139. 복도 (낮)

복도에서 정통으로 마주쳐버린 두 사람. 연두는 황급히 책 보는 척하고
현호는 괜히 핸드폰 들여다보는.

S#140. 급식실(낮)

앞뒤로 줄 서서 급식 받던 지성과 현호. 지성이 앉아서 밥 먹고 있는 연두
발견한다.

지성 (손 흔들며) 꼬부기!
연두 (웃으며 손 흔드는데)
현호 (슬쩍 연두 보고 모른 척 고개 돌리는)
연두 (서운한 얼굴로 손 내린다)

S#141. 3반 교실 (낮)

유니폼 차림의 승현. 자리에 엎드려 있는 유나를 부른다.

승현	안유나.
유나	(엎드려 있다가 고개 들면)
승현	이거. (빵 내미는)
유나	(미소 새어나오며) 뭐야? 나 먹으라고?
승현	전해주래.
유나	어?
승현	김연두가. (고갯짓으로 뒤쪽 가리키는)

승현이 가리킨 곳 보면, 교실 뒤쪽에 서서 유나를 보고 있는 연두.
유나, 더 이상 피할 수는 없겠구나 싶고.

S#142. 3반 교실 (낮)

각자 자리에 앉아, 얘기하는 유나와 연두. 오랜만의 대화라 그런지 조금
어색하고.

연두	많이 바빴어? 계속 페메 했는데..
유나	아 나 페메 지웠어. 용량 때문에..
연두	아 그랬구나..
유나	(눈치 보다) 왜 연락했는데?
연두	별 건 아니고..나 현호랑 헤어졌어.
유나	뭐? 언제!
연두	200일에..
유나	뭐? 200일에??

연두	(피식) 어쩌다 보니 그렇게 됐어.
유나	그걸 왜 이제 말해! 오자마자 말하지!
연두	그냥..너 요즘 잘 못 잔다며. 계속 엎드려 있길래 방해하기 싫어서.

유나, 한숨 폭 쉰다. 이렇게 착한 내 친구를 외면했던 자신이 한심하고.

유나	괜찮아? 계속 마주칠 거 아냐.
연두	응, 생각보다 학교가 좁더라.
유나	(망설이다가) 사실..너한테 서운했어.
연두	(보는)
유나	진짜 유치하긴 한데..니가 저번에 최승현 양호실.. (말하려는데)
승현	김연두.

연두와 유나, 승현을 돌아보면. 그저께 아훈의 집에 놓고 온 연두의 고무
줄 내밀고 있는.

승현	이거. 저번에 놓고 갔대.
연두	(받으며) 아 고마워. 몰랐어.
승현	(교실 나가고)
유나	주말에..같이 있었어?
연두	(대수롭지 않게) 아 그저께 아훈이네 집에 심부름 갔는데 쟤도 있더라고.
	그래서 같이 점심 먹..
유나	(말 끊고) 나 부를 생각은 안 들디?
연두	..어?
유나	내가 쟤 좋아하는 거 알잖아.
연두	(당황해서) 아니 나도 갑자기 만난 거라..
유나	나는 계속 너 도와줬잖아. 허진수한테 붙잡혀 있을 때 구해준 것도 나고.
	백세찬이 찾아왔을 때도 심지어 폴라로이드도..! (꾹 참는)
연두	..폴라로이드?

유나	왜 난 항상 들러리야..한번만 내가 주인공일 수는 없냐?

그때 수업종이 치고. 선생님이 들어온다.

선생님	자, 다들 앉아라.

서운한 얼굴로, 홱 돌아서는 유나. 연두, 돌아선 유나의 뒷모습 보며 난감해한다.

S#143. 체육관 (낮)

훈련이 끝나고 체육관에서 나오는 승현. 아무 생각 없이 걸어가는데, 벽에 기대 기다리고 있던 현호가 승현을 부른다.

현호	야, 최승현.

익숙한 목소리에, 멈춰 섰다가 돌아보면. 벽에 기대 승현을 보고 있는 현호.

승현	(손목시계를 본다) 수업시간에 여기 있으면
현호	(말 끊고) 어 맞아, 반칙이지.
	(승현에게 다가가며) 근데 반칙은 너도 하고 있는 거 아니냐.
승현	(보면)
현호	너, 김연두 좋아하잖아.
승현	(눈빛 흔들리고)
현호	나랑 사귀고 있을 때부터 좋아했잖아. 그거야말로 반칙 아니야?
승현	(시선 피하고)

현호	아니 생각해보니까 웃긴 거야. 맨날 정정당당, 원칙과 규칙 타령하는 애가 비겁하게 남의 여자친구나 좋아하고 있다는 게.
	그래놓고 떳떳한 척 나한테 훈계 질이나 했다는 게. 좀 억울하더라고.
	솔직히 너도 쩔지. 양심 없다고 생각하지.
승현	..그래서 맞았잖아.
현호	(심기 불편한) 뭐?
승현	(현호 보는) 때리게 해줬잖아.
현호	니가 때리게 해준 게 아니라 내가 때린 거거든?
승현	..그렇게 생각해?
현호	(저게..발끈하지만 꾹 참고) 아, 그래서 가만히 계셨던 거에요? 하긴.
	받는 대로 돌려준다고 입에 달고 사는 니가 이유도 모르고 맞아놓고 가만히 있는 게 이상하다고 생각했는데. 맞아주신 거였어?
	남의 여자친구 좋아하고 있는 게 미안해서?
승현	숨긴다고 숨겼는데, 보였으면 미안. (하고 가는데)
현호	(혼잣말로) 저 새끼가.
승현	근데. (멈춰 서더니) 이제 헤어졌잖아.
현호	..그래서?
승현	(돌아서서 현호 보고) 숨길 이유..없다고 이제.

숨길 이유.. 없다고 이제.

S#144. 3반 교실 (오후)

쪽지시험 보는 아이들. 한참 문제 풀던 연두가 고개 들어 유나 뒷모습
본다.
걱정스러운 마음에, 집중 못하고 딴생각에 빠지는데.

영어   5분 남았다.

연두   (허둥지둥 지문을 읽고 아무 답이나 체크하는)

S#145. 교무실 (오후)

자리에 앉아 있는 영어. 연두가 고개 숙인 채 그 앞에 서 있다.

영어   (시험지 들고) 연두야. 이거 간단한 쪽지시험이잖아,

영어, 책상에 시험지 탁 내려놓는데 72점이고.

영어   어쩌려고 그래 너.

연두   죄송해요. 집중을 못 했어요.

영어   지현호 때문에 그러니? 걔가 방해하는 거지 맞지?

연두   (또 시작이구나 싶어 지긋지긋한) 현호 때문 아니에요.

저 가 볼게요. (인사 꾸벅하고 교무실 나가는)

영어   어머, 얘! 말도 안 끝났는데! (보다가) 닮아간다 닮아가. (쯧쯧 혀 차는)

S#146. 복도 (오후)

복도를 걷는 연두. 어쩌다 이렇게 된 거지. 복잡하기만 한데.
복도 맞은편에서 걸어오는 유나.

연두	유나야 (뭐라 말하려는데)
유나	(시선 피하며 연두 옆을 스쳐간다)
연두	(충격 받고, 멀어지는 유나 돌아보는)

그때 계단 내려오는 설.

연두	설아!
설	어?
연두	(반갑게) 어디가?
설	나 서주호랑 매점.
주호(E.)	(계단 아래에서) 빨리 와!
설	(계단 아래에 대고, 웃으며) 간다고! (연두 보고) 왜 할 말 있어?
연두	아..아냐. 얼른 가 기다리겠다.
설	어, 빠이. (계단 내려가고)

복도에 가만히 서 있던 연두. 핸드폰을 꺼내 지성에게 전화를 건다.

연두	지성아 어디야?
지성(F.)	지성이 아라랑 있는데?
연두	어딘데? 잠깐 얘기 좀 할 수..
지성(F.)	잠깐만? (아라에게) 어? 연두가 어디네. 아 알겠어. 아 줘봐! (웃는)

아라가 핸드폰을 가져간 듯 멀어지는 지성 목소리. 이내 전화가 끊긴다.

연두 여보세요? 지성아. (핸드폰 확인하고) ..끊은 거야?

연두, 핸드폰을 내려놓는데 세상에 나 혼자 남은 듯 외로워지고.
아이들로 북적거리는 복도. 그 속에 연두만 홀로 남겨진 듯 덩그러니 서
있다.

S#147. 도서관 아지트 (오후)

책장에 기대 털썩 주저앉는 연두. 왠지 마음이 놓이는 듯해 깊게 한숨을
쉰다.
기대고 있던 책장에서 책을 하나 꺼내들고. 눈을 감고 잠시 생각하는 듯
하더니 책을 펼쳐 보는데. 연두가 짚은 곳엔 "전부 지나갈 것이다." 적혀
있고.

연두 (읽으며) 전부 지나갈 것이다..

다시 책 덮고 눈 감고 생각하는 연두. 눈을 뜨고 책을 펼쳐 손끝으로 짚
는데. "언젠가는." 이라고 적혀 있다.

연두 (책 덮어 옆에 내려놓으며) 언젠가 지나가는 건 나도 알거든요.
그 언젠가가 언제냐는 거지.

답답한 맘에 눈물이 나 무릎에 얼굴 묻는 연두. 조금 뒤, 문 열리는 소리가
들린다.

연두   (깜짝 놀라 고개 들고, 들킬까 봐 손으로 입 막는)

점점 연두 쪽으로 다가오는 발소리. 연두 눈빛 흔들리며 어쩔 줄 모르는데.

승현   진짜 여기 있네.

보면, 연두 앞에 서 있는 승현.

Episode. 11

내가
책임질게

S#148. 도서관 아지트 (오후)

연두 앞에 서 있는 승현. 연두, 여전히 손으로 입 막은 채 커진 눈으로 승현을 본다.

승현 숨은 왜 참아.

연두 (손 내리며) 아..선생님인 줄 알고.

승현 (연두 옆에 앉아 책장에 기댄다)

연두 여긴 웬일이야. 숨는 거 싫어하잖아. 반칙이라고.

승현 가끔 도망치고 싶은 날도 있잖아.

연두 (승현 보면)

승현 누가 그러더라고.

둘만 있어도 아무렇지도 않았던 얼마 전과는 달리 왠지 어색한 분위기. 긴장감마저 흐르는 것 같고.

연두 (어색함 견디지 못하고) 가자. 종례 시작하겠다.

승현 아직 시간 있어.

연두 아..나 가방도 챙겨야 되구.. (눈치 보다가 일어나는데)

승현 헤어진 거 나 때문이야?

연두 (눈빛 흔들리는)

승현 나 때문이구나.

연두 너 때문 아니야 나 때문이야. (가려는데)

승현 나 피하지 마.

연두 (돌아보면)

승현 나 때문에 헤어진 거면, 내가 책임질게. 그니까 피하지 말라고.

〈Cut to〉

다시 나란히 앉은 연두와 승현. 아까보다는 조금 편해진 분위기고.

승현	(옆에 나뒹구는 책 보고) 책 읽은 거야?
연두	응? (책 보고) 아 아니. (책 집어 들고) 이 책이, 답을 알려주는 책이거든.
승현	왜?
연두	내가 그렇게 정했으니까. 처음 이 도서관에 왔을 때, 그렇게 정했어.
	색깔이 맘에 들었거든.
승현	(가만히 책 쳐다보는)
연두	어떻게 하는지 궁금하다고?
승현	..응.
연두	일단, 마음속으로 질문을 생각해. 그리고 아무 페이지나 폈을 때, (책 펴는)
	제일 먼저 보이는 문장이 니 질문의 답인 거야.
승현	(피식 웃고)
연두	비웃지마. 진짜 된다니까? 못 믿겠으면 너도 해 봐.
승현	됐어.
연두	아무리 생각해도 답을 모르겠을 때가 있잖아. 그럴 때 진짜 도움이 된다
	니까?

승현, 연두의 말에 가만히 연두를 본다. 지금 자기 상황이 딱 그래서.
그러더니, 앞 책장에 꽂혀 있는 파란색 책 뽑아드는 승현.
질문 생각하는 듯하더니, 연두를 한번 보고, 책 펼치는데.
"후회하기 싫다면."이라는 문장이 눈에 들어온다. 알 수 없는 승현의 표정.

연두	어때? 답이 됐어?
승현	그런 것 같기도 하고.
연두	거 봐. 내가 된댔지? 이제 그 책이 니 답을 알려주는 책인 거야.
	(책 보더니) 또 파란색이네? 진짜 좋아하나봐, 파란색.
승현	어. 한번 좋아해보려고.

한번 좋아해보려고.

S#149. 7반 교실 (저녁)

무료한 표정의 현호, 책상 위에 늘어져 있고.
그 앞에서 휠라 가방에 교과서 정리하고 있는 지성. 그때 아라가 뒷문에
서 지성을 부른다.

아라　　지성아!

지성　　(돌아보면)

아라　　(반갑게 손 흔드는)

교실로 들어온 아라, 지성 앞에 앉아서 도란도란 수다 떤다.

아라　　오늘도 학원으로 바로 가?

지성　　(가방 싸며) 응. 아..가기 싫어어어.

아라　　(웃으며) 맨날 가기 싫대.

주호의 옆자리에 앉아, 그런 지성과 아라를 가만히 보고 있는 설.

설　　　(시선 아라에게 고정한 채) 이상하지 않아?

주호　　(가방 싸다가) 뭐가?

설　　　(여전히 아라 보며) 쟤는 꼭 지현호가 있을 때만 나타나.

　　　　　정지성이 아니라 지현호 보러 오는 애처럼.

지성과 얘기하면서도 현호 의식하듯 흘끔 보는 아라

주호　　(아라 보다가) 에이. 현호랑 지성이가 워낙 붙어 있잖아.

　　　　　그래서 그래 보이겠지. (다시 가방 싸고)

설　　　아닌데..분명히 뭔가 있는데..맘에 안 든다니까 쟤.

주호	아이고, 됐네요. (일어나 가방 메며) 쓸데없는 소리 말고 가자.
	(지성에게) 우리 갈게!
아라	(돌아보며 주호에게) 잘 가! (설에게도) 설아. (손 흔드는데)
설	(냉한 얼굴로 보다가, 무시하고 주호와 함께 나간다)

웃으며 설 보고 있던 아라. 설이 돌아서자 웃음기 싹 가신다.
굳은 표정으로 설이 나간 곳 보고 있는데 지성이 아라를 부르는.

지성	아라야 저번에 그 형들은?
아라	(다시 표정 풀고 지성 돌아보면)
지성	그 형들은 계속 그래?
현호	(엎어져 있다가 일어나며) 무슨 형들.

현호가 반응하자 아라가 살짝 현호를 본다.

지성	(투덜대는) 아니 아라랑 같이 연습하는 형들이 있는데
	자꾸 예쁘다고 하고 밥 먹자고 하고 그런다잖아.
	지성이가 화가 나겠냐 안 나겠냐!
현호	(자조적으로 웃으며) 그걸 나한테 묻냐? 그거 못 견뎌서 헤어졌는데.
지성	아니..지성인 그게 아니라..물어본 게 아니라 지성이 감정을 전달하려고..

지성이 상황 수습하고 있는데. 골똘히 생각에 잠겨 있는 아라. 현호의 말을 곱씹는다.

아라	(지성에게) 걱정 마. 밥 같이 안 먹어.
지성	(아라 보면)
아라	니가 싫어할 거 아는데 내가 왜 다른 남자랑 시간을 보내.
현호	(그 말에 아라 보고)

지성	(시무룩) 그래도..밥은 친구랑도 먹을 수 있잖아. 남자 사람 친구.
	지성이랑 연두.. (하려다가 아차하고) ..유나처럼.
현호	(연두 이름에 시선 떨구고)
아라	(현호 들으란 듯) 아니? 난 너랑만 먹을 건데.
	내가 좋아하는 사람이 싫어하는 행동 난 절대 안 해. 그게 맞는 거잖아.
	(현호 보며) 그치 현호야.

대답 없는 현호. 아라의 얘기 들을수록 자꾸 연두와 승현이 생각나고.

지성	(시무룩) 연습실 같이 쓰면 어쩔 수 없잖아. 매일 보고. 보다보면 친해지고.
	친해지면 밥도 먹고..연락도 하고..
아라	그래봤자 연습실 나오면 남이야. 따로 볼 이유가 없잖아.
현호	(계속 연두와 승현 생각하고 있는)
아라	난 심지어 번호도 안 줬어.
지성	(기분 나아지는) 그러게? 연락 오는 거 못 봤어 지성이는.
아라	그니까. 오래 알지도 않은 사람 때문에 너랑 싸우기 싫어.
	그럴 바엔 그냥 안 만들래. 남자사람친구.
지성	(감동해) 아라야..지성이 울어도 돼? 우는 남자 괜찮아?
현호	좋겠다 정지성. 넌 질투할 일은 없겠네.

아라, 현호의 말에 살짝 웃는다. 작전 성공이라는 듯이.

현호	(일어나며) 난 빠져 줄테니까 둘이 놀아.
아라	가게?
현호	어. 내일 보자.

현호가 교실을 나가고. 나가는 현호 쳐다보던 아라를 지성이 부른다.

지성	오늘 연습 없지? 그럼 지성이랑 밥 먹자.
	저번에 너가 알려준 데 맛있던데 거기 갈까? 지성이가 쏜다!
아라	아, 미안. 나 요즘 다이어트 중이라 저녁 안 먹는데. (아쉬운 얼굴이고)
지성	(신나서) 어..그럼 영화 볼까? 재밌는 거 많던데. 아님 코인노래방?
	너 노래하는 거 보여준 적 없잖아. 아 인생네컷 찍을래? 학교 앞에 생겼더
	라!
아라	음..글쎄..

지성이 초롱초롱 빛나는 눈으로 아라를 보는데. 아라, 내키지 않는 듯 말
끝 늘이고.
그때 울리는 아라의 핸드폰.

아라	(핸드폰 보고 지성에게) 잠깐만? (전화 받아) 여보세요. 어!
	지금? 아니 괜찮아.
지성	(무슨 일이지? 싶어 보면)
아라	어, 알았어. 으응. (전화 끊고) 어떡하지.
지성	왜?
아라	친구가 할 말이 있대서 가봐야 될 것 같아.
지성	누군데? 지성이도 아는 애면 같이..
아라	(말 끊고) 1학년 때 친구야. 미안 우린 담에 놀자. (미안한 얼굴)
지성	(시무룩해) 어쩔 수 없지..
아라	대신 다음에 너가 말한 거 다 하자! (새끼손가락 내밀며) 약속!
지성	(서운하지만 웃으며) 오케이 약속!

S#150. 카페 (밤)

유나의 맞은편에 앉는 아라.

유나	어디 갔었어?
아라	아 지성이 보러.
유나	같이 있었으면 같이 와도 되는데.
아라	아..아냐. 지성인 할 일 있대,
	(가방 풀어 옆에 놓으며) 넌 왜 먼저 왔어. 같이 오지.
유나	(고개 저으며) 아..이쪽을 보면 연두가 있고 저쪽 보면 최승현이 있고.
	맘이 너무 복잡해서 거의 도망쳐 나왔다.
아라	(안됐다는 눈으로) 너 진짜 많이 좋아하나보네 승현이. 힘들었겠다 그동안.
유나	아니..최승현도 최승현인데 연두가..몇 년을 붙어 다녔는데
	고작 남자애 하나 때문에 삐진 내가 너무 찌질해서. (시무룩해지고)
아라	찌질하긴!
유나	(보면)
아라	누구라도 그랬을걸. 내 친구가, 내가 좋아하는 애랑, 나 몰래 만나서 놀면.
	그게 삐질 일 아니면 뭐야. 연두가 일부러 그런 건 아니겠지만.
유나	그런가..아 모르겠다.
아라	그니까, 너무 자책하지 말라고. 우리한텐 계획 세울 시간도 부족하니까.
유나	계획?
아라	응! 너랑 승현이랑 잘 될 계획. 내가 도와줄게. (웃고)
유나	치. 니가 뭐 연애박사라도 돼?

아라가 유나 보고 웃는데. 주머니 속 핸드폰이 울린다. 보면, 지성이고.
무음모드로 바꿔 다시 주머니에 넣는 아라.

S#151. 야외벤치 옆 계단 (밤)

벤치에 앉아 아라에게 전화 걸고 있던 지성.

지성   (핸드폰 내려놓으며) 또 안 받네..벨소리가 작은가.

서운한 마음에, 벤치 옆에 놓여 있던 우유갑 발로 뻥 차는데.
굴러오는 우유갑 집게로 탁, 잡는 누군가. 보면 아훈이고.
또 교내 봉사 중인지 집게와 쓰레기봉투 들고 있는.

아훈   어이, 뽀글이. 먹었으면 치우는 게 맞져?

지성   (아훈 발견하고 발끈) 뽀글이라니! 유러피안 댄디 펌이거든?

아훈, 지성의 말에 아랑곳하지 않고 우유갑을 집게로 든 채 유유히 지성에게 다가간다.

아훈   먹는 사람 따로 있고여 치우는 사람 따로 있으면여 반칙이잖아여.

지성 눈앞에서 우유갑 툭, 쓰레기봉투에 넣는 아훈. 두 사람, 티격태격 주고받는다.

지성   지성이가 먹은 거 아니거든?

아훈   어쨌든 치우는 건 아훈이잖아여!

지성   넌 쓰레기 줍는 거 배우러 학교 다니니!

아훈   뭐라도 배우면 됐져! 형은 맨날 자면서! (흥! 하고 돌아서는데)

지성   야!

아훈   (바로 돌아보며) 왜여!

지성   ..너 연애 많이 해 봤어?

〈Cut to〉

뚱한 표정으로 잠시 생각하던 아훈. 결론을 내린다.

아훈   그냥 형을 안 좋아하는 거 같은데여.

화면 빠지면, 지성 옆에 앉아 있는 아훈.

지성   다 같이 있을 땐 엄청 잘해준다니까?
아훈   둘만 있으면 피한다매여!
지성   부끄러워서 그렇겠지!
아훈   부끄럽다고 전화도 못 받는 사람이 어딨어여!

지성, 아훈의 말을 부정하려고 애쓴다.

지성   아라는 나 왼손잡이인 것도 기억하고. 방송반도 데려가고.
       맨날 반으로 찾아온다고. 그리고 지성이가 지성이를 지성이라고 부르는
       걸 안 놀린 유일한 사람이라고..
아훈   (벌떡 일어나며) 아 그럼 고백해보세여! 좋아하면 받아주겠져.
       (쓰레기봉투 들고 떠나며) 듣지도 않을 거면서, 왜 연애상담 하져?
지성   (솔깃한) 그러네..왜 그 생각을 못 했지?
       (희망으로 가득차서) 세상 사람들..지성이 고백할 거예요..

S#152. 카페 (저녁)

웃으면서 계획 짜는 유나와 아라. 처음보다 많이 친해졌는지 웃음이 끊이
질 않는다.

아라	(노트에 지도 그려가며) 아니면, 내가 여길 못 가게 막을 테니까
	걔가 뒤 돌면 니가 인사해. (깔깔 웃고)
유나	야 말이 되는 소리를 해! 진짜. (어이없다는 듯 보다가 웃음 터지는)
아라	(웃겨서 넘어가고)
유나	(핸드폰 시계 보고) 헐 벌써 8시야? 두 시간이 그냥 갔네.
아라	그러게. 우리 되게 잘 맞나봐. 자주 놀자.
유나	좋지. (핸드폰 보며) 근데 나가야겠다. 엄마 온대.
아라	응, 가. 난 여기서 공부 좀 하다가 가려구.
유나	오야 내일 봐.
아라	(손 흔드는)

S#153. 카페 앞 (저녁)

미소 띤 채 밖으로 나온 유나.

유나	알면 알수록 괜찮은 친구란 말이지. (겉옷 주머니에 손 넣는데)
	어? (꺼내보면 아라의 펜이고) 아, 이거 아라 건데 가져왔네. 정신 안 차리냐!

유나, 다시 돌아서 카페로 들어가려다가, 뭔가를 보고 우뚝 멈춰 선다.

유나	(눈을 의심하며) ...어?

보면, 유리창 너머로 카페에서 공부하고 있는 아라 보이는데.

그 뒤에서 다가오고 있는 진수가 보인다. 그대로 걸어와 아라의 맞은편에

앉고. 아라가 고개를 들어 진수 본다. 놀란 눈으로 그 모습 보고 있는 유나.

S#154. 7반 교실 (아침)

다음날 아침. 창틀에 걸터앉아 창문 밖을 보고 있는 현호.

주호	(현호 옆으로 다가가며) 뭐 봐?
현호	(모른 척, 창문을 등지고 앉는다) 보긴 뭘 봐. 그냥 멍 때리고 있던 거야.
주호	(현호 보고, 창밖을 보더니 그랬구나, 하는 얼굴) 연두네.
현호	관심 없다고.
주호	어! 넘어졌어!
현호	(벌떡 일어나 창밖 보며) 뭐? 어디?
주호	(그럼 그렇지 하는) 그냥 화해해.
현호	뭐야. 무슨 그런 장난을 쳐!
주호	화해하라고.
현호	싸운 게 아니라 헤어진 거라니까. 화해는 무슨.
	그리고 나 이제 걔 안 좋아해.
주호	그러시겠죠. (자리로 돌아가고)
현호	(주호가 가자, 슬쩍 다시 창밖 본다)

S#155. 7반 교실 (낮)

늘 그렇듯, 지성의 앞자리에 앉아 뒤돌아 있는 아라. 지성과 수다 떨고

있고. 현호는 지성의 옆자리에서 수학의 정석 열었다 닫았다 하고 있다.

주호와 설은 창가에 기대 함께 핸드폰 들여다보며 웃고 있는.

지성	(아라에게) 진짜?
	(현호 툭 치며) 야, 아라가 다음에 콘서트 데려가 준대.
현호	(짜증내며) 아 치지 마.
지성	(주호 보며) 같이 연습했던 아이돌이 많아서 웬만한 콘서트는 다 초대받는 데. 이번에 엔디스트 콘서트도 갔다 왔대. 한정우 초대로.
아라	(지성 때리며) 아 너무 크게 말하지 마아.

7반 뒷문에 서서 웃고 있는 아라 바라보고 있는 유나. 망설이듯 왔다 갔다 하고 있는.

유나	아이씨, 그냥 물어봐? 왜 허진수랑 있었냐고? 아, 근데 지금은 애들이 너 무 많은데... 이따 따로 물어봐야겠다. (돌아서려는데)
아라	근데, 나 어제 허진수 만났다?
유나	(놀라 돌아보는)
현호	(아라 보는)
아라	어제 카페에서 공부하고 있는데 갑자기 누가 내 앞에 앉는 거야.
	그러더니 자기가 연두 전 남자친군데,
현호	(인상 찡그리고)
아라	(주머니에서 반지 꺼내며) 이것 좀 돌려주라고 그러더라?

주호와 핸드폰 보던 설, 아라의 얘기에 눈을 돌려 애들 쪽 본다.

현호	(반지 가져가서 보더니) 이거 김연두 반지잖아.
아라	커플링이었대. 걔 말로는.
현호	(표정 어두워지고)
설	야. 너 쟤 말 믿는 거 아니지? 말이 되는 소리를 해.

일동, 설을 돌아보고.

지성	아라가 한 말이 아니라 허진수가 그랬다잖아.
설	(아라 쏘아보며 애들 쪽으로 다가가며) 그건 쟤만 알겠지.
	진짜 허진수가 그랬는지, 아님 쟤가 지어낸 얘긴지.

다가와 현호 앞에 서는 설. 팔짱을 끼고 아라를 내려다본다.

아라	(억울하다는 듯) 무슨 소리야.
설	그냥. 모든 가능성을 열어놓자는 거야. 뒤통수 맞아도 덜 아프게.
현호	(말없이 반지 만지작대는)
아라	(억울한 눈으로 설 보다가) 마음대로 생각해 그럼. (핸드폰 꺼내고)
지성	왜 그래 진짜. 아라는 허진수가 누군지도 모른다고.
	그냥 주니까 받아온 거 같구만, 뭘.
유나	다행이다..오해할 뻔했네. 아라가 그럴 리 없지. (가고)
설	부디 그랬길 바란다. 정지성을 위해서라도. (아라 쓱 보고 나가려는데)

설, 뭔가 이상한 걸 느낀 듯 아라쪽 돌아보고. 아라는 설 의식한 듯 핸드폰 뒤집는다.
설, 인상 찌푸리는데. 주호가 걸어가며 설을 부른다.

주호	설아 매점 가자며. 갔다 오자.
설	(아라의 핸드폰 보며) 어.. (갸우뚱하며 주호에게 가는)
주호	(달래듯) 왜 자꾸 싸우려고 해.
설	(짜증내며) 아니 저게 자꾸 헛소릴 하잖아.

주호가 설 다독이며 데리고 나가고, 상처받은 듯 어두워지는 아라의 표정.

지성	(아라에게) 서운해하지마. 쟤가 원래 처음엔 말을 좀 밉게 해.
아라	괜찮아. 신경 쓰지 마. (미소 짓는데)
수진(E.)	아, 류설 진짜!

보면, 수진의 자리에 모여 있는 수진, 혜지, 정은. 수진, 답답한 듯 설 욕하고 있는데.

수진   왜 남의 포카를 버려? 버려놓고 사과도 안 하고.
(울상 지으며) 막콘에서 준 거라 새로 사지도 못하는데.
엔디스트 콘서트를 내가 언제 또 가보겠냐고. (엎어지고)

혜지와 정은, 수진을 토닥인다.
수진의 한탄을 들은 아라, 뭔가 골똘히 생각한다.

S#156. 음악실 (낮)

텅 빈 음악실에 앉아 있는 현호. 아라에게 받은 반지를 괜히 이리저리 굴리고 있는.

현호   (반지 굴리며) 아니지, 김연두? 말이 안 되잖아.
나랑 사귀려고 벌인 쇼라니 너무 스케일 큰 뻥인데. 너 거짓말 못하잖아.
(탁, 하고 반지 내려놓으며) 근데 내가 뭔 상관이냐. 이제 사귀지도 않는데.
허진수랑 사겼고, 전부 다 뻥이었어도. 뭐 어쩔 거야. 이미 헤어졌는데.
아라(E.)   점심 안 먹어?

음악실 문 열고 들여다보고 있는 아라.

현호   (반지 주머니에 넣으며) 어. 안 먹어.
아라   (현호에게 다가가며) 연두 마주칠까봐?
현호   뭔 소리야. 배가 안 고프다고.
아라   치. (현호 앞 책상에 앉으며) 아무것도 안 먹었으면서.
현호   왜 앉아. 나 나갈 거야.

아라	신경 쓰여서. 괜히 너 앞에서 말했나. 헤어졌으니까 상관없을 줄 알았는데..
	니가 아직 연두 좋아하면
현호	(말 끊고) 나 개 안 좋아해. 그니까 신경 꺼.
아라	(현호 보다가, 살짝 번지는 미소) 그럼 있잖아. 나 뭐 하나만 물어봐도 돼?
현호	(보면)
아라	나 고백하려고. 지성이한테.
현호	그건 질문이 아닌데.
아라	지성이 뭐 좋아해? 선물이라도 주면서 말하려고.
현호	(피식 웃고) 야. 개는 마음속으로 너랑 결혼도장까지 찍었을걸.
	선물 그딴 거 필요 없다고.
아라	그래두. 제대로 하고 싶어서 그러지. 오늘 사러 갈 건데, 같이 가 나랑.
현호	아 귀찮아.
아라	야아, 나는 너 연두.. (아차 싶어서) 그때..저번에 도와줬었잖아.
	이번엔 니 차례야.
현호	내가 최승현인 줄 아냐.
아라	어?
현호	나는 받은 만큼 돌려주지도 않고. 도와줬다고 은혜 갚지도 않는다고.
	난 그냥 맘 가는 대로 해. (픽 웃으며) 그러다가 이렇게 됐잖아. (일어나 가려
	는데)
아라	그러면!
현호	(돌아보면)
아라	지성이한텐 말하지 마. 내가 말 했다는 거. 비밀이니까.
현호	니가 말했다는 걸 말하지 말라고? 복잡하게 사네. 복잡한 거 딱 싫은데.
아라	(째려보며) 괜히 미리 말해서 초치지 말라고. 남자애들은 자주 그러더라.
현호	그렇게 불안하면 왜 말해주냐. 비밀이라면서.
아라	나는 너밖에 없으니까.
현호	(보면) 뭐래.
아라	지성이 좋아하는 거 알았던 사람도, 도와줬던 사람도 너밖에 없잖아.
	그니까 너한테는 말해도 될 것 같아서.

현호	내가 뭘 했다고.
아라	아무튼 이거 너밖에 모르는 거니까, 비밀 꼭 지켜줘야 돼? 약속.
	(새끼손가락 내미는)
현호	(아라가 내민 손가락 보다가) 뭘 손가락까지 걸어 유치하게.
	알았어. 안 말하면 되잖아. (돌아서 음악실 나가는)

현호가 떠나고. 혼자 남은 아라.

아라	안 통하네. 재미없어.

그때, 밖에서 우다다 뛰어가는 아이들.

남학생	야! 7반에서 싸움 났대! (하고 뛰어가고)

아라, 뛰어가는 애들 가만히 본다.

S#157. 7반 교실 (낮)

잔뜩 화난 수진의 얼굴. 손에는 잃어버렸던 포토카드 들려 있고.

수진	이게 왜 니 가방에 있어?

보면, 수진 앞엔 설이 서 있고. 그 주변으로 싸움 구경하는 애들 둘러싸고 있다.

설	(어이없고 당황스러운) 뭔 소리야. 그게 내 가방에 왜 있어.
수진	지금 니 가방에서 나왔다고. 삐져나와 있어서 꺼냈는데 이거 내 거 맞잖아!
설	(열 받아서) 내 가방을 뒤졌다고?

설이 자기 가방 보면, 아무렇게나 헤집어져 있는.

수진	지금 그게 중요해? 왜 내 포카 훔쳤냐고, 왜 거짓말했냐고!
설	나 아니라니까? 뭔 헛소리야.
수진	그래놓고 뭐? 나보고 정신 나간 빠순이라고?
	야, 아무리 그래도 난 도둑질은 안 해. (설 밀치고 나가고)
설	뭐 도둑질? (수진 등에 대고) 야! 그냥 가면 어떡해! 나 아니라니까?
	난 그딴 애들 관심도 없다고!

교실의 아이들, 여기저기서 설을 보며 수군댄다. 설, 당황하는데.
그때 수진이 헤집어 놓은 책가방이 설의 눈에 들어오고.
설, 쭈그리고 앉아 책가방 정리한다.

설	(정리하며) 아이씨. 뭐가 어떻게 된 거야. (울컥하는데)

그런 설을 멀찍이서 바라보고 있던 아라.

아라	..그러게 왜 자꾸 건드려. 이제야 좀 재밌네. 그치 진수야. (핸드폰 보는데)

아라의 배경화면은 진수와 찍은 커플사진이다. 누가 봐도 연인사이로 보이는. 패스트푸드점 폴라로이드 속 빨간 후드 입고 있는 사진 속 아라.
그리고 손가락엔, 연두와 똑같은 반지 끼워져 있는.

일진에게 찍혔을 때

Episode. 12

네가
없어졌으면
좋겠어

S#158. 쿠키영상, 3반 교실 (이른 아침)

아무도 없는 빈 교실. 드르륵. 누군가 문을 열고 여자 운동화 신은 발이 들어선다.
보면, 책가방을 멘 아라고. 빈 교실을 천천히 가로질러 걸어가는 아라.
그러다가 문득, 한 책상 앞에 걸음이 멈춰 서서 책상 위에 놓인 교과서 집어 든다.

아라　　　　(보다가, 멀뚱하게) 여기서 만나네.

보면, 교과서 위에 라벨링 돼 있는 '3학년 3반 김연두'.

S#159. 과거, 복도 (아침)

복도에 서서 누군가에게 전화 걸고 있는 아라. 받질 않는지 초조해 보이고.
연결음 끊기자 바로 다시 번호 눌러 전화 거는데. 화면엔 진수의 이름이 뜬다.
다시 핸드폰 귀에 갖다 대는 아라.

진수(F.)　　(잠 덜 깬 듯 짜증내며) 아 왜에!
아라　　　　진수야! 나 같은 반 됐어.
진수(F.)　　(짜증) 뭔 소리야..
아라　　　　김연두랑 같은 반 됐다니까? 내가 복수해주면 나랑 다시 사귀겠다며.
진수(F.)　　아오! 그건 그냥 해본 소리고.
아라　　　　(울상이 되고)
진수(F.)　　야 나 걔네랑 엮지 마. 1년만 더 버티면 어차피 끝이니까.
　　　　　　　나 좀 내버려 두라고 쫌! (끊고)

울 것 같은 얼굴로 앨범 들어가는 아라. 앨범 속엔, 진수가 연두의 손을 잡고 있는 사진들이 잔뜩 들어 있는데. 연두의 소문과 함께 퍼진 사진과 똑같고.

아라 (사진 보면서, 울상 짓는다) 나랑 있을 땐 이런 표정 안 지었으면서.
(눈물 고이고)

S#160. 과거, 계단 (아침)

계단을 달려 내려가는 아라. 나뭇잎 들고 헤벌쭉 웃으며 올라오던 현호와 부딪친다.

현호 (어깨 문지르며) 아잇! 앞에 안 보고 다니냐? (아라 보는데)
아라 (울고 있는)
현호 (놀라) 야..니가 왜 울어.
아라 미안해. (하고 서둘러 자리 뜨는)

S#161. 3반 교실 (아침)

이른 아침, 아직 아무도 오지 않은 교실. 연두 책상에 아라가 앉아 있다.
차가운 얼굴로 책상에 붙은 연두의 이름표 내려다보는.

아라 난 니가 없어졌으면 좋겠어 연두야.
왜 다들 너 때문에 싸우고, 질투하고, 슬퍼해야 돼?
니가 나한테 한 짓, 나도 너한테 똑같이 해줄게.
(연두의 이름표 모서리 커터칼로 살짝 찢는데)
설 그러려고 일찍 오냐?

아라	(그대로 굳는)

보면, 뒷문에 서서 아라 보고 있던 설.

아라	(아무렇지 않은 척 돌아보며, 웃는) 설아.
설	(아라에게 걸어가며) 놀라지도 않네. 재미없게.
아라	연두한테 책을 빌려서, 돌려주려고.
설	거짓말 좀 그만해.
아라	(보면)
설	물어보면 금방 들킬 거 왜 맨날 거짓말이야.
아라	(조금은 차분해진) 내가 언제 거짓말을 했는데?
설	너, 핸드폰 꺼내봐.
아라	(미세하게 구겨지는 미간)
설	니 배경화면이 좀 보고 싶어서.
아라	(당황하지만, 아무렇지 않은 척) 내가 왜 그래야 하는데?
설	언제 거짓말했냐며. 떳떳하면 보여 달라고.

아라가 연두의 자리에서 일어난다.

아라	너한테 보여줄 이유 없어. (자기 자리로 가려는데)

확, 하고 아라 가방 낚아채는 설. 마구잡이로 아라 흔들기 시작한다.

아라	악! (끌려가고)
설	(이리저리 아라 흔들며) 보여 달라니까? 아 빨리 안 내놔?

하나둘씩 등교하는 아이들. 교실로 들어오려던 3반 애들, 눈앞의 광경에
멈칫하고. 놀란 얼굴로 웅성댄다.

설	(아라의 손에서 핸드폰 낚아채는) 내놔.
아라	(다시 낚아채서) 내 배경화면이 무슨 상관인데!
설	글쎄 보자니까? 무슨 상관인지? (다시 가져가려고 하는데)
아라	아 왜 이래! (하며 안 주려고 피하는)

싸움이 났다는 소식에 점점 더 몰려드는 애들. 웅성대며 두 사람에게 시선 고정하고. 그때, 설이 아라의 핸드폰 낚아채며 아라 밀치고. 넘어지는 아라. 책가방이 쏟아진다.

아라	(넘어지며) 아!

그때, 소식을 듣고 지성과 주호가 달려온다.

지성	아라야! (달려와 넘어진 아라 살피는) 괜찮아?
	(설에게) 너 왜 그래, 아라한테! (아라 일으켜주고)
주호	(놀라서) 설아. 무슨 일이야.
설	(아라 노려보며) 내가 계속 말했지. 얘 느낌 안 좋다고.
	얘랑 허진수랑 한 패라니까?
아라	(절뚝이며 일어나) 무슨 말도 안 되는 소리야!
설	못 믿겠으면 니들 눈으로 확인해. 얘가 허진수 여자친구라니까?

설, 아라의 핸드폰 화면 켜는데. 배경화면은 풍경 사진이고.

아라	(서러워서 훌쩍이는)
설	(당황하며) 아닌데..분명히 허진수랑 찍은 사진이었는데..
아라	(울먹이며) 니가 왜 그렇게 날 싫어하는지 모르겠는데.
	싫어할 거면 너 혼자 싫어하면 안 돼?
설	(주호에게) 분명히 봤다니까? 내가 거짓말할 이유가 없잖아!

아라	(설의 손목 잡아, 설 얼굴에 핸드폰 들이밀며)
	방금 봤잖아. 아닌 거. 내가 왜 그런..나한테 왜 그래 도대체.
	(아예 펑펑 울기 시작하는데)
설	(곰곰이 생각하더니, 아라에게 핸드폰 내미는) 이거 풀어봐.
아라	(울다가, 멈칫하고) ..뭐?
설	잠금화면, 풀어보라고.
아라	(당황하는데)
설	못 해?

그때, 설의 손에서 핸드폰 낚아채는 지성.

지성	그만 좀 해! 작년엔 연두고 이번엔 아라야?
설	(핸드폰 다시 가져오려는데) 아 줘봐!
지성	(등 뒤로 핸드폰 치우고) 언제까지 우리끼리만 다닐 수는 없잖아.
	맨날 이럴 거야?
설	그게 아니라..
지성	자꾸 이러면 지성이도 니 편 못 들어줘.
주호	(지성 달래듯) 설이 얘기도 좀 들어봐.
설	(아라에게) 야 너 그럼 김연두 책상엔 왜 앉아 있었어.
	가만히 앉아서 연두 이름표 뜯고 있었잖아!
아라	내가 언제!
설	책 돌려주려고 그랬단 핑계는 대지도 마. 거짓말인 거 아니까.
아라	(씩씩대며 보는데)
지성	아 몰라 몰라 이제 그만 해. (아라에게) 가자 아라야.
아라	(울상 지으며 끄덕이는)

아라, 쭈그려 앉아 설 옆에 팽개쳐진 물건들 가방에 대충 주워 담는데.
가방 안고 일어나는 순간, 순식간에 싹 바뀌는 표정.

| 아라 | (일어나며, 설에게만 들리게) 그러게. 똑바로 좀 살지 그랬어. |
| 설 | (놀라 아라 보는데) |

뒷문에서 아라 부르는 지성.

지성	아라야!
아라	(다시 울상 지으며) 응 갈게! (지성에게 가는)
설	(어이없는) 쟤 지금..

멍하니 서 있는 설에게 다가가는 유나와 주호.

| 주호 | 괜찮아? |
| 유나 | 니가 뭘 잘못 봤겠지. |

멍하니 서 있는 설의 귀에 들려오는 애들 목소리.

목소리1	쟤 도둑질도 했다잖아.
목소리2	성격 좀 좋아졌나 했더니 역시 사람 안 바뀌어.
설	...잘못 본 거 아냐. (그대로 교실 박차고 나가고)
주호	설아. (따라 나가는)

교실을 나가는 설과 주호 걱정스럽게 보던 유나. 무심코 시선을 떨구는데.

| 유나 | (바닥에서 뭔가 발견하고) 어? |

아라의 가방이 떨어져 있던 곳에 떨어져 있는 종이 쪼가리.
유나, 주워서 뒤집어 보니 하트모양 스티커인데. 왠지 어디서 본 듯 익숙한 모양.

| 유나 | (스티커 주워들며) 스티커네 누구 거지. |

근데..이거 어디서 본 것 같은데. (갸우뚱하는)

S#162. 복도 (아침)

지성   자.

아라에게 핸드폰 돌려주는 지성.

아라   고마워..너 아니었음 어떻게 됐을지 모르겠다.

지성   아라야.

아라   응?

지성   지성이는 무슨 일이 있어도 항상 니 편이야. 알지?

아라   (보다가) 응. (하며 활짝 웃는)

S#163. 운동장 (아침)

성큼성큼 걸어가는 설을 붙잡는 주호.

주호   (팔 붙잡으며, 달래듯) 설아 어디 가려고.

설   (획 돌아보며) 너도 그렇게 생각해?

주호   어?

설   너도 내가 거짓말하는 것 같냐고.

주호   뭔가 오해가 있었겠지.

설   (픽 웃고) 너도 나 안 믿는 거네.

주호   그게 아니라

설	차라리 잘 됐어. 너희가 날 어떻게 생각하고 있는지,
	덕분에 제대로 알았으니까. (주호 손 뿌리치며) 봐. (걸어가는)

걱정스러운 얼굴로 설의 뒷모습을 바라보고 서 있는 주호.

S#164. 교문 앞 (아침)

손끝에서 달랑거리는 도시락 가방. 화면 빠지면, 한 손엔 도시락 가방을
들고 다른 한 손에 든 핸드폰 보며 걷고 있는 현호다.
화면 속엔, 그동안 찍어놨던 집밥 사진들. 서툰 실력이지만 참 다양하게
도 해 먹었고.

현호	(사진 넘겨보며) 인증샷 보내면 쿠폰 찍어준다더니. 사기꾼.
	이거 다 보냈으면 벌써 소원 두 번은 들어줬겠다.

덤덤한 표정으로 핸드폰 보며 교문으로 걸어가는데.
익숙한 향기에 현호, 문득 걸음을 멈춘다. 그리고 앞을 보면, 현호를 보고
서 있는 연두. 교문을 사이에 두고 두 사람, 마주보고 선다.

현호	(도시락 가방 든 손에 힘 들어가는)
연두	(현호 보고 있는데)
현호	뭘 봐. 안 들어가냐.

S#165. 운동장 (아침)

말없이 나란히 걷던 둘. 연두가 흘깃 현호를 보더니 먼저 말 건다.

연두	요즘 도시락 먹나보네.
현호	어?
연두	급식실에서 안 보이길래.
현호	너랑 나랑 다른 반이잖아. 원래 안 보이는 게 맞지.
	그동안은 내가 교칙 위반한 거고. 우리 사귈 때는.
연두	(사귈 때, 라는 말에 멈칫하고) 아. 생각해보니까 그러네. (말 없어지는데)
현호	(흘깃 보고) 야, 사실 이거.. (도시락 내밀려고 하는데)

연두, 뭔가를 보더니 눈 둘 곳을 모른다. 현호의 눈치 보고.
그런 연두가 본 쪽을 돌아본 현호. 거기에 운동장 뛰고 있는 승현이 있다.
현호, 내밀려던 도시락 가방 다시 내린다.

현호	왜 눈치를 봐.
연두	어?
현호	나 이제 니 남자친구 아닌데 뭘 눈치를 보냐고.
연두	아..
현호	(웃으며) 사귈 때나 좀 보지 그랬냐. 그럼 내가 덜 비참했을 텐데.
	왜 눈치를 봐. 이제 와서.. (먼저 걸어 가버리고)

운동장 한가운데 덩그러니 서 있는 연두.

⟨Cut to⟩

현호	(걸어가면서도, 후회하는) 이 등신아, 괜히 센 척은 왜 해?
	(도시락 내려다보며) 기껏 일찍 일어나서 만들어놓고 주지도 못하냐.
	바보 등신새끼야.

⟨Cut to⟩

여전히 그 자리에 가만히 서 있는 연두. 현호가 한 말을 생각한다.

연두	그치. 눈치 볼 이유 없지..이제 와서.

그때 연두의 옆으로 다가오는 아훈.
한 손 엔 집게, 다른 손엔 커다란 쓰레기봉투 들고 있고.

아훈	(집게로 딱딱 소리 내며) 뭐해여 누나. 운동장 한 가운데에서.
연두	후회 비슷한 거. 너는 뭐해 아침부터.
아훈	쓰레기 줍잖아여. 상점 받아야져 벌점 지우려면.
연두	(핸드폰 시계 보고, 잠시 생각하더니) 나도 같이해도 돼? 도와줄게.

〈Cut to〉

같이 쓰레기 줍는 연두와 아훈. 각자 집게 하나씩 들고 쓰레기봉투에 쓰레기 담는다.

아훈	(쓰레기 버리며) 왜 도와주는 데여?
연두	그냥. 시간 남으니까.
아훈	저번에 도와 달랬을 땐 자기 일은 스스로 하라더니.
연두	(쓰레기 버리며) 맞아. 사실 너 도와주는 거 아냐. 내가 필요해서 그래.
아훈	(쓰레기 버리며) 쓰레기가여?
연두	(쓰레기 꺼내며) 노동이. 머리가 복잡할 땐 몸을 움직여줘야 하거든.
아훈	(이해하는 척) 아~ 사실 뭔소린지 모르겠어여.

아훈, 집게로 버려진 다이어리 하나를 주워들고 오는데.
그 사이에서 포토카드가 후드득 떨어진다.

아훈	어, 뭐야.
연두	(그 소리에 돌아봤다가, 포카 발견하는) 어? 그거..

연두, 포토카드 주워들면 수진의 포토카드고.

아훈이 집게로 들고 있는 다이어리 가져가 살펴보면 앞장에 임수진 적혀
있는.

S#166. 7반 교실 (아침)

7반으로 들어가는 연두.

자리에 앉아 친구들과 수다 떨고 있는 수진에게 다가간다.

연두	(포토카드 내밀며) 이거.
수진	(보고) 응? 내거 아닌데?
연두	니 거 맞아. (다이어리 내밀며) 여기 끼워놨던 거 아니야?
수진	(놀라) 어?
혜지	너 다이어리 잃어버렸댔잖아.
정은	(설마..) 저기 끼워놨던 거야?
수진	그럴 리 없는데.. (지갑 열어 똑같은 포토카드 꺼내며) 그럼 이건...
연두	설이가 버린 거 아니니까 오해하지 말라구.

연두, 설을 찾아 두리번대는데, 설이 보이지 않는다.

연두	근데 설이는? 오늘 안 왔어?
혜지	아침부터 대판 싸웠다는데 아까부터 안 보이네.
연두	싸워? 누구랑?
혜지	니네 반 애라던데. 정지성한테 물어봐.
연두	(지성에게) 지성아 설이 싸웠어?
지성	(차갑게) 지성이도 몰라. 니가 직접 물어봐.
연두	(낯선 지성 모습에 당황하는데)
수진	(혜지, 정은에게) 너희도 봤잖아. 류설 가방에서 나온 거.

	걔가 훔친 거 아니면 이건 누구 거야? 콘서트에서만 나눠주는 거라고.
연두	(인상 찌푸리며) 설이가 훔쳤다고? 그럴 리가 없는데.
	걘 연예인에 관심도 없어. 포토카드가 뭔지도 모를걸.
수진	(당황스럽고 미안해서) 그럼 이게 왜 걔 가방에 있었냐고..
주호	(듣다가 지성에게) 아라도 콘서트 다녀왔다고 하지 않았어?
지성	아라를 의심해? (울상 지으며) 너까지 왜 그러냐아.
주호	아니 그냥..갑자기 생각나서.

주호, 설의 빈자리를 바라본다.

S#167. 7반 교실 (아침)

설의 누명을 벗겨준 연두. 뒷문으로 교실을 나가려는데 마침 빵을 사 들고
들어오는 현호와 정면으로 마주친다. 둘 다 멈칫하는.

연두	(현호 손에 들린 빵 보더니) 빵 먹지 말고 밥 먹어.
현호	..어?
연두	나 오늘 도서관 정리 때매 일찍 먹을 거니까.
	내 눈치 보지 말고 밥 먹으라고. (애써 웃어 보이고 교실 나가고)
현호	(연두가 나간 쪽 한참 보는)

S#168. 3반 교실 (낮)

수업이 끝난 교실. 승현, 교과서 정리하고 있는데 연두가 돌아서 승현 부
른다.

연두	오늘 끝나고 도서관 청소인 거 알지?
승현	(보고) 응.
연두	있잖아. 혹시 창고는 니가 해줄 수 있어? 대신 서가 쪽은 내가 다 할게.
승현	(보다가) 그래.
연두	미안. 내가 어두운 걸 무서워해서. (민망한 듯 웃고)
승현	괜찮아.

S#169. 카페 (저녁)

테이블에 고개 박고 엎드려 있던 설. 심통난 표정으로 고개 든다.

설	내가 뭘 그렇게 잘못 살았다고.
	(한참 생각하더니) 좀 잘못 살긴 했는데.
	그래도 이번엔 진짠데. 아무도 내 말은 안 들어주고..너무해. (다시 엎드리는)

엎드려 있는 설 앞에 와서 서는 누군가. 보면, 주호다.

주호	고작 여기냐.
설	(고개 들어 보면)
주호	그렇게 박차고 나가서 온 데가 겨우 카페야.
설	그럼 뭐, 사격장이라도 가리?
주호	적어도 액션영화 정돈 볼 줄 알았지. (설 앞에 앉고)
설	근데 너.. (시계 보고) 지금 여기 있어도 돼? 야자 아니야?
주호	넌 되는데 난 안 되냐.
설	그냥..넌 항상 그래왔으니까. 반장이었으니까.
주호	나 이제 반장 아니야. (카운터에 메뉴판 보며) 뭐 좀 시켜. 앉아만 있냐.
설	(주호 가만히 보는)

S#170. 설 집 앞 (저녁)

설을 집까지 데려다준 주호. 뒤로 걸으며, 손 흔든다.

주호	들어가. 내일도 이러고 있지 말고. 나 내일은 못 나온다.
설	누가 나오래? 지가 오고 싶어서 와 놓고.
주호	(웃으며) 맞아. 내가 오고 싶어서 왔어. 간다. (돌아서 가려는데)
설	야.
주호	(다시 돌아보면)
설	앞으론 내 편 좀 들어. 내 편은 아무도 없는 것 같아서 짜증나니까.
주호	(보다가) 나 지금 니 편들고 있는 건데?
설	..어?
주호	(웃고) 들어가 추워! (돌아서 걸어간다)

멀어지는 주호의 모습 한참 보고 서 있는 설.

설	어장관리야 뭐야. 아주 연애 빼곤 다 하네. 짜증나게.

그때 주호에게 도착하는 메시지. 설, 핸드폰 꺼내 확인하면.

[내일 봐 학교에서]

화면 빠지면, 핸드폰 보며 미소 짓고 있는 설.
말로는 짜증난다고 하지만, 감정을 막을 수가 없다.

앞으론 내 편 좀 들어.

나 지금 니 편들고 있는 건데?

내일 봐, 학교에서

S#171. 도서관 서가 (저녁)

도서관에서 공부하고 있는 연두. 뻐근한지 고개를 돌리다가 서가 쪽을 보는데. 하필 현호와 뽀뽀했던 바로 그 책장이 눈에 들어오고.

〈인서트〉
연두에게 뽀뽀하고, "너 이제 여기 지날 때마다 내 생각난다. 두고 봐라." 하던 현호

연두 진짜 책임감 없네. 헤어질 거면 그런 말은 왜 해. (우울해지려하는데)

주머니에서 울리는 핸드폰 진동. 꺼내 보면 최승현에게 메시지 와 있다.

[미안한데 오늘 훈련 못 빠질 것 같아. 빠지면 벌점이라.]
[창고는 그냥 둬. 내가 나중에 할 테니까.]

연두 에고..못 오는구나. 하긴 절대 벌점 받을 애가 아닌데.
    (한숨 쉬고 창고 보며) 불 켜면 되겠지. 뭐 별일 있겠어?

S#172. 3반 뒷문 (저녁)

도시락을 들고, 3반 뒷문에서 얼쩡대고 있는 현호. 망설이는 듯 왔다 갔다 하고 있는.

현호 (이리저리 움직이며) 너무 이중인격자 같은가..
    아침엔 그렇게 싸가지 없어놓고 이제 와서 도시락을 주면...
    아 그래도 만들어왔으면 줘야지. 다시 가져가서 내가 먹어?
    근데 뭐라 그러면서 줘... 아.. (망설이고 있는데)

책가방 메고 나온 유나가 현호 발견한다.

유나	너 뭐하냐?
현호	어어? 아니 그냥.
유나	(현호에게 슬슬 다가가며) 오랜만에 널 거기서 본다?
	한동안 1층엔 내려오지도 않더니.
현호	야..김연두 있냐?
유나	연두? 없는데.
현호	어딨는데? 집에 갔어?
유나	..몰라?
현호	몰라? 니가 모르면 누가 알아.
유나	(말없이 시선 피하고)
현호	뭐야. 너네 싸웠어? 이제 친구 아니야?
유나	(괜히 큰소리) 아 뭔소리야! 좀 모를 수도 있지.
	내가 무슨 개 매니저냐?

S#173. 체육관 (저녁)

유니폼 차림의 승현. 다른 선수들과 함께 체육관에서 몸 풀고 있는데.
연두가 신경 쓰이는지 자꾸만 체육관 시계를 확인한다.

S#174. 도서관 창고 (저녁)

어두운 창고에 불이 켜진다. 밝진 않지만 앞은 대충 보이는 정도의 은은한 불빛.
양팔 가득 책을 든 연두가 조심스레 창고로 들어온다.

| 연두 | (살펴보며) 이 정도면 뭐..얼른 정리하고 나가면 되겠네. |
| | (가져온 책 캐비닛에 하나씩 올려두는데) |

S#175. 3반 뒷문 (저녁)

현호	거기 최승현도 있냐?
유나	아니 걘 오늘 훈련.
현호	넌 김연두는 어딨는 지도 모르면서 최승현 스케줄은 빠삭하다?
유나	뭐가아! 어쩌다 들은 거거든?

그때, 팟— 하고 꺼지는 불.

| 유나(E.) | 엄마? |

S#176. 체육관 (저녁)

몸 풀고 있는데, 꺼지는 체육관 불. 승현, 몸 풀다가 전등 올려다본다.

S#177. 도서관 창고 (저녁)

연두, 캐비닛에 책 올려두고 있는데 갑자기 꺼지는 창고 전등. 완전히 깜깜해지고.

| 연두 | (헉 놀라며 들고 있는 책 와르르 쏟고, 주저앉는) |

S#178. 3반 뒷문 (저녁)

유나	(불현듯) 잠깐만..오늘 금요일이잖아.
현호	어.
유나	그럼 연두..도서관에 있는 거 아니야?
	(생각해 보더니) 맞잖아. 월수금!
현호	...아이씨. (도시락 든 채, 도서관으로 달려가는)

S#179. 창고 앞 복도 / 도서관 창고 안 (저녁)

어두운 복도를 달리는 현호. 차오르는 숨 고르며 도서관 앞에 멈춰 선다.
문틈으로 핸드폰 플래쉬 하나 켠 채, 어둠 속에 앉아 있는 연두가 보이고.

현호	(헉헉대며) 김연두.. (도서관 문 열려는데)

가까이 다가가자, 문에 가려져 있던 승현의 뒷모습 보인다.
멈칫하는 현호. 연두와 마주보고 쭈그려 앉아있는 승현의 등.
현호, 아직 가쁜 숨 고르지 못한 채, 그런 두 사람 가만히 본다.

S#180. 쿠키영상, 도서관 창고 앞 복도 (저녁)

왔던 길을 돌아가는 현호의 뒷모습. 도망치듯 빠르게 걸어가는데, 빈손
이다.

보면, 도서관 문 앞 바닥에 놓여 있는 도시락.

누군가, 다가와 그 도시락을 주워든다.

Episode. 13

내 마음이
흔들렸을 때

S#181. 체육관 (저녁)

팟— 하고 꺼지는 불. 몸 풀던 승현이 꺼진 전등을 올려다본다. 그러다가 문득,

〈인서트〉회상
"내가 어두운 걸 무서워해서" 하며 민망하게 웃던 연두

승현   (문득 생각나) 김연두.

그대로 달려서 체육관을 빠져나가는 승현.

코치   야, 최승현! 이제 감독님 오시는데 어디 가!

달리는 승현의 뒤로 들리는 코치의 외침.

코치(E.)   너 지금 가면 재규어즈 못 들어간다고!

S#182. 도서관 창고 앞 (저녁)

숨 몰아쉬며, 도서관 창고 앞에 도착한 승현. 닫혀 있는 문 앞에서 연두를 부른다.

승현   (문에 대고) 김연두!

아무 소리도 들리지 않고, 닫힌 문을 열고 창고 안으로 들어가는 승현.

S#183. 도서관 창고 앞 / 창고 안 (저녁)

승현, 조심히 창고 문을 열고 들어가는데. 어둠 속에선 아무 소리도 들리지 않고.

승현 (연두가 놀랄까, 조심스레) 김연두. 안에 있어?

어두운 창고에서 연두를 찾아다니기 시작하는 승현. 하지만 아무리 찾아도 연두는 보이지 않고. 한참 찾다가, 여기에 없나 싶어 돌아나가려는 순간, 들리는 연두 목소리.

연두 눈을 못 뜨겠어..
승현 (소리 나는 쪽으로 걸음을 재촉한다)

보면, 구석에 웅크리고 있는 연두. 눈을 감는 것도 모자라 무릎에 얼굴을 파묻고 꼼짝도 못하고 있다.
연두 주변엔 아까 들고 있던 책들 정신없이 쏟아져 있는.
두리번대다가 연두를 발견한 승현이 조심스레 다가간다.

승현 (천천히 다가가며) 나 바로 앞에 있어.
내 목소리 들리지. 이제 괜찮아.
연두 (여전히 고개 못 들고)

승현, 웅크린 연두의 어깨를 살짝 감싼다. 나 여기 있으니까 안심하란 듯이.

승현 같이 나가자. 일어날 순 있겠어?

눈 감은 채로 승현에게 의지해 일어나는 연두.
승현, 한 손은 연두의 어깨에 올리고 다른 손으론 연두의 손을 잡는다.

승현   가자.

창고를 빠져나가는 연두와 승현.

S#184. 도서관 (밤)

도서관 책상 위에 연두의 핸드폰으로 켜진 플래쉬. 그 작은 불빛을 사이에 두고 연두와 승현이 마주보고 앉아 있다. 연두, 조금 진정된 듯 하지만 아직 창백하고.
연두의 긴장 풀어주려 말을 거는 승현.

승현   어두운 건..언제부터 무서워했어?
연두   너는..귀신 본 적 있어?
승현   (보는)
연두   어렸을 때..엄마 놀래켜 주려고 불 꺼진 방에 숨었던 적이 있거든.
              근데 내 눈앞에 뭐가 휙 지나가는 거야.
              어른들은 자동차 불빛을 잘못 본 거라는데..난 분명히 봤어 하얀 얼굴.
연두   그날부터 한 번도 불 끄고 잔 적이 없어.
              불을 끄면 그 얼굴이 자꾸 생각나서.
승현   자동차 불빛이었을 거야.
연두   (보는)
승현   귀신이었어도, 지금 여기엔 없어.
연두   (고마운 마음에 살짝 웃고) 너 근데..훈련은?
승현   이따 다시 가면 돼.
연두   빠지면 벌점이라며.

승현	응.
연두	벌점 받은 거야? 미안..
승현	괜찮아.
연두	빨리 정리하고 나가자 그럼. 너 시간 없겠다.

연두, 자리에서 일어나려는데 책상 위에 놓인 주먹 쥔 손이 아직 덜덜 떨린다.
그걸 본 승현, 손 뻗어 연두 손잡아 주는데. 그 순간 불이 팟―, 들어온다.
연두와 승현의 시선 마주치고. 손을 놓는 승현.

승현	진짜 괜찮아지면, 그때 말해. 시간은 많아.

연두, 처음으로 승현에게 조금 흔들린다.

빨리 정리하고 나가자.
너 시간 없겠다.

진짜 괜찮아지면, 그때 말해.

시간은 많아.

S#185. 연두의 현관 (낮)

주말 아침. 쾅쾅쾅 두드리는 문소리에 잠도 덜 깬 채 현관으로 나가는 연두.

연두   누구세요? (문 열면)

문 앞엔 실내복 차림에 슬리퍼만 겨우 신고, 한 손엔 화학 문제집 들고 있는 아훈 서 있다.

아훈   누나! 나 쫓겨났어여!

S#186. 연두의 부엌 (낮)

식탁에 앉아 있는 아훈. 핸드폰으로 뭔가를 보며 연두가 해준 토스트 허겁지겁 먹고 있다.
뭐가 그렇게 재밌는지 눈을 화면에서 떼지 못하고 연신 헤헤거리는.
그 앞에 앉아 있던 연두가 컵에 우유를 따라 건네다가 아훈 옆에 놓인 화학 문제집을 본다.

연두   (우유 건네곤) 너 문과 아니야?
아훈   (먹으며) 맞는데여. (화면 보고 헤헤 웃으며) 아 진짜 웃겨.
연두   근데 왜 화학을 해?
아훈   박상현 쌤 보려고여.
연두   (응? 하고 보고 있으면)
아훈   엄마가 티비 끊었거든여. 공부하라고. (웃으며) 근데 이 쌤 진짜 웃겨여.
             (웃음 터지며) 자기가 화학맨이래.

아훈, 보고 있던 핸드폰 화면 돌려 연두에게 보여주는데 박상현 쌤의 물분자 제스처 영상이 나오고 있고. 아훈이 물분자 제스처 미키마우스처럼 따라하며 숨넘어갈 듯 웃는다.

아훈　　(물분자 제스처 따라하며) 물분자. (웃음 터지고)

연두　　(참나.. 피식 웃으며) 공부가 재밌다니 다행이네.. 그건 그렇고, 왜 또 쫓겨났는데.

숨넘어가게 웃던 아훈, 한순간에 정색하고.

아훈　　(진지하게) 이번엔 진짜, 내 잘못 아니에여.

S#187. 회상, 상가건물 앞 (밤)

사복차림의 아훈이 두리번거리며 걸어오는데. 어딘가 초조해 보이는 눈빛.

아훈　　(애써 침착하려) 따뜻한 곳에서 차가운 곳으로 나오면 화장실이 가고 싶구나. 명심해야지. (울듯) 아 화장실 진짜 없나?

열심히 화장실 찾아 고개 돌리던 아훈의 눈에 상가 건물 하나가 눈에 들어온다.

아훈　　제발..제발.. (상가로 빠르게 걸어가며) 제발 도와주세여 제발여!

〈Cut to〉

행복한 얼굴로 상가에서 나오는 아훈. 콧노래까지 부르는데.

승현	야.

아훈, 돌아보면 화난 얼굴로 아훈 보고 있는 승현.

승현	(화난 얼굴로) 저번엔 담배더니 이번엔 술이냐?
아훈	(어리둥절해서) 뭔 소리예여.
승현	(화난 얼굴로 아훈 뒤, 상가 건물 쳐다보고)
아훈	(따라서 뒤돌아보는데)

대문짝만하게 붙어있는 호프집 간판.

아훈	어어?
승현	(성큼성큼 아훈에게 다가가며) 좀 고쳐놓은 줄 알았더니.
아훈	형! 그런 거 아니에여!
승현	(다가와 아훈 팔 붙잡고) 너 따라와.
아훈	(끌려가며) 아니라니까여? 지금 생각하고 있는 그거, 하나부터 열까지 다 틀렸어여! 아 혀엉!

승현에게 질질 끌려가는 아훈.

S#188. 연두의 부엌 (낮)

아훈	결국 우리엄마한테 나 민증 만든 거까지 다 꼬질러서 이렇게 쫓겨났지 뭐예여? (토스트 앙 베어 무는)
연두	그래서 억울해?
아훈	당연하져! 누나가 말 좀 해줘여. 내 카톡은 읽지도 않는다고여.

연두, 웃으며 핸드폰 든다. 승현에게 [아훈이 너 때문에 쫓겨났다ㅋㅋ] 치는데.
문득, 어제의 승현이 떠오르고.

〈인서트〉 회상
연두의 손잡고, "진짜 괜찮아지면, 그때 말해. 시간은 많아" 얘기하는 승현.
잠시 고민하다가, 핸드폰 내려놓는 연두.

S#189. 카페 (낮)

카페로 들어오는 주호. 두리번대며 누군가 찾는다. 보면, 어두운 얼굴로
앉아있는 현호.

주호	(현호 앞에 앉으며) 너랑 나랑 2년을 넘게 알았는데.
현호	(보고)
주호	니가 날 따로 불러낸 건 또 처음이네. 그것도 주말에.
현호	(시선 떨구고)
주호	무슨 일 있냐?
현호	작년 축젯날, 김연두 3층에 갇혔을 때. 우리 둘 다 뛰었잖아.
주호	(보는)
현호	내가 먼저 도착했고, 넌 돌아갔잖아. 그날 난 김연두한테 고백했고.
주호	(픽 웃고) 갑자기 그 날 일은 왜.
현호	니가 조금만 더 일찍 도착했다면. 진짜 몇 초만 더 빨리 와서 나보다 먼저..김연두 앞에 섰다면. 상황이 달라졌을까.
주호	(보는)
현호	그런 생각한 적 있어?

주호	(생각하다가, 픽 웃는) 있지. 그날, 내가 먼저 고백했다면 지금 연두 옆에는 지현호가 아니라 내가 있지는 않았을까. 그랬으면 어떡하지? 이런 생각. 지금이니까 말하는 건데. 너 팔 다쳤을 때, 그때도 내가 대신 다쳤으면 너 말고 나를 봐주지 않았을까 싶더라. 동정표라도 얻고 싶었던 건지.
현호	언제 괜찮아지냐?
주호	어?
현호	왜 나는 한발 늦었을까 자책하고 후회하는 거. 그거 언제 괜찮아지냐고.
주호	안 괜찮아져. 그냥 잊어버리는 거야. 더 좋은 사람을 만나면 그렇게 되더라.
현호	(그저 막막하고)

S#190. 연두의 부엌 (낮)

아훈에게 걸려오는 전화. 아훈, 핸드폰 들어 수신자 확인하더니 콧방귀 뀌는.

아훈	(새침하게) 흥 그래도 양심은 있네여.
연두	(보면)
아훈	(전화 받아) 왜여. (듣고) 그래여 쫓겨났어. 연두 누나 집에 있는데여. 아랫집이니까여!
연두	(승현이구나 싶어 웃는)
아훈	(잔뜩 불쌍한 표정과 목소리로) 일어나자마자 쫓겨서 아무것도 못 먹고...
연두	(에엥? 하는 얼굴로 아훈 보자)
아훈	(조용히 하라는 듯 손가락 자기 입에 갖다 대는) 너무 배고파여.. 핫케익 먹고 싶어여.. (한숨 푹 쉬고 불쌍하게) 알았어여..넴.. (끊는다)
연두	왜 거짓말해? 토스트 하나 다 먹어놓고.
아훈	잘 먹고 배따시게 있다고 하면. 이 형이 미안해 하겠어여?
연두	(웃고) 그래서. 사준대 핫케익?
아훈	(기대도 안 한다는 듯) 사주겠어여? 주말에도 훈련한다던데. 바쁘겠져.

그때 울리는 초인종. 연두가 바로 달려가 인터폰 보는데.

연두   (인터폰 보면서) 아닌가본데?

아훈   (별 관심 없이) 뭐가여.

연두   왔다고 최승현.

보면, 인터폰 화면 속 뻘쭘하게 서 있는 승현.

S#191. 연두의 부엌 (낮)

어느새 부엌에서 핫케익 굽고 있는 승현의 뒷모습.

승현   (핫케익 뒤집으며) 몇 개 먹을 건데.

아훈   누나 먹을 거예여?

연두   (고개 젓고)

아훈   그럼 두 개여!

⟨Cut to⟩

연두와 아훈이 앉은 식탁 위 그릇에 옮겨지는 핫케익 두 장. 노릇노릇 맛있어 보인다.

승현   (시럽 뿌리려는데)

아훈   물분자 모양으로 부탁해여.

승현   ...그게 뭔데.

연두와 아훈, 물분자 제스처 하며 승현을 올려다보고.
승현, 이해할 수 없다는 얼굴로 두 사람 번갈아 보더니 핫케익 위에 미키
마우스 모양 그린다.

연두	(시럽 뿌리는 거 보며) 아훈이가 화학을 열심히 한대.
승현	(시럽 뿌리려는데)
아훈	스마일 모양으로 부탁해여.
승현	(한숨 쉬면서도, 다 해준다)
아훈	(신나서 미소 짓고)

〈Cut to〉
아훈 앞에 핫케익 놔주는 승현. 아훈, 입 찢어지고.

연두	(아훈 보며) 그렇게 좋아?
승현	먹어. 오해한 건 미안하다. (옆에 놓인 가방 집어드는)
연두	가려고?
승현	응.
아훈	저 두 개 다 못 먹는데여?
승현	니가 두 개 해달라매.
아훈	하나는 형 건데여.
승현	됐어. (가방 메며) 가서 씻을래. (나가려는데)
아훈	(시무룩해서) 같이 먹으려고 했는데..내가 컵도 씻고..우유도 다 따라놨는데..

그 소리에 승현 돌아보면, 진짜 승현의 우유까지 한 잔 따라놓은 아훈.

연두	(생각하다가) 훈련은 다 끝났어?
승현	..어.
연두	(조심스레) 그럼 먹고 가. 쟤 울겠다.

승현이 아훈 돌아보면 고개 숙인 채 입 삐죽 내밀고 있는 아훈.

승현	(한숨 쉬고) 알았어. (식탁으로 가는)
아훈	(금방 신나서, 자기 옆 의자 팡팡 친다) 형 자린 여긴데.
승현	(앉으며) 너 은근슬쩍 반말하더라.
아훈	혼잣말인데여.
승현	나한테 들리면 그거 혼잣말 아냐.
연두	(두 사람 귀여워 미소 짓는)

S#192. 연두의 부엌 (오후)

다 먹은 그릇 싱크대로 나르고 있는 연두와 승현.

아훈은 아무것도 안 하고, 식탁에 그대로 널브러져 있고.

연두	(승현이든 앞치마 당기며) 내가 할게.
승현	(다시 당기며) 내가 할 거야.
연두	(다시 당기며) 내가 집주인이잖아.
승현	(앞치마에 머리 끼워 넣으며) 내가 먼저 입었어.
연두	아 얘 이상한 고집이 있네?

그때 식탁 위 승현의 핸드폰에 전화가 오고.

아훈	(응? 하고 보더니 냉큼 받는다) 여보세여.

설거지 싸움에서 진 연두 식탁으로 돌아와 아훈 앞에 앉고.

연두	(승현 핸드폰인 걸 보고, 작게) 그걸 왜 니가 받아.
아훈	(개의치 않는) 아니여 저는 강아훈인데여.
연두	(보고 있는)
아훈	알겠어여 전해줄게여. (전화 끊는다)

설거지 끝낸 승현. 앞치마 벗는데.

아훈 형 내일 대면식 해여?

승현 (앞치마 벗다가, 일시 정지하는)

아훈 내일 대면식 늦지 말고 오래여. 안 나오면 죽여버린다네여.

연두 대면식? 그거 소개팅 같은 거 아니야?

승현 (서둘러 앞치마 벗고) 아니야. 무슨 소개팅이야.

아훈 (혼잣말처럼) 여고랑 한다던데.

승현 (아훈 살짝 노려보면)

연두 (웃으며) 아 진짜?

아훈 동아리 활동을 빙자한 연애작당이져.

승현, 식탁 옆에 서서 속사포처럼 말을 내뱉는다.

승현 전원참석이래서 자리 채우러 나가는 거야. 단체생활 빠지는 건 반칙이니
까. 잠깐 앉아 있다가 나올 거야 바로.

연두 와..말 이렇게 많이 하는 거 처음 본다.

아훈 원래 쫄리면 입이 터지기 마련이져.

승현 야, 너 까불래 자꾸. 쪼끄만 게. (연두 옆에 앉고)

아훈 (입 삐죽이며 일어나) 쪼끄만 아훈이는 화장실 갑니다. (부엌에서 나가는)

연두와 승현만 남은 부엌. 아훈이 없으니 왠지 어색한 공기가 흐른다.
연두, 승현 눈치 보다가 눈 마주치니 괜히 씩 웃고. 승현은 시선 돌리는.

승현 (대뜸) 근데 아니야 진짜.

연두 어?

승현 소개팅..아니고 연애작당은 더 아니라고.

연두 (웃으며) 알았어. 왜 나한테 변명을 해.

승현	변명이 아니라 해명이야. 오해할 것 같아서.
	진짜, 얼굴만 비추고 바로 나올 거야.
연두	맘대로 해.
승현	...아님..나가지 말까?
연두	(보면)
승현	니가 나가지 말라고 하면. 안 나갈게.

승현, 연두의 답을 기다리듯 빤히 연두를 보고.
연두, 그런 승현을 보며 눈빛 살짝 흔들리는. 두 사람 사이의 텐션.

| 연두 | 나가. |

그 한 마디에, 긴장감 한순간에 풀려버리고.

승현	(어딘가 아쉬운 듯, 연두 보면)
연두	단체 활동 빠지면 반칙이라며. 반칙하면 최승현이 아니지. (웃고, 시선 피하는)
승현	(연두 보다가) 알겠어.

S#193. 카페 (오후)

인스타그램 보던 현호. 아훈이 올린 핫케익 사진을 본다.
스마일이 그려진 핫케익 옆에 스마일 모양 포크 놓여 있고.

현호	(피식 웃으며) 어, 이거. 김연두한테도 있는 건데.
	꼭 지 같은 것만 산다고 내가 엄청 놀렸었거든. (웃으며 주호에게 보여주는)
	김연두 같지 않아? 바보 같이 웃는 게.
주호	(측은한 눈으로 현호 보고)
현호	자기가 갖고 싶어서 엄마 생신선물로 샀대. 걔 진짜 웃기는 애라니까.

주호	너 그렇게 웃는 거 간만에 본다?
현호	어?
주호	학교에서도 계속 똥 씹은 표정이더니. 연두 얘기할 땐 그렇게 웃네.
현호	..내가 언제.
주호	그냥 가서 말해. 아직 좋아한다고. 내가 멍청했다고.
	할 수 있는 건 다 해봐. 그래야 후회 안 한다 너.

안 듣는 척, 주호 얘기 들으며 휙휙 인스타 넘기던 현호.
뭔가 발견하고 인상 구겨진다. 보면, 아훈이 새로 올린 사진.
핫케익 먹으며 찍은 아훈의 셀카 뒤쪽에 대화하고 있는 연두와 승현이 보인다.

현호	..또 같이 있어?
주호	뭐? 누가.
현호	(씩씩대며 잠시 생각하더니, 누군가에게 전화를 걸고)
주호	왜 그러는데.
현호	할 수 있는 건 다 해보라며. 그러고 있는 거야.
주호	(걱정되고)
현호	(상대방이 전화 받자) 야, 너 지금 어디냐?

S#194. 편의점 (저녁)

잔뜩 열 받은 얼굴로 편의점 문 열고 들어가는 현호.
핫도그 먹으며 음료수 정리하던 알바생이 돌아보는데, 진수다.

진수	어서 오세요. (하며 뒤 도는데).
현호	(다짜고짜 냉장고로 진수 밀치는) 야 나 때려봐.

핫도그 떨어트리며 밀쳐지는 진수. 갑작스러운 공격에 정신 못 차리고.

진수   (정신없어) 뭐?

현호   (기분 나쁘게 툭툭 밀며) 때려 보라고. 때리고 싶었을 거 아니야.
       때리게 해준다니까?

진수   갑자기 뭔 소리야 미친놈아. 술 마셨냐? 아 밀지 마! 이씨!

현호   지금 아니면 니가 언제 날 때릴 수 있겠어. 이제 세찬이 형아도 없는데.

진수   (자존심 상해 표정 굳는)

현호   백세찬이 나 말고 너 때렸을 때. 그때 니 표정 존나 웃겼는데. (웃는데)

진수   (열 받아서) 씨발 그때 얘길 왜 해!

현호를 냉장고로 밀치는 진수. 순식간에 두 사람의 위치 뒤바뀐다.
진수, 주먹을 들어 현호 때리려는데. 눈을 감고 맞을 준비하고 있는 현호.
진수, 이상하다 싶어 천천히 주먹 내린다.

진수   너 진짜 맞으러 왔냐?

현호   (눈 뜨면)

진수   맞을 준비를 하고 있네. 눈까지 감고? (돌아서며) 그럼 나 안 때려.
       (카운터로 걸어가고)

현호   (실망한 얼굴)

진수의 핸드폰에 전화 걸려오고. 확인해보더니, 바로 거절하는 진수.

진수   왜 나한테 맞고 싶은데?

현호   (옷정리하며, 괜히) 미친놈 뭐라는 거야.

진수   이상하잖아. 첫 마디가 야 나 때려봐? 맞고 싶어서 환장한 놈처럼.

현호, 편의점 문 열고 나가려는데.

진수	헤어졌구나?
현호	(멈춰서고)
진수	나한테 맞으면 김연두가 봐줄까 봐?
현호	(찡그리는)
진수	걱정해줄까 봐? 그래서 너한테 돌아올까 봐?
현호	(아무 말도 못하고)
진수	에엥? 진짜야?

또다시 울리는 진수 핸드폰. 진수, 바로 거절한다.

진수	(신나서) 그래서 이 주말에, 내가 일하는 시간까지 맞춰서, 여기까지 온 거야? 한 대 맞아보겠다고? 이야 어떻게..한 대 때려줘? 연두가 감동하겠다. 야.

진수, 신나서 촐싹대는데. 현호가 뒤돌아 진수에게 성큼 다가간다.

진수	(쫄아서 뒷걸음질 치는)
현호	야!
진수	(안 쫀 척) 왜애!
현호	너, 연두 이름 부르지 마. (진수 노려보더니 편의점 나가버리는)
진수	(괜히 센 척하며) 아니 연두를 연두라고 부르지 뭐라고 불러. 라이트 그린이라고 불러? 저 새끼 괜히 할 말 없으니까.

무심코 바닥을 본 진수. 떨어져 있는 핫도그 발견하고 집어 든다.

진수	아 내 핫도그 이씨.. (핫도그 이리저리 돌려 보며) 착하게 좀 살아보려고 했는데.

다시 울리는 진수의 핸드폰.

진수   (한숨 쉬며) 니네 학교 애들은 왜 이렇게 날 못살게 구냐.

         진수, 핸드폰을 들어 화면 보면, 윤아라 떠 있다.

진수   (질리는 표정으로 받는) 왜.

S#195. 거리 / 편의점 (저녁)

통화하며 걸어가는 아라. 기대에 가득 찬 눈으로 전화 받는다.

아라	진수야 뭐해?
진수(F.)	뭐해. 왜.
아라	나 너네 집 근천데. 잠깐 볼래?
진수	나 일하는 중이야. 끊을게. (끊으려는데)
아라(F.)	잠깐만!
진수	(다시 받으면)
아라(F.)	걔네 헤어졌어.
아라	내가 헤어지게 만들었어.
진수	아.. (웃고) 그게 니 작품이었어?
아라	내가 복수해준다고 했잖아. 나 잘했지?
진수	(대충) 어어 잘했어. 근데 있잖아..걔네 다시 만날 거야.
아라	어?
진수	지현호, 아직 김연두 좋아해. 내가 김연두 이름만 불러도 눈깔이 돌더라 야.
아라	(당황하고)
진수	그니까 너도 시간 낭비하지 말고 니 인생 살아. 나는 그러고 있으니까. 안녕~

S#196. 거리 (저녁)

끊기는 전화. 어두운 표정의 아라, 입술을 깨문다.
핸드폰을 든 손을 내려, 앨범에 들어가는. 그 위로, 아라 목소리.

아라(E.)	아니. 다시 못 만날 걸,
아라	내가 못 그러게 할 거니까.

핸드폰 보면, 승현과 연두가 도서관에서 손잡고 있는 사진 떠 있고.
그 사진을 누군가에게 전송하는 아라. 사진을 보내고 여유롭게 가려는데.
바로 전화가 걸려온다. 피식 웃더니, 전화 받는 아라.

아라   응, 현호야.

일진에게 찍혔을때

Episode. 14

너를
포기하기로
한 날

S#197. 카페 (밤)

씩씩대며 카페로 들어오는 현호. 아라의 테이블로 곧장 걸어간다.

현호	뭐야 그 사진.
아라	사귄대, 둘이. 비밀연애.
현호	..뭐?
아라	어제..연두랑 같이 가려고 도서관에 갔는데.
	승현이가 고백하고 있더라구. 사귀자고. 대신 비밀로 하자고.
현호	그래서..김연두가 알겠다고 했다고?
아라	알겠다고 했으니까 사귄다고 했지..내가 뭐 없는 말 지어내겠냐.
현호	아니야..분명히 안 좋아한댔어. 그냥 친구랬어.
아라	너랑 헤어졌잖아. 니가 찼고. 연두 힘들 때 승현이가 계속 옆에 있어줬어.
	마음이 안 생기는 게 이상하지.
현호	(믿기지 않는데)
아라	그래도 연두, 좀 망설이더라. 너한테 미안하기는 했나봐.
현호	나 김연두한테 직접 들을래. 그 전엔 못 믿어.

현호, 믿을 수 없는 소식에 고개 숙이는데. 아라, 어딘가 보고 재밌다는 듯
살짝 웃는.

아라	그럼 지금 물어봐.
현호	(고개 들며) 뭐?
아라	(턱으로 가리키며) 저기 있네, 연두.

현호, 아라가 가리킨 출입문 쪽 돌아보는데. 들어오고 있는 승현과 연두.
연두 뒤에 선 승현이 문을 열며 함께 들어오고. 자리를 잡아 앉는다.
그 모습을 본 현호. 진짜구나, 진짜 사귀는구나. 그제야 실감이 나고.

아라	연두도 그럴만한 이유가 있었겠지만..왜 하필 승현이야.
	다른 사람도 아니구. 너네 헤어지게 만든 애랑 사귀는 건, 좀 그렇다.
현호	(일어나며) 나 갈게.
아라	잠깐만.
현호	(보면)
아라	(현호 도시락 가방 건네며) 이거, 니 이름 써있길래.
	도서관 앞에 버려져 있더라.
현호	(화도 나고, 슬프기도 하고 복잡한 감정이고)

아라가 내민 도시락 가방 낚아채서 카페를 나가는 현호.

S#198. 카페 (밤)

마주 보고 앉은 연두와 승현. 연두 고개 돌려 메뉴판을 보는데, 승현은 연두를 본다.

승현	강아훈 금방 와?
연두	(메뉴판 보며) 응, 춥다고 옷만 갈아입고 온대.
	괜히 들어갔다가 붙잡혀서 못 나오는 거 아니야? 그냥 내 거 입으라니까.
승현	그럼 지금밖에 시간이 없네.
연두	(웃으며) 왜. 아훈이 없을 때 비밀얘기라도 하게?
	(카운터 쪽 보며) 일단 주문하고 올까?
승현	비밀은 아니고. (툭) 그냥 내가 너 좋아한다고.
연두	(천천히 승현 보며) ..어?
승현	당장 대답해달란 건 아냐.그냥, 알고 있었음 해서.
	고백은 나중에 할게. 좀 더 조용하고, 사람 없는 곳에서. 다음 주쯤에.
연두	...너는 무슨 그런 걸 예고를 하냐.
	(눈치 살피다가) 장난이지? 아훈이랑 짜고 나 놀리는 거 아냐?

승현	장난치려고 주말에 시간을 내진 않아.
연두	(보는)
승현	나 시간 많다고 한 거. 그중에 장난칠 시간은 없어.
연두	(놀란 눈으로 승현보고)
승현	(보다가) 안 좋아할 이유가 없어졌으니까.
연두	(보는데)

그때 들어오는 아훈. 아까보다 두껍게 껴입은 모습이고. 걸어와 승현 옆
에 앉는다.
걸어와 겉옷 벗으며 승현 옆에 앉는데, 겉옷 안에 휠라 상의 입고 있다.

아훈	(앉으며) 아 엄마가 나가지 말라는 거예여.
	아니 당장 나가랬다가 나가지 말랬다가 어쩌라는 거져?
연두	(승현 눈치 보고)
승현	(아무 일도 없었던 듯) 주문하고 와.
아훈	아직 주문도 안 했어여? 뭐 대단한 대화라도 하셨나보네.

아무것도 모르는 아훈 계속 재잘대고. 승현, 연두를 보고. 연두도 승현을
본다.

고백은 나중에 할게.
좀 더 조용하고, 사람 없는 곳에서.
다음 주쯤에.

S#199. 거리 (밤)

도시락 가방을 들고, 터덜터덜 걸어가는 현호. 조금 뒤에서 아라가 따라
간다.

현호   (짜증내며) 아 가라고. 뭘 데려다준대.

아라   이럴 때 혼자 있으면 더 속상해. 누가 옆에 있으면 투덜대기라도 하지.

현호   (한숨 쉬고)

아라   근데, 너네 왜 헤어진 건데? 진짜 승현이 때문이야?

현호   몰라.

아라   야아. 그럼 나 왜 여기 있냐. 투덜대 보라고.

현호   (깊게 한숨 쉬곤) 처음엔 그냥, 지는 느낌이 싫었어.

           걔는 앞길이 창창하다는데 난 미래가 없다잖아.

           그래도 헤어지고 싶다는 생각은 한 적 없는데.

           김연두한테 사준 향수 냄새가 걔한테 훅 나는데. 몰라, 그때 갑자기 그냥.

           다 놓게 되더라. 괜찮을 거라는 희망 같은 거.

아라   아, 너희 200일날.

현호   (아무 생각 없이) 어. (문득) 어떻게 알아?

아라   (머리를 굴려) 어..니가 승현이 때린 날이잖아. 나도 그 정도 계산은 돼.

현호   모르겠다. 최승현 때문에 헤어진 건지.

           내가 헤어져서 최승현한테 기회를 준 건지. 둘 다인가? (힘없이 웃는데)

아라   근데 있잖아.

현호   (돌아보는)

아라   이렇든 저렇든, 한쪽이 비참한 연애는 끝내는 게 맞아.

아라, 현호의 손가락 두어 개 애교 있게 잡는다.

아라   연애가 경쟁이 되면 그게 사랑이냐 승부욕이지.

현호   (픽 웃으며, 아라가 잡은 손 빼는) 니가 어떻게 알아.

아라	알아. (의미심장한 얼굴로) 내가 제일 잘 알아.
현호	(보다가) 가. 우리 집 다 왔어. 다음에 정지성이랑 보든지.
아라	둘이 봐도 돼.
현호	나랑 너 둘?
아라	(끄덕하고) 연락해.

S#200. 연두 집 앞 (밤)

집 앞에 도착한 연두, 승현, 아훈.

승현	(연두에게) 들어가. 월요일에 보자. (아훈에게) 넌..볼 수 있음 보고.

연두와 아훈 엘리베이터 쪽으로 들어가는데 아훈이 갑자기 멈춰선다.

아훈	아 맞다! 누나 먼저 올라가여. 저 뭐 까먹은 게 있어서.

S#201. 연두의 집 앞 (밤)

다시 돌아 나온 아훈이 걸어가고 있는 승현을 부른다.

아훈	형!
승현	(돌아보고) 왜 다시 나와?
아훈	(다가가며) 물어볼게 있어여.
승현	(보면)
아훈	형네 야구부여. 저도 들어가면 안 돼여?
승현	(보다가) 갑자기 왜.
아훈	그냥여. 저도 야구 좋아하고..형도.. (사이) 자주 보고.

승현	그렇게 쉽게 들어올 수 있는 팀 아니다~ 올라가라~
아훈	(시무룩해져 고개 숙이는)
승현	(보다가, 한숨 쉬고는) 같은 대학 가면 되지.
아훈	(고개 든다)
승현	아는 선배 하나 있으면 좋잖아. 밥 사줄게.
아훈	(미소 번지고) 진짜여?
승현	그니까 공부 열심히 해. 인강 보면서 웃고 끝내지만 말고.
아훈	(새침하게) 그렇게 웃다보면 몸이 기억하거든여?
	화학맨 인강은 개념만 달달 외우는 거랑 차원이 다르다고여.
승현	(시큰둥) 어차피 외우는 내용은 같잖아.
아훈	(한심하다는 듯) 형. 아는 게 중요한 게 아니라 써먹을 수 있느냐가 중요하져.
	드라마 나오는 사람들 중에 고백하는 법 모르는 사람 있어여?
	알면서 실행을 못 하니까 맨날 술 먹으면서 우는 거 아니에여.
	(발끈해) 화학맨은 실행하는 법을 알려준다고여!
승현	알았어. 알았으니까 올라가. 또 늦게 왔다고 쫓겨나지 말고.
아훈	쫓겨나면 형 집으로 갈게여.
승현	형 집 없어.
아훈	흥! 좀 성의 있게 뻥을 치시져?

아훈, 삐져서 집으로 들어가고. 그 뒷모습 보며 피식 웃는 승현.

| 승현 | (피식 웃고) 좋겠다. 그런 거 가르쳐줄 사람도 있고. (씁쓸해지는) |

S#202. 7반 교실 (아침)

다음날 아침.
영어수업이 한창 진행 중인 교실. 현호는 수업을 듣지 않고 고개 푹 숙이고 있다.

책상 밑으로, 연두에게 카톡 몇 번씩 썼다 지우는 현호.

[남자친구 생겼다며? 축하해]

현호   (지우며) 아이씨..무슨 할리우드야?

[너랑 최승현 봤어 도서관에서]

현호   (지우며) 너무 스토커 같잖아.

[너 진짜 최승현이랑 사겨?]

현호   (보내진 못하고, 계속 망설이는데)

탕, 현호 책상을 막대기로 내려치는 영어의 손.

현호   (놀라, 고개 들면)
영어   (내놓으란 듯 손 흔들며) 핸드폰, 압수.

현호, 써 놓은 카톡 차마 보내지 못하고. 그대로 핸드폰 끈다.
영어, 한심하다는 얼굴로 핸드폰 가져가 버리고.

현호   차라리 잘 됐어. 질척대지 말자..이미 늦은 것 같은데. (체념하는)
지성   (자기 핸드폰 살짝 보며) 아라도 핸드폰 뺏겼나..
현호   왜?
지성   지성이 연락을 안 받아. 너 어제 아라랑 있었댔지. 핸드폰 갖고 있었어?
현호   (생각하다가) 어. 핸드폰으로 연락해서 내가 간 거니까.
지성   (시무룩) 근데 왜 지성이 건 안 읽지...
               고백할까봐 피하는 건가. 연습 많이 했는데 지성이..

그 말에, 예전에 아라가 했던 말을 떠올리는 현호.

〈인서트〉 회상

"나 고백하려고. 지성이한테."

"지성이한텐 말하지 마. 내가 말 했다는 거. 비밀이니까." 하던 아라.

지성   (다 죽어가는) 지성이가 뭘 잘못했을까..무슨 실수라도 한 걸까..

처음 보는 지성의 풀 죽은 모습에 마음 약해지는 현호.

현호   아..말하지 말랬는데.. (에라 모르겠다) 아 걔도 너한테 고백한댔어.

지성   ..어? 진짜야?

현호   그니까 기다려 보라고. 죽는 소리 내지 말고.

S#203. 3반 교실 (낮)

연두의 책상 위에 빵 올려놓는 승현.

그동안 소매 안에 꼭꼭 숨겨뒀던 실 팔찌가 이제는 훤히 보이고.

연두, 고개 들어 승현을 본다.

연두   뭐야?

승현   그거 좋아하잖아.

연두   웬일이야 니가. (웃고)

승현   도서관, 좀 일찍 가자.

연두   왜? 할 일 있어?

승현   그냥. 나랑 놀게.

연두   (처음 보는 승현의 모습에, 어버버) 어..어 그래.

승현   이따 보자. (자리로 가는)

| 연두 | (승현 슬쩍 돌아보고, 앞에 앉은 유나 눈치 보는) |

연두의 앞자리에 앉아있는 유나.
아무렇지 않은 척 공부하는데, 표정 어둡다.

S#204. 학교 운동장 벤치 (낮)

점심도 안 먹고 벤치에 앉아있는 유나. 힘없이 축 늘어져 있는.

| 유나 | 내가 입맛이 없는 날이 오다니. 세상에 이런 일이다.
이제 아주 대놓고 티를 내네. 아주 이마에 써 붙이고 오지 연두 좋아한다고. |

그때 유나에게 도착하는 메시지. 보면, 백씨집안이고.

[유나~ 점심 거르지 마ㅎㅎ]

| 유나 | 이 새끼 또 이러네. 물결 뭐야 복학생도 아니고. 점심을 거르든 말든.. |

하는데, 유나 뒤로 드리우는 인영.

세찬(E.)	너 내 이름 몰라?
유나	(놀라 돌아보면) 어?!
세찬	백씨집안이라니, 몹시 서운하네.

사복차림의 세찬. 교복을 벗어서 그런지 작년보다 성숙한 모습이고.

유나	뭐예요? 본인 학교나 가시지.
세찬	(놀라듯 웃으며) 이야, 나한테 진짜 관심 없구나?
	(유나 옆에 앉으며) 나 졸업했잖아. 스무 살이야.
유나	아..맞다. 우리보다 늙으셨지.
세찬	(낄낄 웃으며) 난 너 보면 그렇게 재밌다.
유나	왜 사람을 보고 재밌어해요. 기분 나쁘게.
세찬	기분 나쁠 거 없어. 좋은 뜻이니까.
유나	왜 왔는데요. 외부인 출입금지거든요?
세찬	(뮤지컬 티켓 두 장 내밀며) 이런 게 생겼는데 니가 답장을 안 하잖아.
유나	뭐..같이 보러 가자구요 나랑? 내가 왜?
세찬	(재밌다는 듯 웃는) 이런 거. 이런 게 재밌어. 나한테 눈 그렇게 뜨는 애는
	너밖에 없다니까. 가자. 내가 간만에 잘해주고 싶은 사람이 너라서 그래.
유나	(심호흡 한번 하더니) 이봐요 백세찬씨.
세찬	오, 이름 아네?
유나	지금 이게 무슨 드라마나 영화 속이면, 학창시절 내내 애들 패고 다니던
	양아치와의 연애? 뭐, 가능할 수 있죠. 근데 있잖아요, 여기는 현실이에요.
세찬	(보는)
유나	차가운 도시의 양아치지만 나한테만 따뜻한 남자 그런 거 여긴 없고.
	그냥 있는 힘껏 피해야 될 존재라고요.
세찬	(상처받아, 살짝 굳는 표정)
유나	백세찬씨한테 맞은 애들, 집집마다 하나씩 찾아다니면서
	석고대죄를 해도 될까 말깐데. 무슨 자신감으로 날 찾아와요?
	(버럭) 작년 일은 생각도 안 나요?!!

안 그래도 승현 때문에 답답했던 유나. 생각했던 것보다 말이 빠르게, 세게 나간다.

세찬	(굳은 얼굴로 말없이 유나 보고)
유나	(살짝 쫄아 시선 피하는) 뭐요.

세찬	(이내 픽 웃고) 기분 안 좋은 일이 있으셨나 봐. 까칠하네.
유나	(울상이고)
세찬	그래요 그럼. (티켓 다시 넣고) 내가 또 질척대는 스타일은 아니라.
	(일어나며) 석고대죄 그거 한번 생각해 볼게. 그래도 답장은 좀 해라.
유나	내 말을 어디로 들은 거야..
세찬	(피식 웃고) 재밌어.

그때, 저 멀리 나란히 걸어가는 연두와 아라 보인다.

세찬	어? 진수 여자친구네. 전 여자친구라고 해야하나.
유나	(지겨워 죽겠는) 아 아니라니까요? 연두는 허진수라면 질색했고
	허진수가 일방적으로 쫓아다닌 거라니까요? 같이 다녔으면서 그걸 몰라요?
세찬	김연두 말하는 거 아닌데?
유나	네?
세찬	쟤 말이야, 윤아라. 진수 여자친구였다고.
유나	(충격 받은 얼굴)
세찬	얼마나 죽고 못 살았는데.

웃으며 연두에게 인사하고 건물로 들어가는 아라. 그 위로, 세찬의 목소리.

세찬(E.)	쟤가 김연두 엄청나게 싫어할걸.

S#205. 복도 (낮)

핸드폰 보며 걷는 아라. 빵 하나 들고 음악실로 걸어가는 현호 발견한다.

아라	(핸드폰 내리며) 현호야!
현호	(돌아보면)
아라	(다가가) 또 음악실에서 먹게? 급식비 아깝다야.
현호	(아라 핸드폰 보고) 너 핸드폰 있었어?
아라	응? 당연하지. (왜 묻냐는 듯 웃으면)
현호	근데 정지성 연락은 왜 안 봐.
아라	아... 그게. 좀 부담스러워서.
현호	정지성이?
아라	음..들어가서 얘기해줄게. 어차피 너 여기서 먹을 거 아니야?
현호	어..

S#206. 음악실 (낮)

앞뒤로 앉아있는 현호와 아라. 현호는 빵 먹고 있고,
아라가 신세 한탄하듯 푸념 늘어놓는다.

아라	사실 지성이가..너무 연락을 자주해. 학교에서도 매일 보는데 연락까지 많이 오니까 좀..그런 거야.
현호	너 정지성 좋아하잖아.
아라	아..나도 그런 줄 알았는데.
현호	(보는)
아라	너무 편하더라 지성이는.
현호	그게 뭔소리야.
아라	설레거나 긴장되는 느낌이 없어. 그냥..좋은 친구인 것 같아.

현호	언제부터?
아라	꽤 됐지?
현호	근데 정지성은 왜 몰라?
아라	어?
현호	걔는 왜 아직도 너랑 썸을 타고 있냐고 혼자.
아라	어..글쎄.
현호	고백을 거절하는 게 나쁜 게 아니야.
	착각하는 걸 알면서도 내버려두는 거, 그게 진짜 못할 짓이거든.
아라	말할게. 확실하게. 지성이 보자마자 말할게. 약속해.
현호	그걸 왜 나한테 약속하냐. (빵 베어 무는데)
아라	니가 좋아졌으니까.
현호	(입 안 가득 빵 물고) 뭐?
아라	좋아한다고 너.
현호	..왜?
아라	나랑 닮았으니까. 나도 좋아했던 사람이랑 다른 여자 때문에 헤어졌거든.
	진짜 많이 좋아했었는데.
현호	야, 그렇다고..
아라	너도 알지? 헤어지고 괜찮아지는 가장 좋은 방법이 새로운 연애라는 거.
현호	그래서?
아라	나는 절대, 너 비참하게 안 해.

아라, 현호가 당연히 넘어올 거라고 믿는지 미소 지으며 현호 보는데.
그런 아라를 보던 현호. 피식하고 웃는다.
어이없어 보이는 현호 얼굴에 아라의 표정 굳고.

현호	(어이없는 웃음 지으며) 야..장난하냐. 못 들은 거로 해줄게. (일어나는데)

예상과는 다른 현호의 반응에 조급해진 아라.

아라	왜? 연두는 헤어지자마자 다른 애 만나는데 너라고 예의 지킬 필요 없잖아.
현호	(기분 상하고) 너..뭐 좀 잘못 생각하고 있는 것 같은데.
	나 지금 예의 지키는 게 아니라 니가 좋지가 않다고 얘기하는 거야.
아라	(보는)
현호	연애는 좋아하는 사람이랑 해야 하는 거잖아. 아냐?
아라	외로워서 시작했는데 점점 좋아지는 것도 연애야.
현호	난 외로웠던 적 없어. 그냥 김연두가 보고 싶었던 거야. (나가려다 돌아보고)
	정지성 더 이상 착각하게 하지 마. 난 아무 말 안 할테니까. (나가는)

현호가 당연히 넘어올 거라 믿었던 아라. 망연자실한 얼굴로. 그 자리에
앉아 있는.

연애는 좋아하는 사람이랑
해야 하는 거잖아.

S#207. 3반 교실 (오후)

혼란스러운 얼굴의 유나, 반으로 걸어 들어온다.

유나   아니 그럼..아라가 허진수 여자친구였고. 연두를 싫어해서 헛소문을
       퍼뜨린 거라고? 욕먹으라고? 말이 돼? (자리에 털썩 앉고)
       아냐..믿을 사람이 없어서 백세찬 말을 믿냐. 헛소리겠지. 헛소리.

유나, 잠바 주머니에 손 넣으며 책상에 엎드리는데 손끝에 뭐가 잡힌다.

유나   (엎드린 채) 뭐야. (하고 꺼내보면, 폴라로이드 사진이고)
       어..잠깐만 이거..

몸을 일으켜 책상 서랍 더듬는 유나. 설과 아라가 싸우던 날, 바닥에서 주웠
던 스티커를 꺼낸다. 놀란 얼굴로 폴라로이드와 스티커 번갈아 보는 유나.
보면, 폴라로이드 사진에 붙은 스티커와 똑같은 스티커고.

유나   말도 안 돼..

그때, 뒷문으로 들어오는 연두.

유나   (연두 보고) 연두야.
연두   (놀라, 보면)
유나   나 할 말이 있어.

Episode. 15

거짓말과
진실 사이

S#208. 학교 휴게실 (오후)

책상 위에 놓여 있는 폴라로이드와 하트 스티커.

연두, 유나, 설이 책상을 중심으로 둘러앉아 있는데 마치 회의하는 듯한 모습이고.

연두   (충격 받은 얼굴로 보고 있는) 이걸 아라가 썼다고 생각하는 거야?

유나   나도 백세찬이 말했을 땐 안 믿었는데. 이걸 보니까 갑자기 쎄한 거야.

설   내가 계속 말했잖아. 걔 이상하다고.

         너랑 사귀는 줄 알면서도 맨날 지현호한테 달라붙고.

         너 위해주는 척하면서 은근히 엿 먹이더라니까? 이 멍청이들아?

연두   (생각하다가) 아니야. 확실한 거 아니잖아.

설   아! 답답해!

연두   세상에 이 스티커 있는 사람이 아라 밖에 없는 것도 아니고.

         아라는 허진수 모른다고 했어.

설   그래 너는 평생 그렇게 속고만 살아라.

유나   (망설이다가) 나 사실..저번에 둘이 있는 거 봤어.

연두   어?

유나   카페에서. 허진수랑 아라 같이 있는 거. 아라 말로는 허진수가 반지 주면서

         너랑 맞춘 커플링이라고, 너한테 돌려주라 했다던데.

         지금 생각해보면 아는 사이처럼 자연스러웠던 것 같기도 하고..

연두   반지?

유나   응. (폴라로이드 가리키며) 이 반지. 그리고 (연두의 반지 가리키며) 이 반지.

         똑같은 반지를 아라가 가지고 있더라고.

         허진수랑 니 커플링이라고 들었다면서.

연두   (말도 안 돼서) 커플링?

설   아주 가지가지로 뺑을 쳐놨네.

유나   그러니까. 말도 안 되잖아.

설   (답답해 죽겠는) 아, 걔 맞다니까? 너랑 지현호 떼놓으려고 벌인 짓이라고.

지현호가 최승현 때린 것도 분명히 걔가 중간에서 뭔 짓 한 거야.

유나   (에이) 설마 그렇게까지?

연두   맞아. 단정 짓지 말자.

설   아! 이 바보들아..! (엎어지고)

연두   제일 확실한 방법은..직접 물어보는 거야. 아라한테.

핸드폰을 들어 전화를 거는 연두.

S#209. 학교 휴게실 앞 복도 (오후)

복도 걸어가고 있는 아라. 휴게실 들어가려는데 애들 목소리 들린다.

유나(E.)   지현호한테도 연락했어.

아라   (멈칫하는)

유나(E.)   근데 왜 읽지를 않아?

아라, 살짝 고개 내밀어 휴게실 보면 앉아 있는 연두, 유나, 설 보이고.
직감적으로 안다. 전부 들통 났다는 걸.

설   내가 장담하는데, 지현호한테도 뻥 엄청 쳐놨을 거다.
너네 헤어지고 얘기한 적 거의 없잖아. 내기할래?

아라, 그대로 뒤돌아 어딘가로 향하는데. 발걸음 점점 빨라진다.

S#210. 7반 교실 (오후)

아라   (뒷문으로 들어가며) 현호야.

자리에 엎드려 있던 현호, 고개 들어 아라 보고.
그 옆에 앉아 있던 지성, 아라를 보고 표정 밝아진다.

지성   (벌떡 일어나며) 아라야! 지성이 연락 봤구나!
(다가가며) 있잖아.. 지성이가 할 말 있는데.
아라   ..어?
지성   (쑥스러운 듯) 오늘 시간 된댔지?
아라   (대충 둘러대는) 아 오늘 연습이야 미안.

지성을 지나쳐 현호에게 가는 아라.

지성   (얼떨떨해) 오늘 연습 없다고 했었는데..
아라   (현호에게) 현호야.
현호   너 아직도 정지성한테 안 말했냐?
지성   뭐를?
아라   이따 말할 거야. 근데 일단
현호   (말 끊고) 아직도 안 말했다고?
아라   아 말할 거라니까?
현호   지금 얘기하라고. 사람 갖고 장난치지 말고.

두 사람의 대화를 듣던 지성. 무슨 일인가 싶어 아라에게 다가온다.

지성   (아라 팔 살짝 잡으며) 아라야 뭐를 얘기해?

아라, 지성의 팔을 신경질적으로 뿌리친다.

아라	(뿌리치며, 다급한 듯 현호에게) 지금 정지성이 중요한 게 아니라니까?

상처받은 지성, 놀란 눈으로 아라 보는데. 아라는 지성 신경도 안 쓴다.

아라	내가 다 설명할게. 너 지금 속고 있는 거야.

S#211. 음악실 (오후)

음악실 뒤쪽에서 마주보고 서 있는 아라와 현호.
아라, 어려운 이야기를 꺼내듯 이야기 시작하는데. 힘든 기억인 듯 속상
한 얼굴이고.

아라	연두가 그랬대. 나랑 헤어지고 오면 사겨준다고.
현호	(뭔 소린가 싶어 인상 찌푸리는)
아라	나랑 사귀고 있을 때도 연락하면 항상 받아줬어 연두는.
	카톡하면 답장하고 찾아가면 만나주고..싫어했으면 그럴 리가 없잖아.
	진수가 흔들릴 만하잖아.
현호	..허진수?
아라	둘이 연락하는 거 알면서도 나는 진수 믿었다? 그냥 중학교 동창이랬거든.
	근데 어느 날 갑자기 헤어지자고 하더라.
	나랑 헤어져야 연두랑 만날 수 있다고. 내가 바보였지 뭐.
현호	..너 허진수 모른다며.
아라	(뭔가 이상하다 싶은) 어?
현호	(주머니에서 아라가 준 반지 꺼내서) 이 반지, 처음 보는 애가 줬다며.
	근데 허진수랑 사겼었다고?
아라	너..아는 거 아니었어?

현호	허진수가 누구냐더니 그런 애 모른다더니 이젠 사겼었다고... (피식 웃고)
	나 니가 방금 한 말 하나도 안 믿어.
	거짓말 한 번도 안 해본 사람은 있어도 한 번만 하는 사람은 없거든.

현호, 아라를 지나쳐 음악실 나가려는데.

아라	(급하게) 나도 말하고 싶었어.
현호	(돌아보면)
아라	연두랑 같은 반 된 거 안 순간부터. 너한테 남자친구 뺏긴 그 불쌍한 애가
	사실 나라고. 그때 왜 그랬냐고 따지고 싶었다고.
	근데 어떻게 그래. (울컥해) 매일 봐야 되는데 쪽팔려서 어떻게 다녀.
	같이 지내다보면 괜찮아질 줄 알았어. 생각보다 좋은 애인 것 같아서.
	어렸을 때 했던 실수인가보다 하고 그냥 잊어버리려고 했는데.
	걔 하나도 안 변했더라.
현호	뭔 소리야 그게.
아라	유나, 승현이 좋아해.
	김연두 그거 알자마자 승현이랑 붙어 다니더니 결국 지금 둘이 사귀잖아.

현호, 시선 떨구고.

아라	지현호에서 최승현으로 갈아탔잖아. 진수에서 너로 갈아탔었듯이.
	걔, 니 사진도 일부러 올린 거야. 그래야 너랑 엮일 수 있으니까.
설	아싸. 니네 오천 원씩 내놔라.

보면, 현호와 아라 보고 있는 설, 유나, 그리고 연두.
그 뒤로 주호, 지성이 따라 들어오고.

아라	(당황하는데)
연두	무슨 소리야? 일부러 올린 거라니.

당황한 얼굴을 감추고, 태연한 척 따지기 시작하는 아라.

아라　　그게 현호 사진인 줄 몰랐다는 게 말이 돼?

　　　　　현호가 너처럼 존재감 없는 애도 아니고. 전교생이 다 아는 앤데.

연두　　난 진짜 몰랐어.

아라　　(현호에게) 김연두가 누구냐고 생각한 그 순간부터 너는 쭉,

　　　　　걔한테 속은 거야.

설　　　야 말이 되는 소리를 해!

아라　　생각해 봐! 그 사진만 아니었으면 니가 연두랑 엮일 일이 있었겠어?

현호　　(안 듣고) 김연두. 니가 말해봐. 진짜 허진수랑 사겼어?

연두　　(서운해서) 내가 거짓말한다고 생각해?

현호　　믿고 싶어서 그래! 정신없고 뭐가 뭔지 하나도 모르겠는데.

　　　　　니가 직접 얘기하면 믿을 수 있을 것 같아서.

연두　　(현호 보며, 단호하게) 허진수랑 사귄 적 없어.

현호　　(연두 보는)

아라　　사귄 거 맞잖아! 거짓말 좀 그만해!

연두　　아라야. 거짓말 아니야.

현호　　걔 거짓말 못 해.

아라와 연두, 현호를 본다.

현호　　지각 한번 없다고 쌤한테 칭찬 듣자마자 사실 담 넘었다고 먼저 말하는

　　　　　애야. 마피아 게임할 때도 자기 입으로 마피아라고 고백해서 판 깨는 애

　　　　　가 쟤라고.

연두, 현호를 보고 있는데 자기를 감싸주는 말들에 왠지 기분이 이상해지고.

아라, 자기 말에 넘어오지 않는 현호에 슬슬 초조해진다.

현호 그래서 쟤가 하는 말을 난 믿을 수밖에 없어. 난 쟤를 아니까.

아라 (슬픈 얼굴로) 그렇게 속아놓고..넌 또 속는구나.

너 연두 때문에 힘들어할 때, 내가 데려다줬던 거 기억나?

현호, 그때의 힘들었던 마음이 떠올라 표정 어두워지고.

연두, 몰랐던 사실에 충격 받은 듯 아라를 본다.

아라 연두는 니 기분 같은 거 신경도 안 썼지만 난 달라.

너 힘든 거 보기 싫어. 난 진짜로 너 좋아하니까.

문가에 서 있던 지성, 그 말에 놀란 눈으로 아라 보고.

연두 ...현호를 좋아한다고?

아라 응. 좋아해.

진수 근데 왜 자꾸 전화해?

그 목소리에, 아라의 눈빛이 흔들린다.

보면, 여유롭게 음악실로 들어오는 진수.

그 뒤로 승현이 보이는데 음악실로 들어오진 않고 복도에 서 있는.

진수 아니 나는 나 좋아하는 줄 알았지. 자꾸 다시 사귀자 길래.

아라 진수야..

진수 서운하다. 받아줄 마음은 없었지만.

설, 쩔쩔매는 아라의 얼굴 보더니 픽 웃는다. 어느 정도 상황 파악이 되고.

설	고백이 취민가 보지? 특기는 차이는 거고.
아라	(설 노려보면)
설	바빴겠다. 여기선 고백하고 저기선 애원하고. 근데 어떡해, 성과가 없어서.
아라	누가 애원했다고 그래!

정곡을 찔린 아라, 버럭하는데.

설	지금 니 얼굴이 그래. 비 오는 날 우산 없는 어린애 얼굴.
	같이 쓰자는 친구도, 데리러 오는 사람도 없어서
	덩그러니 혼자 남겨진 그런 얼굴 있잖아.
아라	뭐라는 거야?
설	못 알아듣겠어? 지금 여기에, 니 편은 없다고.

아라, 비참한 얼굴로 설을 보는데.

유나	(진수에게) 야 허진수,
진수	(보면)
유나	여기까지 왔는데 중요한 역할 한번 해야지.
	니가 딱 말해, 깔끔하게. 연두랑 사귄 적 있어?

모두의 시선 진수에게 집중되고. 아라는 초조하게, 현호는 매서운 눈으로
진수 보는데.

진수	(곰곰이 생각하더니) 사귄 적 있지.
연두	(어이없는) 뭐?
현호	(인상 찌푸리고)
설	뭐야. 너네 한 패였어?
진수	(뻔뻔하게) 상상으로.
설	(열 받아서) 장난하냐?

진수	(삐죽이며) 왜애. 상상 속에서 사귄 것도 사귄 거 아냐?
현호	윤아라랑은 왜 헤어진 건데?
아라	(현호를 본다)
현호	쟤는 김연두 때문이라던데. 김연두가 뺏어간 거라고.
진수	(웃으며) 아 뭔 소리야. 나 되게 주체적인 사람이야.
	뭘 뺏고 뺏어가고 그럴 수 있는 사람 아니라고.
설	그럼 왜 헤어진 건데.
진수	헤어지는데 이유가 있나. 안 좋으니까 헤어지는 거지.
아라	(상처받는)
진수	(애들 쭉 보더니) 야 어때. 되게 도움 많이 됐지?
	내 덕에 오해 풀렸고 거짓말 들통 났고. 고맙지? 어?

진수, 문밖에 서 있는 승현을 돌아본다.

진수	(승현에게) 이 정도면 충분한 거 같은데. 나 이제 가도 되냐.

애들, 뭔 소린가 싶어 진수와 승현 번갈아 보는데.

진수	직관 티켓이랑 선수들 싸인볼, 기억하지?
	나 다 녹음 떠놨으니까 발뺌할 생각 마.
승현	발뺌 안 해. 연락할게.
진수	(신나서 애들에게 자랑하듯) 재규어즈 보러 간다.
설	(승현에게) 뭐야. 얘, 니가 데려온 거였어?

연두, 승현을 돌아보는데. 승현 그저 덤덤하고.
서로를 보고 있는 두 사람의 모습을 현호가 지켜본다.
한편, 진수의 말에 상처를 받고 할 말을 잃은 아라. 땅만 보고 서 있는데
진수가 다가가 위로하듯 아라 어깨를 잡는다.

진수	(안타깝다는 듯) 니 작품 망한 것 같다 그치.
아라	어떻게 나한테 이래? 난 너 위해서, 니 복수해준 건데.
진수	아니지. 널 위해서 한 거지. 니 복수한 거고.
	그러게 니 인생 살렸잖아. 애네랑 엮여서 좋을 거 없다니까.

진수, 아라 어깨 토닥여주곤 음악실을 나가고.

아라	잠깐만! (진수 따라 나가려는데)

나가려는 아라의 팔 붙잡는 설.

설	어딜 가. 사과 안 해?
아라	무슨 사과! 재밌게 구경했으면 된 거 아냐?
설	끝까지 정신 못 차리네.
	사람 다루는 거 되게 쉽지. 몇 번 웃어주고 예쁜 척 가식 좀 떨면
	다들 너한테 넘어가는 것 같잖아. 근데 잘 생각해봐.
	그 사람들 중에 지금 니 옆에 남아있는 사람이 몇이나 되는지.
아라	(씩씩대며 설 보고)
설	오래는 안 걸리겠다. 몇 명 없어서. (아라 똑바로 쳐다보며 씩 웃는)
아라	(비참하지만 아무 말 못하고, 입술만 꽉 깨무는)
주호	(중재하려) 설아. 이제 가자.

설이 음악실을 나가고. 나머지 아이들도 말없이 따라 나간다.
결국 빈 음악실에 홀로 남겨진 아라.
핸드폰을 꺼내 진수에게 전화를 거는데 없는 번호라는 음성이 흘러나온다.
아라, 완벽하게 망해버린 이 상황이 어이없어 헛웃음 나오는데
그 헛웃음은 곧 울음으로 바뀐다.
그때 들리는 노크 소리.

아라   (눈물 닦으며) 왜 또! 뭐! (돌아보면)

지성이 아라에게 걸어온다.

지성   아라야. 가방 교실에 있지. 가자 지성이가 데려다줄게.
아라   (등 돌리며) 됐어. 안 가. 다들 나 오기만 기다리고 있을 텐데. 어떻게 가.

아라 옆에 조심스레 앉는 지성.

지성   너 방송부라는 거 뻥이지.
아라   (폭발하는) 그래! 연습생이라는 것도 다 뻥이야!
             니가 아이돌이 꿈이라고 해서 거짓말 친 거야.
             그래야 니가 관심 가질 테니까!
             너 같이 단순한 애들이 제일 귀찮아. 좀만 잘해주면 운명인 줄 알고
             푹 빠져서 눈치 없이 계속 질척대는 게 딱 귀찮다고!
지성   (보다가) 나 좋아한다는 건..그것도 뻥이야?
아라   (아무 말 없는데, 무언의 긍정이고)
지성   (상처받았지만, 애써 웃으며) 넌 사람을 착각하게 해, 기대하게 하고.
아라   착각하고 기대한 건 너야. 멋대로 먼저 좋아해놓고 내 탓 하지마.

지성, 이번엔 상처받은 마음 못 숨기고 슬픈 눈으로 아라 보는데.
문밖에서 기다리던 설이 듣다못해 신경질적으로 문을 연다.

설   (문 열고) 야 정지성! 그냥 오라니까!
지성   (설에게 고개 끄덕이고, 아라에게) 근데 있잖아.
             니가 연습생이 아니어도 난 너 좋아했을 거야.

지성, 일어나 음악실을 나가고.
올컥한 아라, 뒤늦게 미안한 마음이 들어 지성을 따라 나가지만
이미 멀어지고 있는 지성.

설 그러게..똑바로 좀 살지 그랬어. (하고 지성 따라 걸어가고)

아라, 그 자리에 가만히 서 있는데. 참았던 눈물이 한 방울 흐르는.

S#212. 3반 교실 (오후)

교실로 들어오는 연두. 그 모습 보고 있던 유나가 자리로 와 앉는다.

유나　　미안해 연두야.

연두　　(보고)

유나　　너랑 최승현 친하게 지내는 거 보면서 혼자 삐지고 서운해 한 거.
　　　　서운하다! 다음엔 나도 불러줘! 하면 될 걸 괜히 혼자 꽁해가지고
　　　　너 힘들 때 옆에 못 있어줬잖아. 그거 미안하다구.. (눈 못 마주치는데)

연두　　(웃으며) 넌 폴라로이드 발견하고도 아무한테도 안 말했잖아.

유나　　그건..니가 절대 그럴 애가 아니니까.

연두　　그러니까. 너는 나 믿어준 거잖아.
　　　　니가 미안해 할 게 아니라 내가 고마워해야지.

유나　　(괜히 머쓱해서) 아 그럼 난 미안해할 테니까 넌 고마워하든가.

연두　　(웃는데)

유나　　(작게) 근데..니가 고마워할 사람은 최승현 아니야?
　　　　쟤가 허진수 데려왔잖아.

그 말에, 연두가 승현 돌아보면 이어폰 꽂고 책 보고 있는 승현.

유나　　쟤 아니었으면 이 소문, 한참 오래 갔을걸.

S#213. 3반 교실 (저녁)

야간자율학습이 끝나고. 가방을 싸서 일어나는 승현에게 연두가 다가
간다.

연두　　오늘 고마웠어.

승현	(보고) 해야 할 일을 한 거야.
연두	어떻게 허진수를 데리고 올 생각을 했어? 너 걔 얼굴도 모르잖아.
	그냥 여기저기 찾으러 다닌 거야? 훈련하느라 시간도 없으면서.
승현	말했잖아. 너한테 쓸 시간은 많다고. (시선 피하고)
연두	아무튼 고마워. 덕분에 오해 풀었어. (승현 보며 미소 짓는데)

뒷문에서 승현을 보며 웃고 있는 연두 보고 있는 현호. 시선을 떨구고 자리를 뜬다.

S#214. 복도 (저녁)

연두, 피곤한 얼굴로 가방 멘 채 걸어온다. 계단 쪽으로 코너 도는데. 현호가 계단에 앉아 있다.

현호	이제 가냐.
연두	어..가려구.
현호	(일어나 계단 내려오며) 좀 후련하냐.
연두	(픽 웃으며) 그렇지 뭐..
현호	미안했다.
연두	..뭐가?
현호	나랑 안 엮였으면, 니 인생이 좀 더 평탄했을 것 같아서.
	이제 헤어졌으니까, 좀 나아지겠지.
연두	(보는)
현호	근데 헤어졌다고 쌩깔 필요는 없지 않냐.
	괜찮으면 인사는 하고 지내자. 나도 맘 편히 밥 좀 먹게.
연두	(무슨 뜻이지..싶어 현호 보면)
현호	생각해보니까 너랑 나는 친구였던 적이 없잖아.
	이참에 친구 한번 제대로 해보자고. 누가 알아. 그게 더 재밌을지.

연두	(보다가) 그래. 그러자.
현호	(씩 웃고) 잘 가. (연두 어깨 토닥이고, 걸어가다가) 연애 잘 하고.
연두	(현호가 떠나고) 연애? 무슨 연애.. (꾹 참았던 서운함이 몰려오고)

연두, 고개 숙인 채 금방이라도 울음 터질 듯한 표정으로 서 있는데.
맞은편 복도에서, 그런 연두의 표정 보고 있는 승현.
아직 현호를 좋아하는 연두의 마음을 눈치 채는.

일진에게 찍혔을때

Episode. 16

영원한 것과
여전한 것

S#215. 체육관 라커룸(아침)

라커룸에서 교복으로 갈아입고 있는 승현. 문득, 어제 본 연두의 표정이 떠오른다.

S#216. 회상, 복도 (저녁)

현호가 연두의 어깨 토닥이고 걸어가고. 남겨진 연두, 서운한 표정으로 덩그러니 서 있는.

S#217. 체육관 라커룸(아침)

잠시 생각하더니, 핸드폰을 꺼내 어딘가로 전화 거는.

승현   학교 왔어? 나 할 말 있는데.

S#218. 복도 (아침)

승현과 통화중인 연두.

연두   응. 이따 도서관에서 봐. (핸드폰 내리고)

그때, 타이밍 좋게 연두 앞으로 지나가던 현호, 연두를 발견하곤 편하게 인사한다.

현호	어, 김연두. (손으로 까딱 인사하고)
연두	(당황해) 어..안녕.
현호	야 나 머리 많이 노랗냐? 이 정도면 자연갈색 아니냐?
연두	왜..학주쌤한테 또 잡혔어?
현호	어. 아니 그 쌤은 나만 잡는다니까.

마치 사귄 적도 없는 척 자연스러운 현호의 말투에 연두, 애써 아무렇지 않은 척 하지만 적응이 안 되고. 뭐라고 대답해야 할지도 모르겠어, 눈만 굴리는데.

현호	암튼 뭐, 나중에 봐. (계단 올라가고)

연두, 너무 아무렇지도 않은 현호를 보며 싱숭생숭하다. 나만 아직 좋아 하나 싶고.
서운한 얼굴로 계단 올라가는 현호를 보던 연두. 용기를 내 현호를 부른다.

연두	현호야!
현호	(휙 돌아보면)
연두	(조심스레) 이따가, 밥 같이 먹을래?

현호, 연두의 말에 바로 대답 못하고. 무슨 생각인지 빤히 연두를 본다.
연두, 괜히 긴장해 대답을 기다리는데.

현호	아니.

단호한 대답에 놀라, 현호를 보는 연두.

현호	나 학주한테 찍혔다니까. 이번에 걸리면 또 불려갈 텐데. 지긋지긋해.
	그냥 눈에 안 띌란다.
연두	그럼 내가 너네 반 먹을 때 갈게. 너네 오늘 두 번쟨가?
현호	(또 빤히 보다가) 걔가 그렇게 하게 두겠냐.
연두	...걔?
현호	(다시 계단 올라가며) 교칙 어기면 반칙이잖아. 됐어. 따로 먹어.

멀어지는 현호의 뒷모습 바라보는 연두.

S#219. 복도 (아침)

착잡한 마음으로 땅만 보며 걷던 연두, 앞에서 걸어오던 남학생과 어깨를
부딪치고.
어깨 잡으며 악! 소리치는 남학생.
남학생이 들고 있던 화학 문제집과 타로카드가 바닥에 쏟아진다.

연두	(화들짝 놀라며) 아, 죄송합니다! 괜찮아요? (하고 얼굴 보는데)

보면, 마법사 망토에 모자까지 쓴 아훈이고.

아훈	(원망스러운 눈으로) 누나! 싫으면 말로 해여! 아 내 카드!
연두	아훈아..

연두, 심난한 상황에 아는 얼굴을 마주하니 또 울컥 눈물이 나려고 하고.

아훈	에엥? 아픈 건 난데 왜 누나가 울어여! 이거 신종사기예여?
	당장 뚝 하세여!

S#220. 학교 휴게 공간 (아침)

나란히 벤치에 앉아 있는 연두와 아훈.
연두 아직도 속상한 얼굴이고 아훈은 타로카드 정리하고 있는.

연두 타로부 들어갔나 보네.

아훈 이제 곧 축제잖여. 슬슬 준비해야져. 누난 고3이라 상관없나.

연두 (한숨 쉬며) 그치. 난 공부나 해야지.

아훈 왜여, 왜 왜. 왜 또 한숨이에여. 갑자기 울지를 않나. 무슨 고민 있어여?
학교가 너무 싫어여? 아님 스무 살 되는 게 겁나여?

연두 아니...

아훈 그럼 뭔데여. 안 말해줄 거면 나 갈래여.

연두 어떤 게 맞는 건지 모르겠어.
선택할 자신도 없고. 그 선택을 후회 안 할 자신도 없어.
(문득) 그런 타로 없나? 어떤 선택이 맞는지 알려주는 그런 거.

아훈 있긴 있져, 선택타로. 근데 누나 그거 알아여?
카드가 무슨 말을 하든 사람들은, 자기가 원하는 대로 끼워 맞춘다는 거.

연두 (그런가, 싶어 생각에 잠기고)

아훈 그러다 원하지 않는 카드가 나오잖아여?
그럼 자기 선택에 더 확신이 생기는 거예여.
저거 아닌데, 아닐 텐데 하면서.

연두 그런가..

아훈 그니까 누나하고 싶은 대로 하라구여. 어차피 그렇게 될 테니까.
카드 핑계 델 생각 말구여.

기특한 눈으로 아훈 보던 연두.

연두 너 그거 어떻게 하는지 모르지.

아훈 (뜨끔) 뭔소리예여!

연두	선택타로까지는 아직 안 배우셨나 봐?
아훈	아니거든여! 좋은 말 해줘도 난리야. (벌떡 일어나고)
연두	(달래려) 아 알았어 알았어.
아훈	됐어여! 저 갈 거예여!
연두	아 아훈아아. 삐졌어?

쿵쿵대며 걸어가는 아훈이 귀여워 웃던 연두. 아훈의 말을 곱씹으며 생각에 잠긴다.

S#221. 복도 (낮)

도서관으로 향하는 승현. 현호가 승현을 부른다.

현호	어이 최승현.
승현	(돌아보면)
현호	밥 먹으러 가냐?
승현	아니. 도서관.
현호	(신경 안 쓰는 척 툭) 김연두한테?
승현	(말없이 보고)
현호	너네, 밥은 먹으면서 해라. 괜히 일한다고 대충 빵 먹고 그러지 말고.
승현	나 걱정해 주는 거야. 아니면..다른 사람 걱정인가.
현호	...김연두 이학년 때 살 뺀다고 굶다가 쓰러졌던 애야.
	이 정도 걱정은 할 수 있잖아. 친구로서.
승현	알아서 하겠지. 연두가 애도 아니고.
현호	(픽 웃고) 그래. 내가 뭐라고 이런 부탁을 하고 있냐.
	이젠 니가 알아서 잘 챙겨줄 텐데.
승현	(무슨 말인가 싶어, 인상 찌푸리는데)

현호	잘해줘. 걔 위해서는 반칙도 좀 하고.
	그래야 내가 아쉽지가 않지. 간다. (뒤돌아 걸어가고)

멀어지는 현호를 보는 승현. 이 상황을 이해해보려 애쓰는데.

| 승현 | ...나랑 사귄다고 생각하는 건가. |

S#222. 도서관 서가 (낮)

도서관에서 승현을 기다리는 연두.
승현이 무슨 말을 할지, 알 것도 같아서 착잡한데. 자꾸만 현호 생각이 난다.

S#223. 회상, 음악실 (오후)

아라 앞에서 연두 편을 들어주던 현호의 모습.

| 현호 | 그래서 쟤가 하는 말을 난 믿을 수밖에 없어. 난 쟤를 아니까. |

S#224. 도서관 서가 (낮)

한숨 푹 내쉰 연두.
북카트에서 책을 꺼내 책장에 하나씩 꽂으며 중얼거린다.

연두	(책 하나씩 꽂아 넣으며) 좋아한다..안 한다..좋아한다..안 한다..
	좋아한다..

하나 남은 책. 아쉬운 얼굴로, 남은 책 집어 들고. 빈 공간에 꽂아 넣는다.

연두   안 한다...

마지막 책을 꽂고. 그대로 멈춰버린 연두. 원하는 답이 아니었는지 표정 어두운데.
그때, 북카트의 안 보이는 구석에 숨어있던 책 한 권 집어 드는 손.
보면, 어느새 연두의 뒤에 서 있던 승현이 빈 공간에 책을 하나 더 꽂는다.

승현   (책 꽂으며) 좋아하는데.
연두   (놀라서 돌아보면)
승현   좋아하는데 너.
연두   (아무렇지 않은 척) 누구 얘기하는지도 모르잖아.

연두, 무안한 마음에 북카트 밀고 가려는데. 승현이 북카트를 턱, 잡는다.
연두, 카트 밀어보려 하지만 꿈쩍도 안하고. 그대로 붙잡혀 버린.

연두   왜..
승현   니가 나를 좋아한다고 하면 연두야.
연두   (보는)
승현   나는 너를 좋아하지 않을 방법이 없어.

평소의 승현이라면 절대 하지 않을 그 말에, 승현을 빤히 보는 연두.
승현, 담담하게 하지만 신중하게 이야기를 이어간다.

승현   나 되게 쉽게 살았거든. 정해진 규칙만 지키면서.
                하라는 대로 하고, 하지 말라는 건 안 하고..어려울 거 없잖아.
                근데 너를 알고..널 알고 내가 자꾸 선을 넘어.
연두   (눈빛 흔들리고)

니가 나를 좋아한다고 하면
나는 너를 좋아하지 않을 방법이 없어.
너를 알고.. 널 알고 내가 자꾸 선을 넘어.

승현	딱 여기까지만 궁금해 해야지. 여기서 멈춰야지..
	생각은 그렇게 하는데 내가 자꾸 걸어. 널 좋아하니까.
연두	(난감해 눈 못 맞추며) 승현아 나는..
승현	(말 끊고) 근데.
연두	(고개 들어 승현 보면)
승현	근데 너는 그게 아니면..가.
	붙잡을 방법은 아직 모르겠으니까.
연두	(벙 쪄 있다가, 씁쓸하게 웃으며) 나 갈 데 없는데.
승현	(보면)
연두	나 사실, 아직 현호 좋아해.
승현	(이미 알지만, 그래도 씁쓸해 시선 떨구고)
연두	근데 걔 보니까..이미 늦은 것 같아서.
	마음 정리한 사람 괴롭힐 필요는 없잖아.
승현	나도 걔 보니까 알겠던데. 아직 멀었다는 거.
연두	(승현 보며) ..어?
승현	밥 챙겨 먹으라더라. 빵 같은 거 먹지 말고.
	너 굶다가 쓰러진 적 있다고.
연두	(보면)
승현	진짜 관심 없으면 신경도 안 썼겠지.
연두	..현호가 그랬다고?
승현	그러니까 가. 시간 없다.

S#225. 급식실(낮)

급식실에 앉아 있는 현호, 지성, 주호, 설. 평소와는 다르게 조용하게 밥을 먹는다.
착 가라앉은 현호와 지성의 분위기에 주호와 설은 이리저리 눈치 보느라 바쁘다.

주호   지성아 밥 먹고 매점 갈래? 아이스크림 사줄게.

지성   (어두운 표정으로 고개 젓고)

설   현호야 너는.. (하며 현호 보는데)

현호   (더 어두운 얼굴로 밥알 깨작대고 있는)

어떤 말을 해도 이 분위기를 바꿀 수는 없단 걸 깨달은 두 사람. 입을 다무는데.

현호   (주호와 설에게) 너네는.

주호   (바로) 어? 우리?

설   (바로) 우리 뭐?

현호   그냥 친구여도 행복한 거지?

주호와 설, 뭔 소린가 싶어 서로를 보고.

현호   좋아한다고 꼭 연애를 해야 되는 건 아니잖아.
그냥 친구로 옆에 있어도 행복할 수 있는 거잖아. 그치.

주호   (망설이는) 어..

현호   그냥 그렇다고 해.

설   맞아.

주호   (설 보고)

설	못 사귀는 게 아니라 안 사귀는 거라고 생각해.
	고3이잖아. 연애는 시간 많을 때 하면 되지.
설	(주호 보며) 그치. (씩 웃는)
주호	(설 보며 미소 짓는데, 어딘가 씁쓸해 보이고)
현호	(한숨 쉬며) 최승현이랑 윤아라만 없었어도.

지성, 숟가락 탁 내려놓더니 일어난다.

지성	나 먼저 갈게.

지성, 식판 들고 가버리고. 멀어지는 지성 뒷모습 말없이 보는 설과 주호.
현호는 마음이 복잡한지 머리 감싸며 고개 숙인다.

설	쟤 방금 나 먼저 간댔어? 정지성이 정지성체 안 쓰니까 이상하네.
주호	그 말투 안 놀린 거 아라가 처음이었대. 아라 생각나서 안 쓰는 거겠지.
설	(이해가 안 되는) 윤아라 같은 애가 뭐가 좋다고..
현호	(고개 숙인 채) 윤아라나 최승현이나..그냥 다 없던 일로 하고.
	지금 고개 들면 김연두가 문 열고 (고개 드는데)

현호의 시선 따라가 보면, 급식실 문 열고 들어오는 연두 보이고.
누구를 찾는 듯 두리번대는 연두.

현호	(연두 보며) ...걸어 들어왔으면..좋겠다고..

그때, 식판 옆에 놓여 있던 현호의 핸드폰에 메시지가 온다. 보면, 승현이고.

[최승현새끼 나 오늘 고백했다.]
[최승현새끼 차였고.]

현호. 이해를 못해 계속 핸드폰 들여다보고 있는데, 곧이어 도착하는 메시지.

[최승현새끼   사귄 적은 없고.]

현호, 커진 눈으로 고개를 드는데. 연두가 현호 바로 앞에 와 있다.

연두	난 밥 잘 먹고 다녀.
현호	(벙 쪄서) ...어?
연두	니가 물어봤다며.

S#226. 학교 휴게 공간 (낮)

벤치에 앉아 있는 연두와 현호. 어색한지, 몇 칸을 띄고 멀찍이 앉아 있고. 눈을 맞추기도 어색한지. 각자 땅바닥만 하염없이 보고 있다.

현호	그러니까... 오늘 고백 받은 거고.
연두	응.
현호	사귄 적은 없다는 거지?
연두	응.

다시 정적이 흐르고. 머뭇대던 현호가 정적을 깬다.

현호	너한테 물어보면, 그래서 니가 대답하면 그땐 진짜 끝일까봐. 그게 무서워서 못 물어봤어. 미안하다. (손바닥에 얼굴 묻고)
연두	(씩 웃으며) 기분 좋네.
현호	(빼꼼 고개 들어) 어?
연두	내가 그만큼 소중하다는 거잖아. 아냐? (현호 보며 웃는)

연두가 웃자 현호도 덩달아 피식 웃고. 어색했던 분위기가 조금 풀린다.

현호	근데 왜 나야?
연두	(고개 들어, 현호 보며) 어?
현호	(연두 보며) 왜 최승현이 아니라..난데?

두 사람, 한참 서로 보는데.

연두	걔는 요리 잘해. 넌 못하잖아. 내가 알려줘야 될 것 같아서.
현호	(피식 웃고) 맞아. 나 요리 못해.
연두	(어색함 조금 풀려) 그니까.
현호	밥도 다 태웠어.
연두	알겠다니까. (웃고)

현호, 슬쩍 연두의 옆자리로 자리 옮기고.

현호	(쭈뼛대며) 그럼 이제..다시 손잡아도 되는 건가..
연두	(뾰루퉁하게) 언제는 친구 하자더니.
현호	야, 그거는..! 둘이 사귀는 줄 알았으니까 그랬지...
	아무것도 아닌 것보단 친구가 낫잖아. 인사는 할 수 있으니까.
연두	치. 그래도 그렇지. 나 엄청 상처 받았다고.
현호	그래서.. 그냥 남자친구 할게. 알지 나 그 말 되게 좋아하는 거.
연두	(그제야 활짝 웃으며) 어떻게 모르냐. 어휴, 앞으로 또 지겹게 듣겠네.
현호	당연하지. 사람은 한결같아야 되는 거야.
연두	말은 잘해요.

티격태격하다가 눈 마주치고 웃는 두 사람.

S#227. 복도 (낮)

교실로 돌아가던 설과 주호. 주호가 핸드폰 메시지 확인하더니. 피식 웃
는다.

설   왜? 어떻게 됐대?

주호   이렇게.

주호가 핸드폰 설에게 보며주면, 현호가 보낸 맞잡은 손 사진이고.

설   (질색하며) 으..지현호 은근 닭살이야 진짜.

주호   그래도 잘 됐다.

설   뭐, 다시 사귀는 거?

주호   응. 고3인 게 대수냐. 좋아하면 같이 있어야지.

설   (표정 굳고)

주호   (답장하며) 걔네 둘, 내가 봤을 때 절대 친구 못하거든.
            연두는 어떨지 모르겠는데 지현호는 절대. 토하는 이모티콘 어디 있냐.

설   근데 있잖아..

주호   (답장하다가 고개 들고) 응?

설   왜 너랑 나는 이러고 있어?

주호   (아차 싶고)

설   고3이든 아니든. 좋아하면 같이 있는 게 맞는데. 근데도 넌 내가 아니란
            거야?

주호   ..응.

설   진짜 후회 안 해?

주호   사귀면 더 후회할 것 같아.

설   (헛웃음 나오는) 야 진짜 어이없다. 그동안은 그래, 고3이니까.
            공부할 시간도 부족하니까. 서주호니까, 어쩔 수 없지 했는데.
            그건 핑계고 넌 그냥 내가 싫은 거였네.

주호	싫은 게 아니라..
설	좋은 게 아니면 그냥 싫어해주라.
	그 중간에 애매하게 껴서, 기대하고 실망하고.
	어장인가 싶다가도 그래도 어장 안이라 다행이다 생각하는 내가
	너무 불쌍해서 그래. (눈물 고이고)

설, 주호를 두고 먼저 걸어가려 하는데.

주호	(다 내려놓은 듯, 담담하게) 설아.
설	(멈춰서고)
주호	나 유학 가.
설	(놀라 돌아보는)
주호	옆에 있어주지도 못하는데 어떻게 사귀자고 하냐.
	그래서 그래. 딱 그거 하나야.

S#228. 체육관 라커룸 (오후)

라커룸 벤치에 앉아 있는 승현의 뒷모습. 보면, 손목의 실 팔찌 풀어내고
있는데. 표정은 여전히 담담하다.
풀어낸 팔찌 손바닥 위에 올려두고 가만히 내려다보는 승현.
그때, 작게 인기척이 들린다. 승현이 소리 나는 곳을 보면, 라커 뒤로 살짝
보이는 아훈의 망토자락.

승현   (한숨 쉬며) 나와라.

아훈, 머쓱한 얼굴로 라커 뒤에서 나오는데. 여전히 타로부 모자와 망토
차림이고. 손에는 타로카드 모아서 들고 있는.

아훈   (얄미운 듯) 어떻게 그렇게 매번 찾아내여?
승현   니가 매번 들키는 거겠지. (아훈 훑어보고) 꼴이 왜 그래.
아훈   (승현 옆에 앉으며, 빈정 상해) 꼴이라녀. 이래봬도 타로부 주장인데.
               (문득, 눈 반짝이며) 형!

승현 옆에 앉은 아훈. 승현과 자기 사이에 들고 있던 카드를 촤라락 펼친다.

아훈   두 장만 뽑아봐여. 형 미래를 봐줄 테니까.
승현   (일어나며) 됐어.
아훈   아 왜여! 저 진짜 잘 봐여.
승현   그런 거 안 믿어. (라커 문 열고)
아훈   그냥 쫌! 카드 몇 장에 의미부여도 하면서 쉽게 쉽게 좀 살면 안 되나?
               아무리 생각해도 답을 모를 때가 있잖아여!
               유니폼 챙기던 승현, 아훈의 마지막 말에 동작 멈춘다.
               아훈, 계속 궁시렁대고 있는데.

아훈	(궁시렁) 반칙을 안 하면 뭐해여? 인생이 노잼인데.

그때 승현이 다가와 카드 두 장을 빠르게 뽑는다.

승현	(아훈에게 건네주며) 해봐 그럼.

아훈, 신나서 카드 받는데. 확인하더니 어이없다는 듯 웃는다.

아훈	와~진짜 자기 같은 카드만 뽑네여.
	(카드 한 장씩 보여주며) 심판이랑, 정의.
승현	(시큰둥하게) 그래서?
아훈	(심판 카드 벤치에 놓으며) 아픔을 이겨내고 새 출발을 한 대여.
승현	(딱 들어맞는 상황에, 눈빛 바뀌고)
아훈	근데 당장은 아니고 쪼금 걸리네.
승현	(관심이 생긴 듯, 열심히 듣고)
아훈	(정의 카드 벤치에 놓으며) 연애도 하나본데.
승현	..연애?
아훈	막 뜨겁진 않고 적당히 따뜻한 연애라는데. 생각나는 사람 있어여?
승현	..없는데.
아훈	나타나겠져. 형 시간 많잖아여. 아직 이십 살도 안 됐는데.
승현	이십 살이 아니라 스무 살이겠지.
아훈	(지겨워서) 아 진짜!
	틈이 있어야 새로운 인연도 찾아오지! 맞춤법 검사기야 뭐야.
	(한숨 쉬며) 이 형 좀 느슨해져야 될 텐데.
	(투덜대며 카드 정리하는데)

승현, 종알대는 아훈을 보다가 생각에 잠긴다.
아훈의 말들을 곱씹어 보면 다 맞는 말이고. 간만에 피식 웃는 승현.
기특한 눈으로 카드 정리중인 아훈 본다.

승현	아훈아.
아훈	(뾰루퉁해) 왜여.
승현	나와. 맛있는 거 사줄게.
아훈	진짜여? 매점에 있는 거 다 먹어도 돼여?

승현, 아훈이가 귀여운지 피식 웃으며 나간다. 쫄래쫄래 따라 나가는 아훈.

S#229. 음악실 (낮)

일주일 뒤, 점심시간.
현호가 문을 드르륵 연다. 잔뜩 열 받은 얼굴.

현호	야, 오늘 메뉴 봤냐?

보면, 음악실에 앉아 도시락 먹을 준비하고 있는 연두, 유나, 주호, 설.
현호도 도시락통 하나 들고 애들 쪽으로 걸어간다.

설	봤으니까 이러고 있지.
현호	(들어오며) 아니 생크림 가지볶음이 대체 뭐야?
연두	알고 싶지 않아서 이러고 있잖아.

그때 덜컹거리는 음악실 문.

현호	(놀라 손가락 입술에 대며) 야 쉿쉿.

학주인가 싶어 다들 그대로 얼어붙고. 유나는 음료수 마시다가 정지하는데.
문이 열리고 한 손에 도시락 든 승현이 들어온다.

현호	아이씨 깜짝이야! 빨랑빨랑 들어오지 왜 긴장감을 조성해!

연두	(안도하며) 영어 쌤인 줄 알았어.
유나	(사레들려 콜록대며) 너도 도시락 먹게? 웬일로?
승현	생크림 가지볶음 싫어. (하며 들어와 자리 잡는)
현호	야, 근데 음악실에서 급식 먹는 건.
일동	반칙이지! (하고 웃는데)
승현	(진지하게) 오늘은 아니야.

〈Cut to〉

나란히 앉아 동시에 도시락 여는 현호와 연두.
도시락통 열면, 둘 다 오므라이스인데.
깔끔한 모양에 케첩으로 하트까지 그려져 있는 현호의 오므라이스와는
달리, 옆구리가 다 터지고 기괴한 스마일이 그려진 연두의 오므라이스.

유나	(웃다가 연두 오므라이스 보고 깜짝 놀라) 어머 그게 뭐야? 악령 아니야?
현호	(발끈하며) 야! 스마일이거든?
설	왜 니가 화를 내.
연두	현호가 만들어준 거야. 서로 도시락 싸주기로 했거든.

연두, 현호를 보고 웃으면 그제야 표정 풀리는 현호.

유나	지럴들을 한다 진짜.
설	가지가지 하네.
승현	가지라고 말하지 마.
연두	근데 지성이는?
현호	그러게. 아까부터 안 보이네.
주호	(핸드폰 보고) 지성이 좀 늦는다던데?

S#230. 급식실 (낮)

다른 아이들과 동떨어진 급식실의 가장 구석진 자리에 혼자 앉는 아라.
침울한 얼굴로 밥 먹으려는데. 아라 왼쪽에 누군가 앉는다. 보면, 지성이
고. 아무렇지 않게 앉아서 밥 먹을 준비하는 지성.

아라   왜 그래?

지성   (밥 떠먹으며 아무렇지 않게) 뭐가?

아라   왜 거기 앉냐고.

지성   (아라 흘깃 보더니) 지성이 왼손잡이잖아. (하고 아무렇지 않게 다시 밥 먹는)

아라, 금방이라도 울 것 같은 얼굴로 지성 보다가 꾹 참고 자기도 밥 먹
는다.

S#231. 음악실 (낮)

앉아서 도시락 먹는 주호 옆에 가서 앉는 설. 손에는 주호가 전에 사준 목
도리가 들려 있고.

설	야, 서주호.
주호	(보면)
설	(목도리 건네며) 이거 가져가.
주호	(받는데, 내심 서운하다) ..돌려주는 거야?
설	빌려주는 거야.
주호	어?
설	빌려줄 테니까, 다시 돌려주러 오라고. 나는 계속 여기 있을 테니까.
주호	(빙긋 웃고) 응.

S#232. 음악실 / 운동장 (낮)

승현이 창가에서 밖을 보고 있는데, 아훈 목소리가 들린다.

아훈(E.)	형아!

승현, 내려다보면 집게와 쓰레기봉투 들고 있는 아훈이 반갑게 손 흔들고
있고.

아훈	저 오늘만 하면 벌점 끝이에여! 대박이져!
승현	(피식 웃으며 손 흔들어 보인다)

승현에게 다가가는 유나.

유나	너 솔직히 말해봐.
승현	(보면)
유나	연두 좋아했었지?
승현	(보다가) 글쎄. (하고 고개 돌려 다시 창밖 보고)
유나	(픽 웃으며) 끝까지 거짓말은 안 하네.

유나, 승현 보더니 피식 웃고 고개 돌려 창밖을 본다.

S#233. 음악실 (낮)

연두, 현호가 만든 오므라이스 한 입 먹는데 표정이 묘하다.
반면 그 옆에서 연두가 만든 오므라이스 맛있게 먹고 있는 현호.

연두	현호야 너 돈 많아?
현호	왜? 돈 필요해?
연두	응 나 당뇨 걸리면 필요할 것 같아서.
현호	(안절부절) 왜..설탕 너무 많이 넣었나? 백종원 따라한 건데.
연두	아니 설탕을. (웃음 터지고) 적당히 넣어야지.
현호	(덩달아 웃음 터지며) 이게 적당히 넣은 거라니까?

장난스럽게 현호 발을 툭 차는 연두. 현호도 가볍게 연두 발을 건드리는데
두 사람 발에 신겨진 커플 휠라 운동화.

그때 음악실로 들어오는 지성. 주호와 설 옆에 앉고.

주호	어디 갔다 왔냐.
지성	지성이? (씩 웃고) 왕잉링 만나러.
주호	(엥? 하고 보고)

설	다시 정지성체 쓰네.

설과 주호, 으쓱하며 서로 쳐다보는데. 살짝 웃는 지성.

〈Cut to〉
나란히 앉아 있는 연두와 현호.

연두	미안하면 삼행시 한번 해줘. 내 이름으로.
현호	너 아직도 그거 못 고쳤냐.
연두	(다짜고짜) 김.
현호	...김연두.
연두	어우, 뻔해. 연.
현호	연애도 못하고 요리도 못해서 미안하다.
연두	(웃고) 두.
현호	두 번 다시 안 물어볼 건데.
연두	아 설마.
현호	너냐 내 여자친구가. (웃고)
연두	(싫은 척하다가 결국 웃어버리는)

〈Cut to〉
목도리 만지작대고 있는 주호.
설이 해준 말이 고맙기도 하고, 미안하기도 하고. 복잡한 마음이 얼굴에
묻어난다.

연두NA	어디에도, 영원한 것은 없다.

설, 그런 주호의 마음을 다 안다는 듯 바라보고 있는데. 시선 느끼고 설을
보는 주호.

연두NA	밤에게 아침이 오고. 봄은 곧 여름이 되듯이.

설	(괜히 심술부리는) 뭘 봐.
주호	(장난치듯) 넌 뭘 보는데.

⟨Cut to⟩
창문 앞에 유나와 서있던 승현,
고개 돌려 화기애애한 아이들 보더니 미소 짓는다.
손목엔 실 팔찌 사라져 있고.

연두NA	우리의 시절도 언젠간 끝나겠지만,

⟨Cut to⟩
멍하니 생각에 잠겨 있던 지성. 핸드폰이 울리자 주머니에서 꺼내 메시지
확인하는데. 얼굴에 옅은 미소가 번진다.

연두NA	그렇다고 아쉬워할 필요는 없다.

⟨Cut to⟩
슬쩍 연두 손잡는 현호. 연두, 씩 웃더니 손깍지 낀다.

연두NA	영원한 건 없지만 여전한 건 있으니까.

화면 넓게 빠지면, 웃고 있는 아이들의 모습 위로.

연두NA	오늘도 여전히, 서로의 곁에 머물 핑계를 찾는 우리처럼.

어디에도, 영원한 것은 없다.

밤에게 아침이 오고. 봄은 곧 여름이 되듯이.

우리의 시절도 언젠간 끝나겠지만,

그렇다고 아쉬워할 필요는 없다.

영원한 건 없지만 여전한 건 있으니까

오늘도 여전히,

서로의 곁에 머물 핑계를 찾는 우리처럼.

펴낸날 초판 1쇄 2020년 5월 29일

제 작 와이낫미디어
원 작 데이세븐

펴낸이 강진수
편집팀 김은숙, 백은비
디자인 임수현

인 쇄 ㈜우진코니티

펴낸곳 (주)북스고 **출판등록** 제2017-000136호 2017년 11월 23일
주 소 서울시 중구 퇴계로 253 (충무로 5가) 삼오빌딩 705호
전 화 (02) 6403-0042 **팩 스** (02) 6499-1053

ⓒ 와이낫미디어, 2020

ISBN 979-11-89612-64-1   03810

이 도서의 국립중앙도서관 출판예정도서목록(CIP)은 서지정보유통지원시스템 홈페이지(http://seoji.nl.go.kr)와
국가자료종합목록시스템(http://kolis-net.nl.go.kr)에서 이용하실 수 있습니다. (CIP제어번호 : CIP2020020280)

책 출간을 원하시는 분은 이메일 booksgo@naver.com로 간단한 개요와 취지, 연락처 등을 보내주세요.
Booksgo 는 건강하고 행복한 삶을 위한 가치 있는 콘텐츠를 만듭니다.